Scherz Krimi

Spannung mit Niveau

## Von Erle Stanley Gardner sind erschienen:

Der Blutsauger
Die einsame Erbin
Die falschen Würfel
Frühstück für eine Million
Das Geheimnis des Kanarienvogels
Geschäftsmann mit Vergangenheit
Der goldene Köder
Guter Ruf ist teuer
Handel mit dem Schicksal
Der heulende Hund
Die kalte Spur
Katzen haben scharfe Krallen
Das Mädchen vom Golfplatz
Der Mann im Smoking
Motten im Nerz
Der nervöse Komplize
Party der Unschuldsengel
P. M. und die amouröse Tante
P. M. und der blonde Bluff
P. M. und das fliegende Gift
P. M. und die fünfzig Päckchen
P. M. und das Geständnis im Dunkel
P. M. und das halbierte Haus
P. M. und die Leiche im Laub
P. M. und der letzte Brief
P. M und der letzte Kuss
P. M. und das Mädchen mit den grünen Augen
P. M. und das Mädchen mit der Narbe
P. M. und der Scheidungsgrund
P. M. und der Tote im Rollstuhl
P. M. und die vollschlanke Nixe
Die Pfotenspur
Rache in bar
Roter Drache, weiße Weste
Roulette mit dem Teufel
Schlafwandlers Nichte
Die schönsten Beine von Cloverdale
Schuß nach Mitternacht
Die schwarze Limousine
Die seltsame Braut
Die seltsame Nixe
Der unerwünschte Nachbar
Der vertauschte Casanova
Das vertauschte Gesicht
Was wußte Diana?
Wohin fuhr der Tote?
Zu treuen Händen

Erle Stanley Gardner

# Katzen haben scharfe Krallen

**Scherz**
Bern München Wien

Einzig berechtigte Übertragung aus dem Amerikanischen
von Margret Schulz-Wenzel
Titel des Originals: »The Case of the Careless Kitten«
Schutzumschlag von Heinz Looser
Foto: Thomas Cugini

5. Auflage 1994, ISBN 3-502-51443-7

Gesamtherstellung: Ebner Ulm

1

Die Augen des Kätzchens huschten hin und her. Sie folgten dem Papierknäuel, das Helen Kendal hoch über der Sessellehne durch die Luft schwenkte. Das Kätzchen hieß Amber Eyes wegen seiner bernsteinfarbenen Augen.

Helen mochte diese Augen. Die schwarzen Pupillen veränderten sich ständig. Sie verengten sich zu gefährlichen Schlitzen oder weiteten sich zu unergründlichen Seen aus Onyx. Diese mal schwarzen, mal gelben Augen hatten eine beinah hypnotische Wirkung auf Helen. Wenn sie sie eine Zeitlang beobachtete, begannen ihre Gedanken in die Ferne zu schweifen. Sie vergaß die Gegenwart und den Raum, der sie umgab; sie vergaß das Kätzchen. Sie vergaß sogar Jerry Templar und auch Tante Matildas exzentrische Herrschsucht. Sie dachte plötzlich an Dinge, die weit weg waren oder sich vor langer Zeit ereignet hatten.

Diesmal war es etwas, das schon sehr lange zurücklag, viele, viele Jahre. Sie war zehn Jahre alt, und eine andere Katze, eine grau-weiße, kauerte hoch oben auf einem Dach, so hoch oben, daß sie sich nicht mehr heruntertraute. Und ein großer Mann mit freundlichen grauen Augen stand auf einer langen, schwankenden Leiter und versuchte geduldig, das Kätzchen in die Reichweite seines ausgestreckten Armes zu locken.

Onkel Franklin ... Helen dachte an den Onkel Franklin, wie sie ihn selbst damals gekannt hatte. Nicht an den Onkel Franklin aus den späteren Erzählungen der Leute. Nicht an Tante Matildas verschwundenen Ehemann, den vermißten Bankier aus den Schlagzeilen der Boulevard-Blätter, nicht an den Mann, der unerklärlicherweise Erfolg, Reichtum und Macht, Familie und langjährige Freundschaften aufgegeben hatte, um ohne Geld irgendwo in der Fremde unterzutauchen.

Für sie war er immer noch der Onkel Franklin, der sein Leben aufs Spiel gesetzt hatte, um das verängstigte Kätzchen eines erschrockenen kleinen Mädchens zu retten. Er war der einzige Vater, den das kleine Mädchen gekannt hatte, an den es sich mit Liebe erinnerte. Mit einer Liebe, von der Helen auch nach all den vielen Jahren noch wußte – was auch immer dagegen sprechen mochte –, daß sie erwidert worden war.

Und gerade das bestärkte Helen in ihrem Glauben, daß Franklin Shore tot war. Er mußte sie geliebt haben, sonst hätte er es nicht riskiert, ihr so bald nach seinem Verschwinden die Ansichtskarte aus Florida zu schicken. Zu einem Zeitpunkt, da Tante Matilda mit allen Mitteln versuchte, ihn ausfindig zu machen. Als er sich wahrscheinlich noch angestrengter bemühte, sich vor ihr zu verbergen. Er konnte nicht mehr lange danach gelebt haben, sonst hätte er Helen noch einmal geschrieben. Er hätte gewußt, daß Helen auf ein Lebenszeichen von ihm wartete. Er war tot. Er mußte seit fast zehn Jahren tot sein.

Darum besaß Helen ein Recht auf die zwanzigtausend Dollar, die er ihr in seinem Testament hinterlassen hatte. Und das viele Geld ... und Jerry Templar, der gerade für eine Woche auf Urlaub gekommen war ...

Helens Gedanken schweiften ab. Die Army hatte Jerry irgendwie verändert. Seine blauen Augen blickten ernster, sein Mund hatte einen harten Zug bekommen. Doch diese Veränderung brachte es ihr nur noch klarer zum Bewußtsein, daß sie ihn wirklich liebte. Und sie wußte, daß auch er sie noch liebte, obwohl er nie ein Wort darüber verlor. Aber heiraten würde er sie nicht. Jedenfalls nicht, solange es bedeutete, daß Tante Matilda sie vor die Tür setzen würde und sie von seinem Sold leben müßte. Aber wenn sie Geld hätte ... eigenes Geld, so viel Geld, daß Jerry sicher sein konnte, daß sie immer ein Dach über dem Kopf hatte und nie zu hungern brauchte, falls ihm etwas passieren sollte.

Aber es war sinnlos, jetzt darüber nachzudenken. Tante Matilda würde einen Entschluß, den sie einmal gefaßt hatte, niemals ändern. Tante Matilda war fest entschlossen zu glauben, daß Franklin Shore noch lebte, und sie war auch fest entschlossen, ihn nicht für tot erklären zu lassen. Tante Matilda brauchte ihren Anteil nicht. Als Franklin Shores Frau hatte sie fast die gleiche Verfügungsgewalt über seinen zurückgelassenen Besitz wie als seine Witwe und Testamentsvollstreckerin. Und über eine Helen, die keinen Penny besaß und von ihr völlig abhängig war, hatte sie weit mehr Macht.

Tante Matilda genoß es, Macht über andere zu haben. Niemals würde sie Helen freiwillig aus ihrer finanziellen Abhängigkeit entlassen. Schon gar nicht, solange Jerry Templar da war. Sie hatte ihn nie gemocht; sie billigte es nicht, daß Helen ihn liebte. Die Veränderung, die der Militärdienst bei ihm bewirkt hatte, schien ihre Abneigung noch zu verstärken. Nichts auf der Welt würde sie dazu bringen, das Erbe auszuzahlen. Es sei denn, Onkel Gerald ...

Helen dachte an Onkel Gerald. Vor drei Tagen hatte er ihr gesagt, er wolle Tante Matilda zwingen zu handeln. Sein Bruder hatte ihm die gleiche Summe wie Helen vermacht. Trotz seiner zweiundsechzig Jahre mußte er noch immer seinen Beruf als Anwalt ausüben, um seinen Lebensunterhalt zu verdienen. Er konnte sein Erbteil gut gebrauchen und glaubte, lange genug darauf gewartet zu haben.

»Ich kann Tante Matilda dazu zwingen, und ich werde es tun«, hatte er gesagt. »Wir alle wissen, daß Franklin tot ist. Nach dem Gesetz ist er schon seit drei Jahren tot. Ich will das Geld, das mir rechtmäßig zusteht, und ich will, daß du deins auch bekommst.«

Seine Augen blickten wärmer, als er sie betrachtete, erinnerte sich Helen, und seine Stimme klang freundlicher.

»Jedesmal, wenn ich dich wiedersehe, bist du deiner Mutter ähnlicher geworden, Helen. Schon als du noch klein warst, hattest du ihre blauen Augen und ihr blondes Haar mit dem rötlichen Schimmer. Und nun bist du auch so groß und schlank wie sie; du hast ihre schönen, schmalen Hände und sogar ihre ruhige, sanfte Stimme. Ich mochte deinen Vater, aber ich habe ihm nie verziehen, daß er sie uns weggenommen hat.«

Er schwieg einen Moment, dann sagte er in verändertem Ton: »Du wirst deine zwanzigtausend Dollar bald brauchen, Helen.«

»Ich brauche sie jetzt«, hatte Helen gesagt.

»Jerry Templar?«

Ihr Gesichtsausdruck war wohl Antwort genug. Er nickte nachdenklich. »Also gut. Ich werde versuchen, dir das Geld zu beschaffen.«

Das war nun schon drei Tage her. Vielleicht ...

Amber Eyes hielt es nicht länger aus. Blitzartig riskierte sie einen gewaltigen Sprung nach dem vermaledeiten Papierknäuel, um es mit ihren Zähnen und Krallen zu schnappen. Im Sprung streckte sie die Pfoten instinktiv nach Helen aus, um sich vor dem Aufprall auf dem Boden zu bewahren. Ihre nadelspitzen Krallen schlugen sich in Helens Handgelenk.

Erschrocken schrie Helen auf.

Mit scharfer Stimme rief Tante Matilda aus ihrem Zimmer: »Was ist los, Helen?«
»Nichts«, sagte Helen nervös lachend. Mit der freien Hand versuchte sie, die Krallen zu lösen. »Amber Eyes hat mich gekratzt. Das ist alles.«
»Was ist mit Amber Eyes?«
»Nichts, wir spielen nur.«
»Hör auf, mit der Katze zu spielen. Du verdirbst sie nur!«
»Ja, Tante Matilda«, sagte Helen gehorsam. Sie streichelte die Katze und betrachtete die Kratzer. »Ich glaube«, sagte sie zu Amber Eyes, »du weißt nicht, daß deine kleinen Krallen so scharf sind. Ich werde etwas auf meine Hand tun müssen.«
Als sie im Badezimmer das Medizinschränkchen aufschloß, hörte sie das Geräusch von Tante Matildas Stock. Dann öffnete sich die Tür zum Schlafzimmer, und Tante Matilda stand mit gerunzelter Stirn vor ihr.
Tante Matilda hatte mit ihren vierundsechzig Jahren zehn Jahre des Wartens auf Rache hinter sich. Ihr Ischias hatte sie dabei nicht gerade versöhnlicher gestimmt. Sie war eine starkknochige Frau, die in ihrer Jugend eine gewisse amazonenhafte Schönheit besessen haben mußte. Doch jetzt war sie unförmig. Ihr Rücken war gebeugt. Sie hatte dicke Tränensäcke unter den Augen, und ihr Mund war eine scharf nach unten gekrümmte Linie. Doch auch das Alter hatte es nicht vermocht, ihren Zügen den Ausdruck unnachgiebiger Entschlossenheit zu nehmen. Sie war eine Frau, die nur für ein einziges, ganz bestimmtes Ziel lebte.
»Ich will sehen, wo die Katze dich gekratzt hat«, verlangte sie.
»Es war nicht ihre Schuld, Tante Matilda. Ich habe ein Papierknäuel vor ihrer Nase hin und her geschwenkt. Amber Eyes hat nur versucht, es zu schnappen.«
Tante Matilda starrte böse auf die zerkratzte Hand.
»Ich habe vorhin jemanden sprechen hören. Wer war das?«
»Jerry.« Helen versuchte, es nicht wie eine Entschuldigung klingen zu lassen, aber Tante Matildas Blick war zuviel für sie. »Er ist nur ein paar Minuten geblieben.«
»Das habe ich bemerkt.« Offensichtlich freute es Tante Matilda, daß der Besuch nur so kurz gewesen war. »Du solltest dich auch entscheiden, Helen. Es ist doch ganz klar, daß er sich schon entschieden hat. Er ist vernünftig genug zu wissen, daß

er dich nicht heiraten kann. Und das ist gut für dich. Du wärst dumm genug, ja zu sagen, wenn er dich fragte.«
»Du hast recht, ich wäre dumm genug«, sagte Helen.
»Du meinst, du wärst gar nicht dumm, was?« Tante Matilda schnaubte verächtlich. »Das meinen die Dummköpfe immer. Zum Glück spielt es keine Rolle, was du denkst. Er ist kein Mann für dich. Seine zugeknöpfte Art würde dich zum Wahnsinn treiben. Schließlich war ich zweimal verheiratet, ich weiß, wovon ich spreche. Du brauchst so einen Mann wie George Alber, der . . .«
»Der mich absolut kalt läßt.«
»Nicht, wenn du ihn öfter sehen würdest. Wenn du aufhören würdest, dir einzubilden, du seist in Jerry Templar verliebt und dürftest zu anderen Männern nicht einmal höflich sein. Selbst du müßtest doch einsehen, daß er dich als einfacher Soldat nicht ernähren kann.«
»Jerry wird nicht lange Gefreiter bleiben. Er soll zu einem Offizierslehrgang.«
»Na und? Wenn er es überhaupt schafft, wird man ihn ans Ende der Welt verfrachten. Und was dann?«
»Zunächst bleibt er mehrere Monate im Ausbildungslager«, sagte Helen schnell, »und ich könnte in seiner Nähe wohnen.«
»Ich verstehe«, sagte Tante Matilda ironisch. »Du hast dir also schon alles hübsch überlegt bis auf die unwichtige Kleinigkeit, wovon du in der Zeit leben willst. Aha, jetzt geht mir ein Licht auf. Onkel Gerald hat mit dir gesprochen und dir weisgemacht, ich würde dir das Geld geben, das Franklin dir hinterlassen hat. Nun, das schlage dir mal aus dem Kopf. Das Geld steht dir erst nach seinem Tode zu. Aber er lebt. Eines schönen Tages wird er auf Knien angekrochen kommen und mich um Verzeihung bitten.«
Komo, der Hausboy, stand plötzlich in der Tür. »Entschuldigung.«
»Was gibt es denn, Komo?« fragte Tante Matilda. »Die Tür ist doch offen, komm doch herein. Und schleich nicht immer wie auf Katzenpfoten umher!«
Komos schwarze, glitzernde Augen beobachteten Tante Matilda einen Moment.
»Telefon, bitte schön, sagt, ist sehr wichtig, Madam.«
»Gut, ich komme gleich.«

»Telefon in Schlafzimmer, Madam.« Komo verschwand mit leichten Schritten.
Helen sagte: »Warum entläßt du diesen Burschen nicht, Tante Matilda? Ich traue ihm nicht.«
»Du vielleicht nicht — aber ich.«
»Aber er ist doch Japaner.«
»Quatsch, er ist Koreaner.«
»Das behauptet er.«
»Er ist Koreaner«, sagte Tante Matilda streng, ging in ihr Schlafzimmer und schloß die Tür.
Helen setzte sich ins Wohnzimmer. Ihre Hand schmerzte. Das Kätzchen war nirgends zu sehen. Helen versuchte zu lesen, aber sie konnte sich nicht konzentrieren. Nach einiger Zeit legte sie die Illustrierte hin, lehnte sich zurück und schloß die Augen. Das Kätzchen erschien aus dem Nichts und strich wie um Entschuldigung bittend an Helens Beinen entlang. Schließlich sprang es auf die Sessellehne und leckte mit seiner rauhen Zunge Helens Arm.
Helen hörte das Telefon läuten; sie hörte Komos leichte Schritte. Dann stand er plötzlich vor ihr und sagte: »Entschuldigung, jetzt Telefon für Missy.«
Helen ging in die Halle. Sicher war es Jerry.
»Hallo«, sagte sie freudig.
Die Stimme in der Leitung bebte vor Erregung. »Ist dort Helen Kendal?«
»Ja, natürlich.«
»Weißt du, wer hier spricht?«
»Nein«, sagte Helen irritiert.
Die Stimme klang jetzt etwas sicherer. »Sei vorsichtig mit dem, was du sagst. Unser Gespräch könnte abgehört werden. Erinnerst du dich an Onkel Franklin?«
»Ja!« Helens Mund war trocken vor Aufregung. »Aber ...«
»Hier spricht dein Onkel Franklin.«
»Das ist doch unmöglich. Er ist doch ...«
»Nein, Helen, ich bin nicht tot«, sagte er mit bewegter Stimme. »Ich bin sogar sehr lebendig. Ich nehme es dir nicht übel, wenn du es nicht glaubst. Aber du würdest mich doch erkennen, wenn du mich wiedersiehst?«
»Warum? Ich ... ja, natürlich.«
Die Stimme des Mannes klang jetzt ruhiger. »Erinnerst du dich

noch daran, wie dein Kätzchen einmal vor einem Hund aufs Dach geflüchtet ist und du mich gebeten hast, es zu holen? Und an die Silvesterparty, als du den Punsch probieren wolltest und Tante Matilda es nicht erlaubte? Und wie du dann in der Küche heimlich so viel davon getrunken hast, daß du einen Schwips bekamst und ich dich in dein Zimmer bringen mußte, damit Tante Matilda nichts merkte?«
Helen fühlte, daß sie vor Aufregung zitterte. »Ja«, sagte sie. Ihre Stimme war kaum mehr als ein Flüstern.
»Also, glaubst du mir jetzt, Helen?«
»Onkel Frank ...«
»Keinen Namen! Ist deine Tante da?«
»Ja.«
»Sie darf nicht wissen, daß ich angerufen habe. Niemand darf es wissen, verstehst du?«
Warum ... ich ... warum ... nein, ich verstehe nicht.«
»Nur so kann ich alles wieder in Ordnung bringen. Du mußt mir dabei helfen.«
»Ich?«
»Ja.«
»Aber was kann ich denn tun?«
»Was niemand sonst tun kann. Kennst du einen Anwalt namens Perry Mason?«
»Ich hab von ihm gehört.«
»Ich möchte, daß du noch heute nachmittag zu ihm gehst. Erzähl ihm alles von mir, die ganze Geschichte über mein Verschwinden, damit er weiß, worum es geht. Komm dann heute abend um neun Uhr mit ihm ins *Castle Gate Hotel.* Weißt du, wo das ist?«
»Nein.«
»Sieh im Telefonbuch nach. Es ist ein billiges Hotel. Du brauchst keine Angst zu haben. Komm mit Mason ins Hotel und frage nach Henry Leech. Er wird euch zu mir bringen. Sag niemandem etwas von der Sache, hörst du? Paß auf, daß niemand dir folgt. Du kannst Mason alles erzählen, aber verpflichte ihn zu strengstem Stillschweigen. Ich werde ...«
Mit einem erschreckten Laut brach die Stimme plötzlich ab. Ein Klicken – dann hörte sie nur noch das schwache Summen der leeren Leitung. Aufgeregt rüttelte Helen ein paarmal an der Gabel. »Hallo, Vermittlung!« rief sie. »Hallo!«

Durch die halbgeöffnete Tür hörte sie das dumpfe Klopfen von Tante Matildas Stock. Hastig hängte sie auf.
»Wer war das?« fragte Tante Matilda.
»Ach, nur ein Bekannter.« Helen versuchte ihre Stimme beiläufig klingen zu lassen.
»Wieder dein kleiner Soldat?«
Helen lachte gezwungen.
»Warum bist du so aufgeregt? Du wirst ja ganz rot.« Sie zuckte verächtlich die Schulter. »Ich wäre nicht erstaunt, wenn er dir am Telefon einen Antrag gemacht hätte. Das sähe diesem Dummkopf ähnlich. Helen, was ist denn mit der Katze los?«
Helen seufzte erschöpft. »Ich hab dir doch gesagt, daß es meine Schuld war. Ich . . .«
»Nein, nein! Sieh doch nur!«
Helens Augen folgten Matildas Blick.
»Sie spielt nur«, sagte sie.
»Das sieht mir aber ganz und gar nicht nach Spielen aus.«
»Sie streckte sich. Das tun kleine Katzen, um . . .« Die Worte blieben ihr im Halse stecken. Die Katze benahm sich wirklich sehr sonderbar. Sie streckte sich – aber nicht so, wie Katzen es instinktiv tun, damit sich ihre Muskulatur stärkt. Der Rücken des Tieres spannte sich zu einem grotesken Bogen. Es hatte alle viere steif von sich gestreckt. Ab und zu durchzuckte ein Krampf den kleinen Körper. Die bernsteinfarbenen Augen zeigten einen Ausdruck äußerster Qual. Vor dem Maul stand Schaum.
»O Gott, was hat sie nur?« rief Helen entsetzt. »Amber Eyes ist krank!«
Matilda Shore sagte: »Rühr sie ja nicht an. Sicher hat sie die Tollwut. Das kommt bei Katzen genauso oft vor wie bei Hunden. Am besten, du gehst schnell zum Arzt, wegen der Kratzer auf deiner Hand.«
»Unsinn!« sagte Helen. »Sie muß sich verletzt haben . . . armes kleines Kätzchen, was ist mit dir?«
Helen bückte sich und griff nach dem steifen, kleinen Körper. Als ihre Finger das Fell berührten, bäumte die Katze sich in einem neuen schrecklichen Krampf auf.
»Ich werde schnellstens mit ihr zum Tierarzt gehen«, sagte Helen.
»Sei aber ja vorsichtig«, sagte Tante Matilda warnend.

»Ich passe schon auf«, versprach Helen. Sie lief in ihr Zimmer und warf sich ihren Mantel über.
»Du mußt die Katze in eine Decke wickeln, damit sie dich nicht kratzen kann«, sagte Tante Matilda. »Komo!« rief sie ungeduldig.
»Ach, da bist du ja!« Wie aus dem Erdboden gewachsen stand der dunkelhäutige kleine Mann in der Tür. »Madam?«
Helen sagte: »Hol mir bitte eine alte Decke oder irgendein Tuch, in das ich die Katze einwickeln kann.«
Komo betrachtete die Katze mit einem seltsamen Ausdruck in seinen lackschwarzen Augen. »Katze krank?« fragte er.
»Steh nicht herum und stell keine dummen Fragen«, fuhr Matilda ihn ungeduldig an. »Natürlich ist die Katze krank. Tu, was Miss Helen dir gesagt hat. Hol eine Decke.«
»Ja, Madam.«
Helen setzte sich hastig ihren Hut auf. Dann beugte sie sich über die Katze.
»Rühr sie nicht an«, warnte Matilda. »Die Sache gefällt mir ganz und gar nicht.«
»Was ist denn nur, Amber Eyes?« fragte Helen mitleidig.
Als die Katze Helens Stimme hörte, versuchte sie, den Kopf zu heben. Sofort durchzuckte ein noch heftigerer Krampf den starren Körper.
Als Komo die Decke brachte, hörte Helen Schritte auf der Veranda. Die Tür öffnete sich, und Onkel Gerald trat in die Halle. Im Gehen legte er Mantel und Hut ab. »Hallo«, sagte er von einem zum andern blickend. »Was ist passiert?«
Gerald Shores sanfte, tiefe Stimme hatte eine beruhigende Wirkung auf Helen.
»Amber Eyes ist krank.«
»Was fehlt ihr denn?«
»Wir wissen es nicht. Sie hat Krämpfe. Ich will gerade mit ihr zum Tierarzt gehen«, sagte Helen. »Komm, Komo, hilf mir, die Decke um die Katze zu wickeln. Paß auf, daß sie dich nicht beißt.«
Vorsichtig legten sie die Decke um Amber Eyes. Als Helen das Tier aufhob und zur Tür gehen wollte, fühlte sie, wie es erneut von heftigen Krämpfen geschüttelt wurde.
»Komm«, sagte Gerald Shore. »Ich fahre dich hin. Dann kannst du die Katze auf den Schoß nehmen.«

»Die Katze hat Helen schon gekratzt«, sagte Matilda.
»Ich habe die Kratzer sofort mit Alkohol betupft«, sagte Helen.
»Aber Katzen können die Tollwut haben, genau wie Hunde«, beharrte Matilda eigensinnig.
Komo lächelte und nickte. »Entschuldigung bitte. Katzen haben oft Krämpfe. Diese Krämpfe typisch für Katzen.«
Helen sah Onkel Gerald an. »Komm. Bitte laß uns jetzt gehen!«
Matilda Shore wandte sich an den Hausboy: »Komo, du hast wieder nicht aufgepaßt. Es ist kein Stout mehr im Haus. Geh sofort zum Markt und kaufe sechs Flaschen. Und stör mich nicht, wenn du zurückkommst. Ich lege mich bis zum Dinner hin. Und du, Helen, mach nicht so ein Theater wegen der Katze. Geht jetzt endlich, alle miteinander!«
Sie ging in ihr Schlafzimmer und schlug die Tür hinter sich zu.
»Komm, Helen«, sagte Onkel Gerald freundlich. Plötzlich fiel Helen das Telefongespräch ein. Seltsam, in der Aufregung wegen Amber Eyes hatte sie es vollständig vergessen. Es schien ihr jetzt so unwirklich, als habe es nie stattgefunden. Onkel Franklin! Sobald für Amber Eyes gesorgt war, würde sie versuchen, diesen Perry Mason zu erreichen.

## 2

Gerald Shore besaß nicht die Fähigkeit, viel Geld zu verdienen – wie sein Bruder. Oder besser gesagt, er verstand es nicht, das Geld zu halten. Während Franklin mit der eisernen Disziplin eines Mannes, der im richtigen Augenblick nein sagen kann, für das stetige Anwachsen seines Vermögens gesorgt hatte, war Gerald das Geld zwischen den Fingern zerronnen. Vor dem Jahre 1929 hätte Gerald trotzdem für einen wohlhabenden Mann gelten können. Aber dann verlor er sein ganzes Vermögen innerhalb weniger Wochen. Von da an war er völlig auf die Einkünfte aus seiner Anwaltspraxis angewiesen, um seinen Lebensunterhalt zu bestreiten.
Dadurch war Gerald in eine schwierige Lage geraten. Denn er hatte seine Praxis nach dem Prinzip aufgebaut, sich nicht mit unbedeutenden Fällen zu befassen, sondern nur solche zu

übernehmen, die ihn wirklich interessierten, und Klienten nur nach vorheriger Vereinbarung zu empfangen. Jetzt aber sah er sich plötzlich gezwungen, alles anzunehmen, um Honorar zu bekommen.

Während Helen im Auto neben ihm saß, das zuckende Kätzchen an die Brust gedrückt, dachte sie dankbar, daß Onkel Gerald der verständnisvollste und mitfühlendste Mensch war, den sie kannte. Ob er wohl immer schon so gewesen war? Jedenfalls hatten ihn seine finanziellen Schwierigkeiten nicht hart gemacht. Es schien fast, als sei er seit dem plötzlichen Verlust seines Vermögens noch sanfter und großzügiger geworden. Während Tante Matilda offensichtlich Komo am liebsten den Befehl gegeben hätte, das Kätzchen aus dem Wege zu schaffen, war Onkel Gerald so rührend um Helen besorgt, daß er beinahe alle Verkehrsregeln vergaß. Innerhalb weniger Minuten war Amber Eyes in der Obhut eines renommierten Tierarztes.

Nachdem Dr. Blakeley das Kätzchen flüchtig untersucht hatte, zog er eine Spritze auf.

»Es – es ist doch keine Tollwut?« fragte Helen ängstlich.

»Wahrscheinlich Gift«, sagte er. »Bitte halten Sie ihm den Kopf fest. Hier, fassen Sie es leicht am Hals und an den Schultern. Und lassen Sie es nicht los, wenn es anfängt zu zappeln.«

Mit einer schnellen Bewegung stach er die Nadel durch das Fell und ließ die Flüssigkeit langsam eindringen. Als er fertig war, sagte er: »Wir werden es vorläufig in einem Käfig lassen. Wie lange ist es her, seit Sie die ersten Symptome bemerkt haben?«

»Ich glaube, nicht mehr als fünf oder zehn Minuten«, sagte Helen. »Wir haben nur drei Minuten bis hierher gebraucht. Ja, etwa zehn Minuten.«

»Dann stehen ihre Chancen ziemlich gut. Nette kleine Katze. Ich hoffe, wir können sie retten.«

»Sie glauben wirklich, daß es Gift war?«

»Ja. Es ist übrigens besser, wenn Sie draußen warten. Was jetzt kommt, ist nicht gerade angenehm. Aber es muß sein.« Er zog sich ein Paar dicke Lederhandschuhe an. »Wenn ich Hilfe brauche, rufe ich Sie. Gleich wissen wir mehr. Die Katze ist draußen im Garten gewesen, nicht wahr?«

»Nein, ich glaube nicht. Ganz genau weiß ich es nicht. Aber ich glaube, sie war die ganze Zeit im Wohnzimmer.«

»Nun, wir werden uns später darüber unterhalten. Setzen Sie sich einen Moment draußen hin.«

Im Wartezimmer fischte Gerald Shore eine Zigarre aus seiner Jackentasche. Als er sich vorbeugte, um sie anzuzünden, beleuchtete die Flamme sein sensibles, gutgeschnittenes Gesicht mit der hohen Stirn, den freundlichen, humorvollen Augen und dem festen Mund, der unnachgiebig, aber nicht streng wirkte.

»Wir haben alles getan, was wir können, Helen«, sagte er. »Jetzt müssen wir abwarten.«

Eine Weile saßen sie schweigend da. Helens Gedanken wanderten von Amber Eyes und der rätselhaften Vergiftung zu dem seltsamen Telefonanruf und der Frage, was sie jetzt wegen Onkel Franklin unternehmen sollte. Obwohl Onkel Franklin es ihr verboten hatte, drängte es sie, Onkel Gerald ins Vertrauen zu ziehen. Sie blickte ihn zögernd an. Onkel Gerald war in Gedanken versunken. Plötzlich sagte er: »Helen, um auf unser Gespräch von neulich zurückzukommen, wir müssen unbedingt so bald wie möglich etwas unternehmen, um Franklins Nachlaß mit Matilda zu regeln. Matilda hat uns schon viel zu lange hingehalten.«

»Vielleicht sollten wir noch ein wenig damit warten«, murmelte Helen ausweichend.

»Wir haben lange genug gewartet.« Er bemerkte an Helens Gesichtsausdruck, daß sie mit sich kämpfte, ob sie sprechen oder schweigen sollte.

»Also«, sagte er schließlich, »was ist los?«

Helen gab sich einen Ruck, sie hatte sich entschieden.

»Ich ... ich hatte heute ein seltsames Erlebnis«, platzte sie heraus. »Ein Mann rief mich an!«

Gerald schmunzelte. »Ich fände es viel seltsamer, wenn dich niemand anrufen würde. Wenn ich nicht dein Onkel wäre ...«

»Sei nicht albern! Dieser Mann sagte – oh, es klingt viel zu unwahrscheinlich. Es kann einfach nicht stimmen.«

»Willst du dich nicht präziser ausdrücken?« sagte Onkel Gerald.

Helens Stimme war fast nur ein Flüstern. »Er sagte, er sei Franklin Shore. Er schien meine Stimme wiederzuerkennen und wollte wissen, ob ich seine erkannte.« Auf Gerald Shores Gesicht erschien ein Ausdruck äußerster Verblüffung. »Was für ein Unsinn!« rief er.

»Aber es ist wahr.«

»Helen, du bist nervös, du ...«
»Ich schwöre es.«
Nach einer längeren Pause sagte Gerald schließlich: »Wann war das?«
»Ein paar Minuten, bevor du kamst.«
»Jemand hat sich einen Scherz mit dir erlaubt.«
»Nein. Es war Onkel Franklin.«
»Sieh mal, Helen. Hast du – ich meine, kam seine Stimme dir irgendwie bekannt vor?«
»Ich weiß nicht. Ich bin nicht sicher. Aber es war ganz bestimmt Onkel Franklin.«
Gerald Shore blickte stirnrunzelnd auf die Spitze seiner Zigarre. »Das ist unmöglich. Was hat er gesagt?«
»Er will mich heute abend im *Castle Gate Hotel* treffen – das heißt, ein Mann namens Henry Leech wird mich dort erwarten und mich zu Onkel Franklin bringen.«
Gerald Shore entspannte sich. »Aha, offenbar ein Betrüger, das erklärt alles. Wahrscheinlich will er Geld, wir werden zur Polizei gehen und deinem Freund eine Falle stellen.«
Helen schüttelte den Kopf. »Onkel Franklin sagte, ich soll den bekannten Anwalt Perry Mason aufsuchen, ihm alles erzählen und mit ihm zusammen in das Hotel kommen.«
Gerald Shore starrte sie entgeistert an. »Das ist die verrückteste Sache, die ich jemals gehört habe. Was, zum Teufel, will er denn von Perry Mason?«
»Ich habe keine Ahnung.«
»Hör mal«, sagte Gerald streng, »du weißt nicht, ob es wirklich Franklin war, mit dem du gesprochen hast, nicht wahr, Helen?«
»Aber –«
»Also, hör auf, von dieser Person als von Franklin zu sprechen. Das verwirrt die Sache nur. Du weißt nur, daß du mit einem Mann am Telefon gesprochen hast, der behauptet, Franklin Shore zu sein.«
»Aber er hat Dinge gesagt, die es beweisen.«
»Was?«
»Er hat von Vorfällen aus meiner Kindheit gesprochen, von denen nur Onkel Franklin wußte.«
Gerald Shore stand auf; er ging zum Fenster und blickte gedankenvoll hinaus. Äußerlich schien er ganz ruhig, aber die hastigen Züge an seiner Zigarre verrieten seine Erregung.

»Was passierte dann?« fragte er.

»Dann hat Onkel Franklin – der Mann, meine ich –, er hat mir gesagt, ich soll zu Perry Mason gehen und um neun Uhr mit ihm zum *Castle Gate Hotel* kommen und nach Henry Leech fragen.«

»Wenn es wirklich Franklin war, warum, um alles in der Welt, ist er dann nicht nach Hause gekommen?«

»Darüber zerbreche ich mir die ganze Zeit den Kopf. Aber ich hab mir gedacht, vielleicht – nun es kann doch sein, daß er mit einer Frau zusammen weggelaufen ist. Und jetzt möchte er zurückkommen und will, daß jemand bei Tante Matilda vorfühlt, wie sie ihn aufnehmen wird.«

»Aber warum hat er mich dann nicht angerufen? Ich bin doch sein Bruder – außerdem bin ich Anwalt. Warum hat er mit dir gesprochen?«

»Ich weiß es nicht. Er sagte, ich sei der einzige Mensch, der ihm helfen könnte. Vielleicht hat er versucht, dich zu erreichen und du warst nicht da.«

»Und was dann? Wie endete das Gespräch?«

»Anscheinend wurde er überrascht. Jemand muß ins Zimmer gekommen sein oder so ähnlich. Er gab einen überraschten Laut von sich und hängte plötzlich auf.«

»Er bat dich, niemandem etwas zu verraten?«

»Ja. Aber – nun, ich dachte, ich sollte dir doch lieber etwas sagen.«

»Und Matilda hat nichts davon gemerkt?«

»Nein. Ich bin ganz sicher, daß sie gedacht hat, es sei Jerry. Und danach bemerkte sie sofort, daß die Katze diese Krämpfe hatte. Arme Amber Eyes! Wie ist sie wohl an das Gift gekommen?«

»Keine Ahnung«, sagte Gerald kurz. »Lassen wir die Katze jetzt. Beschäftigen wir uns mit Franklin. Die ganze Sache ergibt keinen Sinn. Zehn Jahre bleibt er spurlos verschwunden – und dann dieses plötzliche dramatische Wiederauftauchen wie in einem Schauerdrama. Ich persönlich habe immer gedacht, daß er mit dieser Frau durchbrannte. Ich war überzeugt, daß er Matilda eine Notiz hinterlassen hat, die sie uns verheimlichte. Als einige Zeit vergangen war, ohne daß er etwas von sich hören ließ, außer der Karte aus Miami, zog ich die Möglichkeit in Betracht, daß er mit seinem neuen Leben Schiffbruch erlitten

und Selbstmord begangen haben könnte. Ich hielt das für wahrscheinlicher bei ihm.«
Gerald vergrub die Hände in den Hosentaschen und starrte angestrengt aus dem Fenster. Nach einer Weile drehte er sich um und sah Helen an. »Als Franklin verschwand, hatte Matilda die alleinige Verfügungsgewalt über sein gesamtes Vermögen. Wenn er zurückkommt, wird er nicht mehr allzuviel für sich haben. Und wir beide werden gar nichts bekommen. Franklin ist mein Bruder. Dein Onkel. Wir hoffen beide, daß er am Leben ist. Aber er wird es beweisen müssen.«
Dr. Blakeley kam aus dem Sprechzimmer. »Ihr Kätzchen ist vergiftet worden«, sagte er zu Helen.
»Sind Sie ganz sicher?«
»Vollkommen.«
Gerald drehte sich zu ihm um und sah ihn besorgt an:
»Was haben Sie gefunden?«
»Jemand hat ihr vergiftetes Fleisch gegeben. Aber es muß ganz kurz bevor Sie sie zu mir brachten, geschehen sein. In dem Fleisch waren giftige Tabletten – wahrscheinlich mehrere. Ich habe ein Stück von einer Tablette gefunden, die noch nicht ganz aufgelöst war. Sie war wahrscheinlich in einem Fleischbällchen, darum hatten die Verdauungssäfte sie noch nicht völlig aufgelöst.«
»Wird sie – wird sie am Leben bleiben?« fragte Helen.
»Ja. Sie können sie in ein oder zwei Stunden abholen, wenn Sie wollen. Aber es wäre besser, wenn Sie sie ein paar Tage hier ließen oder zu Bekannten brächten. Irgend jemand wollte Ihr Kätzchen vergiften. Einer Ihrer Nachbarn hat offenbar etwas gegen Tiere – oder jemand hat aus irgendeinem Grunde eine Abneigung gegen Sie.«
»Aber warum? Ich kann mir nicht denken, daß so etwas möglich ist«, sagte Helen.
Dr. Blakeley zuckte die Achseln.
»Daß jemand das Gift sorgfältig in Fleischbällchen versteckt hat, deutet darauf hin, daß er ihre Katze mit voller Absicht vergiften wollte. Ich habe solche Fälle schon öfter hier in der Stadt erlebt. Nur sind es meistens Hunde, die auf diese Art von böswilligen Menschen getötet werden.«
Gerald unterbrach ihn: »Wir sollen die Katze also für einige Tage von zu Hause fernhalten?«

»Ja.«
Helen sagte: »Laß uns nach dem Essen zurückkommen und sie abholen, Onkel Gerald. Wir können sie zu Tom Lunk, dem Gärtner, bringen. Er hat ein kleines Haus ein Stück außerhalb der Stadt. Amber Eyes mag ihn. Sie wird sich bei ihm wohl fühlen.«
»Eine gute Idee!« sagte der Doktor.
Gerald nickte. »Okay. Komm jetzt, Helen. Ich hab noch eine Menge zu tun.«
Vier oder fünf Häuserblocks entfernt hielt Gerald vor einem Drugstore.
»Die Verabredung mit Perry Mason«, sagte er erklärend zu Helen. »Ich kenne ihn flüchtig, ich werde ihn für dich anrufen. Aber es wäre ein Wunder, wenn wir ihn um diese Zeit erwischten. Er ist ein vielbeschäftigter Mann. Er hält seine Bürostunden ab, wann es ihm paßt. Er hat überhaupt seine eigenen Methoden.«
Nach wenigen Minuten kam er zurück.
»Alles in Ordnung. In einer Stunde in seinem Büro.«
Helen nickte. »Kommst du mit?«
»Nein. Du kannst ihm die ganze Geschichte besser erzählen, wenn ich nicht dabei bin. Ich bin gespannt, ob er zu demselben Schluß kommen wird wie ich. Ich habe ihm gesagt, daß ich ebenfalls um neun Uhr am *Castle Gate Hotel* sein werde.«
»Aber zu welchem Schluß bist du eigentlich gekommen, Onkel Gerald?«
Gerald blickte sie liebevoll an, aber er schüttelte den Kopf. Nachdem er eine Weile schweigend gefahren war, sagte er: »Du hast wirklich keine Ahnung, ob die Katze heute am späten Nachmittag noch draußen war?«
»Ich versuche schon die ganze Zeit, mich daran zu erinnern, Onkel Gerald. Sie war etwa gegen drei Uhr im Garten, aber ob sie danach noch draußen war, weiß ich nicht.«
»Wer war heute nachmittag alles im Hause?«
»Komo und Tante Matilda – und die Köchin.«
»Wer sonst noch?«
Unter seinem forschenden Blick fühlte sie, wie sie errötete. »Jerry Templar.«
»Wie lange, bevor die Katze die Krämpfe bekam?«
»Nicht sehr lange.«

»War George Alber da?«
»Ja, aber nur ein paar Minuten. Er wollte Tante Matilda etwas bestellen und hielt sich dann noch etwas auf. Bis dann Jerry kam. Da habe ich zugesehen, daß er schnell wieder verschwand. Warum?«
Ein Muskel zuckte in Geralds Wange. »Was weißt du von Tante Matildas Gefühlen für George Alber?«
»Ich glaube, daß sie ihn mag«, sagte Helen. »Sie ist immer —«
»Du weißt also nicht, was dahintersteckt. Daß sie beinahe seinen Vater geheiratet hätte?«
»Davon hatte ich keine Ahnung. Es ist unvorstellbar, daß Tante Matilda jemals verliebt gewesen sein soll . . .«
»Sie war es aber. Sie war damals mit vierzig Jahren eine attraktive Witwe. Und Stephen Alber war ein gutaussehender Witwer. George sieht ihm sehr ähnlich. Wir waren nicht erstaunt, daß sie sich ineinander verliebt haben. Um so überraschender war es dann, daß Matilda sich mit ihm zerstritt und Franklin heiratete. Ich glaube, daß sie das hauptsächlich tat, um Stephen zu verletzen. Das hat sie auch erreicht. Aber er kam darüber hinweg. Zwei oder drei Jahre später hat er auch geheiratet. Vielleicht erinnerst du dich noch, er ließ sich dann wieder scheiden.«
Helen schüttelte den Kopf. »Es ist schwer, sich vorzustellen, daß jemand in Tante Matilda verliebt gewesen sein soll — und noch unwahrscheinlicher, daß sie selbst einmal verliebt war.«
»Sie hat ihn so geliebt, daß sie, glaube ich, niemals darüber hinweggekommen ist. Ich glaube sogar, sie liebt Stephen Alber immer noch. Ich nehme an, daß sie Franklin nicht deswegen so haßt, weil er sie verließ, sondern weil sie wußte, daß Franklin Stephen Alber immer verabscheut hat. Und ich bin davon überzeugt, daß sie ihm nicht vergeben kann, was er Stephen Alber angetan hat.«
»Was hat er denn getan?« fragte Helen.
»Eigentlich gar nichts. Es war die Bank, nachdem Franklin verschwunden war. Der große Börsenkrach 1929 hat Alber ziemlich übel mitgespielt. Wie Millionen anderen auch. Aber er konnte trotzdem einen Teil seines Vermögens retten. Allerdings nur bis 1932. Kurz nachdem Franklin verschwand, setzte ihn die Bank unter Druck. Es ist möglich, daß Franklin es noch veranlaßt hat. Jedenfalls machte Alber Pleite und erholte sich

nie wieder davon. Vielleicht hat das nicht direkt seinen Tod verursacht, aber dazu beigetragen hat es bestimmt. Und Matilda –«, er brach ab. Sie waren beinahe zu Hause angekommen. »Ich bin heute abend um neun Uhr am *Castle Gate Hotel.*«

Helen zögerte. »Onkel Franklin hat mir doch verboten, außer Mr. Mason noch jemanden mitzubringen. Es schien ihm sehr ernst zu sein.«

»Ganz gleich«, sagte Gerald. »Ich werde mitkommen.«

Als sie vor dem Hause hielten, fügte er leiser hinzu: »Sei vorsichtig mit dem, was du sagst. Da ist George Alber.«

## 3

George Alber kam die Treppe vor dem Eingang herunter. Wenn er seinem Vater wirklich so ähnlich sah, dann konnte man sich leicht vorstellen, daß Tante Matilda und wahrscheinlich noch eine ganze Reihe anderer Frauen sich vor zwanzig Jahren in Stephen Alber verliebt hatten, dachte Helen.

Allerdings mußten es Frauen gewesen sein, die ihr Herz an Stars auf retuschierten Filmfotos verlieren.

Sein gutes Aussehen hatte etwas Künstliches, etwas allzu Perfektes. Sein Profil, wie das einer griechischen Statue, wirkte wie mit dem Meißel geformt. Die Augenbrauen waren feingestrichelte Bögen, das Haar sorgsam gewellt. Nur der vollippige Mund und das etwas vorstehende Kinn beeinträchtigten die Regelmäßigkeit seiner Züge. Sie gaben ihnen einen leichten Zug von Brutalität und Dünkelhaftigkeit.

»Was hab ich da gehört, deine Katze hat die Tollwut?« Seine Stimme ist ähnlich wie sein Gesicht, dachte Helen. Ebenso perfekt, ein bißchen zu wohlklingend, um echt zu sein.

»Die Köchin sagte mir, sie hat dich gekratzt. Laß mal sehen.« Er ergriff ihre Hand. Seine Finger waren lang und kräftig und wunderbar gepflegt. Aber Helen zuckte vor ihrer Berührung zurück. »Meine Hand ist in Ordnung. Amber Eyes hat keine Tollwut, sie ...«

»Bist du auch ganz sicher?« Besorgt schüttelte er den Kopf. »Wie die Köchin es beschrieben hat ...«

»Die Köchin hat ihre Informationen von Tante Matilda«, unterbrach Helen ihn. »Die Katze wurde vergiftet.«
»Vergiftet?« rief Alber.
»Jawohl.«
»Bist du sicher?«
»Vollkommen.«
»Aber das versteh ich nicht.«
Gerald Shore öffnete die Wagentür und stieg aus. »Was ist denn daran so schwer zu verstehen?« fragte er trocken. »Jemand hat Giftpillen in Fleischbällchen gesteckt und sie der Katze gegeben. Jemand wollte sie mit voller Absicht fein säuberlich vergiften. Verstehen Sie es jetzt?«
George Alber schien der Sarkasmus zu entgehen. Lächelnd sagte er: »Ich wollte nicht sagen, daß ich nicht verstehe, was geschehen ist, sondern warum.«
Gerald sagte: »Die Antwort ist sehr einfach, jemand wollte die Katze beiseite schaffen.«
»Aber wieso?« beharrte George Alber.
Helen wandte sich an ihren Onkel und runzelte nachdenklich die Stirn. »Ja, er hat recht, warum sollte eigentlich jemand Amber Eyes vergiften wollen?«
Gerald Shore tat das Thema ziemlich kurz ab. Jedenfalls schien es Helen so. »Woher soll man wissen, was im Gehirn eines Menschen vorgeht, der offenbar aus Prinzip Tiere vergiftet? Es gibt Leute in der Stadt, die herumlaufen und vergiftete Fleischstücke in Gärten werfen, hat der Doktor gesagt.«
Helen bemerkte erstaunt eine gewisse Aggressivität in dem Blick, mit dem der junge Mann ihren Onkel ansah. Eigensinnig beharrte er: »Ich bezweifle sehr, daß jemand auf diese Weise die Katze vergiften wollte. Wenn es ein Stück Fleisch gewesen wäre, aber mehrere – also, mir kommt das unwahrscheinlich vor.«
Gerald Shore fühlte sich in die Verteidigung gedrängt. Gereizt sagte er: »Warum sollte nicht jemand mehrere Fleischstücke in den Garten geworfen haben? Ich sehe keinen Grund dafür, warum die Katze sie nicht alle gefressen haben kann.«
George Alber wandte sich an Helen. »Wann war die Katze zum letztenmal draußen?«
»Ich weiß nicht, George«, sagte sie. »Ich kann mich nicht daran erinnern, ob sie nach drei Uhr wieder draußen gewesen ist.«

»Kann sie das Gift schon um drei Uhr gefressen haben?«
»Der Tierarzt sagt, es könne nur kurz bevor wir sie zu ihm brachten gewesen sein. Sonst hätte sie es nicht überlebt.«
Alber nickte langsam, als bestärkte das eine Vermutung, die er schon die ganze Zeit über gehabt hatte.
Dann sagte er plötzlich: »Ich muß jetzt gehen. Bis später. Paßt gut auf Amber Eyes auf.«
»Das werden wir«, sagte Helen. »Wir bringen sie für ein paar Tage zu Tom Lunk.«
George Alber ging zu seinem Wagen, der am Straßenrand parkte, stieg ein und fuhr weg.
Gerald Shore sagte mit einer Heftigkeit, die Helen überraschte: »Also ich kann mir nicht helfen. Ich kann diesen Burschen einfach nicht ausstehen.«
»Warum nicht, Onkel Gerald?«
»Ich weiß nicht. Er ist so – so verdammt von sich überzeugt. Bei einem älteren Mann könnte man das vielleicht noch hinnehmen. Aber was hat er denn schon getan? Warum ist er eigentlich nicht in der Army?«
»Er hört schlecht auf dem linken Ohr«, erklärte Helen. »Ist dir noch nie aufgefallen, daß er jemandem, mit dem er spricht, immer seine rechte Seite zuwendet?«
Gerald schnaubte verächtlich. »Das macht er nur, um sein Profil zu zeigen. Er versucht die Pose eines Filmidols nachzuäffen.«
»Aber nein, Onkel Gerald. Du bist unfair. Es ist wegen seines Hörfehlers. Ich weiß es. Er wollte sich ja zur Army melden.«
Gerald Shore fragte schroff: »Wann muß Jerry Templar ins Camp zurück?«
»Montag«, sagte Helen und versuchte, nicht daran zu denken, wie wenig Zeit ihnen noch bis Montag blieb.
»Weiß er schon, wohin man ihn schicken wird?«
»Falls er es weiß, verschweigt er es mir.«
Sie standen vor der Haustür. Gerald hielt sie für Helen auf, aber er ging nicht mit ihr hinein. »Ich habe noch etwas in der Stadt zu erledigen.« Er sah auf seine Uhr. »Du mußt gleich losgehen, wenn du pünktlich bei Perry Mason sein willst. Du wirst wohl kaum zum Dinner zurück sein können. Also sagst du am besten zu Matilda, ich hätte dich zum Essen eingeladen. Dann wird sie keinen Verdacht schöpfen, und du hast Zeit genug für Mason. Wie ich ihn kenne, wird eure Unterredung

eine Weile dauern. Ich erwarte dich dann um neun Uhr vor dem *Castle Gate Hotel.*«
Er schloß die Tür, bevor Helen wiederholen konnte, daß Onkel Franklin ihr ausdrücklich verboten hatte, jemandem etwas von der Verabredung im *Castle Gate Hotel* zu sagen – außer Perry Mason.

## 4

Perry Mason hatte jene vertrauenerweckende Ausstrahlung, die große stattliche Männer häufig haben. Sein ganzes Wesen war von unerschütterlichem Gleichmut geprägt. Nur in Zeiten der Anspannung zeigte sich sein wirkliches Temperament. Vor einem Geschworenengericht konnte er die Gewandtheit und Anmut eines versierten Schauspielers entwickeln. Seine Stimme gebrauchte er als Instrument, mit dem er die Eindringlichkeit seiner Worte wirkungsvoll unterstrich. Mit blitzschnellen, gezielten Fragen verstand er es, selbst dem verstocktesten Zeugen die Wahrheit zu entreißen. Ergab sich in einer Verhandlung eine kritische Situation, gelang es ihm stets mühelos, mit überzeugender Gestik und Rhetorik die Gefühle der anderen zu seinen Gunsten zu beeinflussen und so seine Gegner in die Enge zu treiben. Dabei verfügte er über eine unbestechliche Logik, wie sie für eine überzeugende Argumentation unerläßlich ist.
Della Street, Masons Sekretärin, öffnete die Tür zum Büro ihres Chefs und trat ein. Mason saß auf seinem Drehstuhl, die langen Beine lässig auf den Schreibtisch gelegt.
»Also da bin ich«, sagte sie. Mason wartete, bis sie ihren Mantel in den Wandschrank gehängt hatte. Dann sagte er: »Della, die Tugend wird wieder einmal belohnt. Ich sagte Ihnen heute morgen, daß wir nicht mit diesem läppischen zivilrechtlichen Fall unsere Zeit verschwenden sollten, obwohl einiges für uns dabei herausgesprungen wäre. Und jetzt, acht Stunden später, kommt dies hier.«
»Bei dem läppischen Fall wären zehntausend Dollar Honorar für uns drin gewesen«, sagte Della frostig. »Was bringt uns dieser hier ein?«

Mason grinste: »Ein Abenteuer, das Sie um zehn Jahre verjüngen wird.«

»Die meisten Ihrer Fälle lassen mich um zehn Jahre altern.«

Mason verzog keine Miene. »Das hier ist jedenfalls keiner von den blöden Routinefällen, die mich aus Langeweile zum Säufer werden lassen. Er scheint aufregend und sogar ein bißchen romantisch zu sein. Mit anderen Worten, es geht um eine Sache, die sich völlig verrückt anhört und absolut keinen Sinn ergibt – ein toller Fall.«

»Das hab ich mir schon gedacht, als Sie mich anriefen«, bemerkte Della und ließ sich ihm gegenüber auf der Schreibtischkante nieder. Sie hatte das besondere Funkeln bemerkt, das immer dann in seinen Augen aufleuchtete, wenn ihn etwas ganz besonders faszinierte.

Obwohl Perry Mason seinen Beruf als Anwalt schon viele Jahre ausübte, machte er ihm – im Gegensatz zu den meisten anderen Männern – immer noch Spaß. Nicht nur, daß er in jedem Fall ein neues Abenteuer sah. Je mehr Fälle er löste und je größer seine Praxis wurde, desto mehr interessierte er sich für Menschen und ihre Verhaltensweisen. Seine Methoden wurden mit der Zeit immer ungewöhnlicher, brillanter und gefährlicher. Und das Funkeln in seinen Augen verriet Della, daß dieser neue Fall eine besonders schwer zu lösende Aufgabe für ihn werden würde.

Perry starrte sie gedankenvoll an. Automatisch sah Della sich mit seinen Augen. Ihre braunen Schuhe waren elegant, ihre Beine makellos. Das beigefarbene Kostüm saß wie angegossen. Ihr Make-up war perfekt. Sie hoffte, daß er mit ihrem Anblick zufrieden war.

»Della«, seufzte Mason. »Manchmal glaube ich, Sie werden langsam blasiert.«

»So?« sagte sie unbeeindruckt. »Das müssen Sie mir näher erklären.«

»Sie werden konservativ, gewinnsüchtig und vorsichtig. Sie interessieren sich mehr für Punkte als für Fragezeichen.«

Della entspannte sich. »Irgend jemand in diesem Büro muß ja schließlich praktisch denken«, sagte sie. »Aber, falls es nicht zuviel verlangt ist, möchte ich in aller Bescheidenheit darum bitten, mir zu erklären, was diese ganze Aufregung eigentlich soll? Es macht mir zwar nicht allzuviel aus, ein gutes Dinner halbgegessen stehenzulassen und hierher zu rasen. Aber ich würde wenigstens gern wissen, wo der Hund begraben liegt.«

»Es war kurz nachdem Sie weggegangen waren. Ich war mit meinem Bericht über den Fall Johnson fertig und wollte auch gerade gehen, da klingelte das Telefon. Es war ein Rechtsanwalt, den ich flüchtig kenne. Er wollte eine Verabredung für seine Nichte mit mir treffen. Kurze Zeit später kam sie dann selbst und sprach mit mir.«

Della ging vom Schreibtisch, nahm ihren Stenoblock und setzte sich auf einen Stuhl. Sie war jetzt ganz die tüchtige Sekretärin eines vielbeschäftigten Mannes. »Wie waren die Namen?« fragte sie.

»Gerald Shore, Rechtsanwalt. Hat seine Kanzlei im Debenture Investment Building. Soviel ich weiß, hat er seine Tätigkeit auf ein Spezialgebiet verlegt. Ich glaube, er hat hauptsächlich mit Bergwerksgesellschaften zu tun. Scheint ein Spekulant zu sein. Vertritt meistens Aktionäre und läßt sich seine Honorare zum Teil bar, zum Teil in Aktien auszahlen.«

»Und lohnt sich das für ihn, finanziell, meine ich?«

»Seien Sie doch nicht so verdammt materialistisch«, sagte Mason grinsend. »Ich glaube, er hat mehr davon als nur finanziellen Gewinn.«

»Wie meinen Sie das?«

»Er jagt ständig Illusionen nach. Die Rationalisten halten Illusionen ja für reine Zeitverschwendung. Aus dem einfachen Grunde, weil sie keinen realen Wert haben. Sie übersehen dabei die Tatsache, daß Leute, die sich Illusionen machen, mehr vom Leben haben.«

»Hat er einen Vorschuß bezahlt?«

»Noch nicht«, gab Mason zu.

»Verstehe. Der Name der Nichte?«

»Helen Kendal.«

»Alter?«

»Etwa vierundzwanzig. Aufregende veilchenblaue Augen. Blond. Tolles Fahrgestell. Und das übrige Zubehör ist auch nicht zu verachten.«

»Natürlich wieder kein Vorschuß«, murmelte Della Street. »Sie sagten, sie ist eine Nichte von Gerald Shore?«

»Ja. Ich gebe Ihnen eine kurze Zusammenfassung der Familiengeschichte.« Er griff nach einem Zettel mit Notizen und fing an zu diktieren. Bald standen die wichtigsten Fakten fein säuberlich in Della Streets Notizbuch.

An einem Januarabend im Jahre 1932 ging Franklin Shore, der damals siebenundfünfzig Jahre alt und kerngesund war, in sein Arbeitszimmer, nachdem er mit seiner Frau zu Abend gegessen hatte. Dort empfing er einen Besucher, den er selbst hereingelassen haben mußte, denn keiner der Dienstboten konnte sich später daran erinnern, jemandem die Tür geöffnet zu haben. Ein Hausmädchen hatte jemand die Auffahrt heraufkommen sehen und glaubte, in ihm Gerald Shore erkannt zu haben. Und auch Matilda Shore hatte geglaubt, daß es Geralds Stimme war, die sie aus dem Arbeitszimmer hörte. Aber sie hatte sie nur undeutlich gehört und war nicht ganz sicher. Gerald selbst bestritt, zu dem Zeitpunkt bei Franklin gewesen zu sein.

Jedenfalls, wer auch immer derjenige war, er wollte Geld. Matilda Shore hatte deutlich gehört, wie ihr Mann mit vor Ärger erhobener Stimme ablehnte, dem Besucher Geld zu leihen. Er sagte so etwas wie, die Welt sei voll von Dummköpfen, die meinten, sie brauchten nur ein paar Tausender, um schnell reich zu werden. Selbst in den Fällen, in denen sogar ein Dummkopf wissen müßte, daß es unmöglich sei.

Das war alles, was Matilda Shore von dem Gespräch mitgehört hat. Sie ging dann in ihr Zimmer, um im Bett zu lesen. Sie hörte den Besucher nicht weggehen. Und erst am nächsten Morgen stellte sie fest, daß Franklin Shore verschwunden war.

Das geschah in jenen Tagen, als ein bloßes Gerücht bewirken konnte, daß eine Bank ihre Schalter schließen mußte. Darum zogen Shores Frau und sein Kompagnon die Polizei erst hinzu, als Franklin schon mehrere Tage verschwunden war.

Alle Nachforschungen, die daraufhin von der Polizei und auch von privater Seite angestellt wurden, blieben ohne Erfolg. Es fand sich keine Spur von Franklin Shore. In der Bank war alles in Ordnung. Sie nahm durch das Verschwinden ihres Präsidenten trotz der wilden Schlagzeilen in den Zeitungen keinen Schaden. Was die ganze Angelegenheit besonders rätselhaft machte: Außer ein paar hundert Dollar, die er gewöhnlich bei sich trug, hatte Franklin Shore offenbar sein gesamtes Vermögen zurückgelassen. Sein Scheckbuch lag auf seinem Schreibtisch. Auf dem obersten Scheck stand ein Datum und eine

abgebrochene Linie, die darauf hindeutete, daß er den Namen eines Empfängers hatte einsetzen wollen und es sich dann entweder anders überlegt hatte oder gestört worden war.
Die üblichen Gerüchte begannen zu kursieren. In den letzten Monaten vor seinem Verschwinden war Shore häufig in Begleitung einer Frau gesehen worden. Niemand wußte, wer sie war. Aber es hieß, sie habe auffallend gut ausgesehen, sei elegant gekleidet und etwa Mitte Dreißig gewesen. Es gab jedoch keinen Anhaltspunkt dafür, daß sie mit Franklin Shore zusammen weggegangen war. Bis auf eine Karte vom 5. Juni 1932, die Shores Nichte sechs Monate nach seinem Verschwinden aus Miami, Florida, erhalten hatte und die, wie die Schriftsachverständigen übereinstimmend feststellten, mit Bestimmtheit von Franklin Shore stammte. Der Text lautete folgendermaßen:
»Ich weiß noch nicht, wie lange wir hier bleiben werden, aber wir genießen das milde Klima und, ob du es glaubst oder nicht, wir schwimmen viel. In Liebe, Dein Onkel Franklin.«
Daß der Text in der Mehrzahl abgefaßt war, schien die Gerüchte über die unbekannte Blonde zu bestätigen, aber auch die Nachforschungen, die daraufhin in Florida angestellt wurden, blieben erfolglos.
Sein Testament wurde gefunden. Der Großteil seines Besitzes ging an Matilda Shore, mit Ausnahme zweier Legate über jeweils zwanzigtausend Dollar, die für seine Nichte und für seinen Bruder bestimmt waren.
»Und wie steht es damit?« Della Street blickte hoffnungsvoll von ihrem Notizblock auf.
»Sie sind bisher noch nicht ausbezahlt worden. Die Nichte lebt schon seit Jahren bei ihrer Tante. Gerald Shore hatte, glaube ich, einigen indirekten Nutzen von der Sache. Aber die Legate werden erst fällig, wenn Franklin Shore tot ist.«
»Aber niemand hat von ihm gehört seit . . .«
»Damit kommen wir zum springenden Punkt«, sagte Mason. »Jemand hat; er hat seine Nichte angerufen. Sie soll sich heute abend mit ihm treffen. Er bestand darauf, ich solle bei der Unterredung anwesend sein. Und Sie werden uns begleiten.«
»Aber warum hat er sich nicht mit seiner Frau in Verbindung gesetzt? Warum kommt er nicht einfach nach Hause?«
»Darum geht es ja gerade. Ich nehme an, nach dem Gerede, er

sei mit einer jungen Frau durchgebrannt, ist er wohl nicht ganz sicher, wie seine Frau ihn empfangen würde.«

»Sie weiß also noch nicht, daß er hier ist?«

»Nein, Franklin hat seiner Nichte ausdrücklich verboten, jemandem etwas davon zu sagen. Sie hat sich aber doch ihrem Onkel Gerald anvertraut.«

»Gehört Matilda Shore zu den Frauen, die leicht verzeihen können?« fragte Della Street.

Mason grinste. »Ganz bestimmt nicht. Wenn man das, was Helen Kendal erzählt hat, richtig interpretiert, ist sie eine ungeheuer eigensinnige Person. Außerdem scheint noch eine Liebesaffäre da eine Rolle zu spielen. Der Mann ist tot. Aber der Sohn, George Alber, ist das getreue Ebenbild seines Vaters; Matilda scheint sehr an ihm zu hängen. Ich vermute, daß Gerald Shore diese Beziehung alles andere als gerne sieht.«

»Warum?«

»In dem jungen Alber«, sagte Mason, »sieht sie das Bild des Mannes, der sie einmal geliebt hat. Ihre einzigen lebenden Verwandten sind Helen Kendal und Gerald Shore. Früher, bevor George Alber eines Tages auf der Bildfläche erschien, konnten sie damit rechnen, ihr gesamtes Vermögen zu erben.«

»Handelt es sich um ein großes Vermögen?«

»Ja.«

»Und da kommt plötzlich Alber!«

Mason grinste. »Da kommt plötzlich Alber. Gerald Shore glaubt zu wissen, warum er andauernd im Hause aufkreuzt und seinen ganzen Charme spielen läßt.«

»Du lieber Himmel. Sie wollen doch nicht etwa sagen, daß diese Frau in ihrem Alter ihn heiraten wird?«

»Wohl kaum«, sagte Mason. »Aber sie will ihre Nichte mit ihm verheiraten. Und Alber scheint die Idee zu gefallen. Matilda Shore ist ein Despot, und sie hat die Hand fest auf dem Portemonnaie. Aber Sie haben noch nicht alles gehört, was mit dem Fall zusammenhängen könnte. Außer dem mysteriösen Telefonanruf ist heute noch etwas anderes passiert. Man hat versucht, ein Kätzchen zu vergiften.«

Della hob die Augenbrauen. »Was hat eine vergiftete Katze mit der Rückkehr Franklin Shores zu tun?«

»Vielleicht gar nichts. Vielleicht aber auch sehr viel.«

»In welcher Hinsicht?«

»Weil es offenbar im Hause passierte.«
»Wieso im Hause?«
»Weil allem Anschein nach die Katze nach drei Uhr nachmittags nicht mehr draußen war. Die Vergiftungserscheinungen traten aber erst gegen fünf Uhr auf. Der Tierarzt sagt, daß die Katze das Gift frühestens fünfzehn oder zwanzig Minuten vor dem Zeitpunkt gefressen hat, zu dem man sie zu ihm brachte. Das war gegen 17.15 Uhr.«
»Was für ein Gift war es?« fragte Della Street. »Eines, mit dem man auch Menschen vergiften kann?«
»Das ist es ja eben«, sagte Mason. »Offenbar waren es Strychnintabletten. Strychnin hat einen bitteren Geschmack. Ein Tier bemerkt ihn nicht, wenn man die giftigen Tabletten in Fleischbällchen steckt, aber einem Menschen würde der bittere Geschmack sofort auffallen.«
»Sie wollen, daß ich heute abend mit Ihnen komme?«
»Ja. Und nehmen Sie Ihren Notizblock mit, damit Sie das, was gesagt oder nicht gesagt wird, aufschreiben können. Ein Mann namens Leech wird uns zu Franklin Shores Versteck bringen.«
»Warum hält er sich versteckt?«
Mason lachte. »Warum ist er überhaupt erst verschwunden? Das hab ich mich schon hundertmal gefragt, Della. Warum ein Mann, der Verstand genug hatte, nach dem Börsenkrach 1929 einige Jahre lang keine Aktien zu verkaufen, ein Mann, der Geld wie Heu verdiente, der alles besaß, was man sich im Leben wünschen kann, plötzlich verschwand, ohne sein Geld mitzunehmen.«
»Vielleicht hatte er vorher heimlich etwas auf die Seite geschafft«, sagte Della Street.
»Das hätte er allein schon wegen der Einkommensteuer nicht gekonnt.«
»Er könnte seine Bücher gefälscht haben.«
»Jemand mit einem kleineren Einkommen hätte das tun können, aber Franklin Shores Geschäfte waren dazu zu komplex. Nein, Della, wir werden dabei einem alten Geheimnis auf die Spur kommen. Die Lösung ist sicher äußerst interessant. Wir haben es mit einem ganz besonders mysteriösen Verbrechen zu tun.«
Della schnitt eine Grimasse. »Bis jetzt ist doch noch gar kein Verbrechen geschehen!« sagte sie.

»Nun«, sagte Mason und holte seinen Mantel aus der Garderobe, »zumindest haben wir es mit einem versuchten Verbrechen zu tun.«
»Und das wäre?«
»Die Katze.«
»Die Sache mit der vergifteten Katze?« Sie steckte einen Notizblock und ein halbes Dutzend frisch gespitzter Bleistifte in ihre Handtasche. Dann blieb sie einen Augenblick lang nachdenklich neben dem Schreibtisch stehen.
»Kommen Sie jetzt!« sagte Mason ungeduldig.
»Chef, haben Sie schon einmal gesehen, wie ein Kätzchen frißt?«
»Wieso?«
»Eine Katze knabbert normalerweise zuerst vorsichtig an ihrem Futter. Diese Katze muß entsetzlich hungrig gewesen sein, daß sie die Fleischbällchen sofort hinunterschlang.«
»Die Katze war wahrscheinlich nur unvorsichtig, nehme ich an. Los, gehen wir!«
»Sehr unvorsichtig«, nickte Della. »Ich glaube, wenn ich eine Akte über diesen Fall anlege, werde ich ihn einfach ›Der Fall mit der unvorsichtigen Katze‹ nennen.«

## 5

Als sie in Masons Wagen saßen, fragte Della Street: »Hat Franklin Shore sein gesamtes Vermögen auf den Namen seiner Frau überschrieben?«
»Soviel ich weiß, alles.«
»Wie lange vor seinem Verschwinden?«
»Drei oder vier Jahre.«
»Wenn sie also nicht will, daß er zurückkommt, kann sie ...«
»Sie kann ihn nicht daran hindern, wieder zurückzukommen«, unterbrach Mason sie. »Aber sie könnte ihm finanziell Schwierigkeiten machen. Angenommen, sie reicht die Scheidung ein, sobald er wieder auftaucht – und verlangt dann noch eine Entschädigung aus dem bißchen Vermögen, das noch auf seinen Namen läuft?«
»Glauben Sie, daß sie das vorhat?«

Mason sagte: »Er hat mit Sicherheit einen wichtigen Grund, warum ich bei dem Treffen mit seiner Nichte anwesend sein soll. Ich glaube nicht, daß er Karten mit mir spielen will.«
Eine Weile schwiegen sie. Dann fragte Della Street: »Wo treffen wir die anderen?«
»Einen Häuserblock vor dem *Castle Gate Hotel.*«
»Was für ein Hotel ist es?«
»Ein drittklassiges, ziemlich zweifelhaftes Etablissement. Versucht sich nach außen einen Anstrich von Ehrbarkeit zu geben. Aber der Firnis ist nur sehr dünn.«
»Und Henry Leech erwartet nur Helen Kendal und Sie?«
»Ja.«
»Glauben Sie, er hat etwas dagegen, daß so viele kommen?«
»Ich weiß nicht. Aber ich brauche Sie unbedingt dabei, damit Sie ein paar Notizen machen können. Die Sache scheint ziemlich verzwickt zu sein ... Da vorne sollen wir die anderen treffen. Hier ist ein Parkplatz.«
Mason fuhr den Wagen in die Parklücke, half Della Street hinaus und schloß die Tür ab. Zwei Gestalten lösten sich aus dem Dunkel einer Einfahrt. Flüsternd machte Mason Della Street mit Helen Kendal und Gerald Shore bekannt.
»Ist die Luft rein?« fragte Mason.
»Ich glaube schon«, sagte Gerald Shore.
»Ist Ihnen niemand gefolgt?«
»Soviel wir wissen, nein!«
Mason wies mit dem Kopf auf das nächste Haus. Auf einer düsteren Fassade stand in verblaßten Buchstaben: *Castle Gate Hotel. Zimmer ab 1 Dollar. Auch für Dauergäste. Restaurant.*
Mason nahm Helen Kendals Arm. »Wir beide gehen zuerst allein«, sagte er. »Sie, Shore, und Miss Street kommen ungefähr in einer halben Minute nach. Tun Sie so, als gehörten Sie nicht zu uns, bis wir im Aufzug sind.«
Gerald Shore zögerte. »Eigentlich will ich nur meinen Bruder Franklin sehen. Ich habe kein Interesse daran, diesen Leech zu treffen. Meine Anwesenheit könnte ihn irritieren. Ich warte wohl besser im Auto.«
Mason sagte: »Miss Street kommt auf jeden Fall mit. Wir sind dann sowieso drei. Sie können also ruhig mit uns kommen.«
Shore zögerte einen Moment, dann sagte er entschlossen: »Nein, ich warte lieber im Auto. Aber, wenn Sie meinen Bru-

der treffen, sagen Sie ihm bitte, daß ich hier bin und ihn unbedingt sofort sprechen muß, bevor er mit jemand anderem spricht. Verstehen Sie, ich muß ihn auf jeden Fall als erster sprechen.«

Mason betrachtete ihn mit einem sonderbaren Gesichtsausdruck. »Auch bevor er mit mir spricht?«

»Ganz gleich mit wem!«

Mason schüttelte den Kopf. »Wenn Sie ihm eine solche Nachricht zukommen lassen wollen, tun Sie es bitte selbst. Der Mann hat mich rufen lassen. Er will mich vermutlich beruflich konsultieren.«

Shore verbeugte sich kurz. »Sie haben recht. Es tut mir leid, Herr Kollege. Aber ich warte doch lieber hier. Ich bezweifle, daß mein Bruder in dem Hotel ist. Wenn Sie mit Leech herauskommen, werde ich Ihnen folgen.«

Er ging zu seinem Wagen zurück, der am Straßenrand parkte, öffnete die Tür und setzte sich hinter das Steuer.

Mason lächelte Helen Kendal aufmunternd an. »Gehen wir also.«

Die Hotelhalle war etwa zwanzig Meter lang und breit. An ihrem hinteren Ende befand sich ein U-förmiger Empfangstisch mit einer Telefonvermittlung dahinter. Ein gelangweilt aussehender Empfangschef saß hinter dem Tisch und las in einem grellbunten Groschenheft. Ihm gegenüber befanden sich zwei Aufzüge. Etwa zwölf Personen räkelten sich teilnahmslos in ihren Sesseln und blickten dem großen Mann und den zwei schlanken, jungen Frauen zunächst gleichgültig, dann mit wachsendem Interesse entgegen.

Der Mann hinter dem Empfangstisch sah unlustig auf.

»Wohnt bei Ihnen ein Mr. Leech?« fragte Mason.

»Ja.«

»Schon länger?«

»Ungefähr ein Jahr.«

»Wirklich? Wie ist seine Zimmernummer?«

»318.«

Der Mann drehte sich zu der Telefonvermittlung um, drückte mehrmals auf einen Knopf und lauschte in den Hörer. Dabei musterte er Della Street und Helen Kendal mit unverhohlenem Interesse.

»Es tut mir leid. Er ist nicht da.«

Mason sah auf die Uhr. »Er wollte sich um diese Zeit mit mir hier treffen.«
Der Empfangschef sagte: »Ich hab mir schon gedacht, daß er nicht hier ist. Vor zwei oder drei Stunden kam ein Mann zu ihm. Danach ging er dann weg. Ich habe ihn nicht zurückkommen sehen . . .« Er brach ab. Ein Eilbote war an den Empfangstisch getreten. »Ich habe einen Eilbrief für den Empfangschef vom *Castle Gate*«, sagte er.
Der Empfangschef öffnete den Brief, las ihn und blickte dann zu Perry Mason auf. »Sind Sie Mr. Perry Mason?« fragte er.
»Ja.«
»Der Brief ist in Wirklichkeit für Sie. Er ist nur an mich adressiert.«
Der Empfangschef gab Mason ein Blatt Papier, auf dem mit der Maschine geschrieben stand:
»An Empfangschef vom *Castle Gate Hotel.*
Ein Mr. Mason, Rechtsanwalt, wird heute abend nach mir fragen. Bestellen bitte, kann Verabredung nicht einhalten. Soll bitte zum Platz kommen, der auf beiliegender Karte gekennzeichnet ist. Bitte um Entschuldigung. War unbedingt notwendig, Plan zu ändern.
Henry Leech.«
Auch die Unterschrift war mit der Maschine geschrieben. Perry Mason zog die beiliegende Karte aus dem Umschlag. Es war eine Autokarte von Hollywood und Umgebung. Jemand hatte mit Tinte eine Linie gezogen, die dem Hollywood Boulevard folgte, dann, nach rechts abzweigend, die Ivor Street entlangführte, bis sie an einem Punkt endete, der mit großen Druckbuchstaben als Storage Reservoir gekennzeichnet war.
Der Empfangschef sagte: »Sehen Sie, er ist also wirklich nicht zurückgekommen.«
Mason studierte noch einmal aufmerksam den Text, dann faltete er den Brief und die Karte zusammen und schob sie in die Seitentasche seines Mantels.
»Gehen wir«, sagte er.
Die Scheinwerfer warfen tanzende Lichtkegel auf die zerklüfteten Berghänge und in die tiefen Schluchten zu beiden Seiten der Straße, die sich in Serpentinen den steilen Berg emporwand. Mason und Della Street saßen im ersten Wagen. Gerald Shore fuhr mit seiner Nichte hinter ihnen her.

»Ist Ihnen an dem Inhalt des Briefes nichts aufgefallen?« fragte Mason Della, sorgfältig auf die Kurven achtend.
Della Street, die die Straßenkarte studierte, sagte: »Es kam mir irgendwie so vor, als müsse ich die Person, die Ihnen geschrieben hat, kennen. Der Stil kommt mir sonderbar bekannt vor. Aber ich weiß nicht genau, wieso.«
Mason lachte: »Wenn jemand es Ihnen im richtigen Tonfall laut vorlesen würde, wüßten Sie es sofort.«
»Da komm ich nicht mit.«
Mason sagte: »Versuchen Sie sich vorzustellen, wie jemand sich verbeugt und lächelt, während er den Text in einem monotonen Tonfall vorliest.«
Della nahm den Brief aus dem Umschlag und begann ihn zu lesen. Am Ende der vierten Zeile sagte sie: »Gütiger Himmel. So würde ein Japaner schreiben.«
»Genau das ist es. Und noch etwas anderes. Die Unterschrift ist mit der Maschine geschrieben. Außerdem lautet die Adresse einfach: Empfangschef, *Castle Gate Hotel.* Leech wohnt aber schon seit einem Jahr dort. Er weiß mit Sicherheit, wie der Empfangschef heißt, und hätte den Namen auf den Umschlag geschrieben.«
»Dann glauben Sie also nicht, daß wir Leech da oben finden? Sie glauben, es ist ein Schlag ins Wasser?«
»Ich weiß es nicht. Mir fiel der sonderbare Stil auf, in dem der Brief geschrieben ist, und ich wollte feststellen, ob Sie es auch merken würden.«
»Wenn ich ihn nicht laut gelesen hätte, wäre es mir wahrscheinlich nicht aufgefallen.«
Die Kurven wurden noch enger, und Perry Mason mußte sich auf die Straße vor ihm konzentrieren. Dann wurde die Straße etwas gerader und weniger steil. Hohe Berge umgaben sie von allen Seiten. Unter ihnen funkelte das Lichtermeer von Hollywood und Los Angeles, durchzuckt von roten und blauen Blitzen der Neonreklamen. Mason wechselte den Gang und beschleunigte; das Brummen des Motors ging in ein sanftes Schnurren über.
Da die Scheinwerfer von Gerald Shores Wagen ihn blendeten, sah er den unbeleuchteten Wagen, der am Straßenrand parkte, erst, als er schon fast daran vorbeigefahren war. Er lenkte seinen Wagen auf die rechte Seite und hielt an. Einige Meter vor

ihm machte die Straße eine besonders scharfe Kurve. Ein Kreis von Eukalyptusbäumen zeigte an, daß sich dort ein Wasserreservoir befand.

»Wir sind da«, sagte Della.

Jetzt war auch Gerald Shore herangekommen. Beide Fahrer stellten den Motor ab und schalteten die Scheinwerfer aus.

Es war totenstill. Gerald Shore stieg aus seinem Wagen und kam nach vorne. Seine Schritte schienen in der Stille unnatürlich laut. Unwillkürlich seine Stimme senkend, sagte Shore: »Das Auto da vorne scheint auf uns zu warten. Aber ich kann niemanden darin erkennen.«

Della Street versuchte, ihre Nervosität mit einem Scherz zu überspielen: »Das sieht mir nicht gerade sehr einladend aus. Seid ihr sicher, die Party findet heute statt?«

Helen Kendal kam hinter Gerald her. Ihre Stimme klang vor Aufregung schrill: »Es ist jemand in dem Auto. Er sitzt hinter dem Steuer, aber er rührt sich nicht. Er scheint zu warten.«

»Haben Sie eine Taschenlampe?« fragte Shore. »Die ganze Sache kommt mir ziemlich komisch vor. Ich verstehe nicht, warum mein Bruder uns hierherbestellt haben soll.«

Mason öffnete das Handschuhfach und holte eine Taschenlampe heraus. »Kommen Sie, wir sehen nach.«

Eng zusammen marschierten sie auf das fremde Auto zu. Die Taschenlampe warf einen langen Lichtkegel auf die Straße vor ihnen. Das wartende Auto blieb dunkel. Nichts bewegte sich darin.

Plötzlich riß Mason die Taschenlampe hoch und richtete blitzschnell ihren Strahl auf die Windschutzscheibe. Helen Kendal stieß einen erstickten Schrei aus.

Der Körper lag seltsam verdreht über dem Lenkrad. Der Kopf war auf die linke Schulter gesunken. Von der rechten Schläfe zog sich ein Blutrinnsal über die Wange hinab. Das dunkle, geronnene Blut stach grausig von der Todesblässe der Haut ab.

Mason blieb stehen, die Taschenlampe weiter auf den Toten gerichtet. Über seine Schultern sagte er zu Gerald Shore: »Ich nehme an, Sie kennen diesen Leech nicht.«

»Nein, ich habe ihn noch nie gesehen.«

»Es ist nicht Ihr Bruder?« fragte Mason. Er bewegte sich etwas zur Seite, so daß der Lichtstrahl die Züge des Toten schärfer hervorhob.

»Nein.«
»Sind Sie ganz sicher?«
»Ja.«
Mason überlegte einen Moment. Dann sagte er: »Lieutenant Tragg von der Mordkommission pflegt mich zu beschuldigen, daß ich die Lage von Toten verändere und Spuren verwische, bevor die Polizei am Tatort erscheint. Diesmal hab ich zum Glück ein paar Zeugen. Wenn Miss Kendal sich nicht zu sehr fürchtet, lasse ich Sie beide hier. Miss Street und ich suchen schnell das nächste Telefon und benachrichtigen die Polizei.«
Shore zögerte einen Moment. Dann sagte er: »Zum Telefonieren genügt doch eine Person. Ich würde es vorziehen, wenn mehrere Zeugen hierblieben.«
»Wollen Sie hierbleiben?« fragte Mason Della. Ihre Augen trafen sich. »Natürlich«, sagte Della.
»Okay ... Miss Kendal. Wie ist die Telefonnummer Ihrer Tante?«
»Roxwood 3-3987. Warum? Wollen Sie sie benachrichtigen?«
»Nein«, sagte Mason. »Aber ich möchte bei ihr zu Hause anrufen. Ich habe eine Frage an den Hausboy.«
Mason stieg in seinen Wagen, schlug die Tür zu und brauste die Straße hinunter. Am ersten Haus, in dem er Licht sah, hielt er an, rannte die paar Stufen zum Eingang hinauf und klingelte. Es war eine ziemlich große, terrassenförmig angelegte Villa in der für Kalifornien typischen Bauweise. Durch ein Fenster in der Tür sah Mason, wie ein Mann langsam durch die Halle kam. Vor dem Haus ging eine Lampe an und tauchte ihn in grelles Licht. Das Türfenster öffnete sich. Ein Paar scharfe, graue Augen musterten den Anwalt. »Was ist los?« fragte der Mann.
»Ich muß dringend die Polizei anrufen. Ich habe oben beim Wasserreservoir eine Leiche gefunden. Mein Name ist Perry Mason.«
»Perry Mason, der Anwalt?« fragte der Mann.
»Ja.«
»Kommen Sie herein.« Die Tür öffnete sich. Der Mann trug eine Hausjacke und Pantoffeln. Er betrachtete Mason neugierig. »Ich hab schon eine Menge über Sie in den Zeitungen gelesen. Hab mir nicht träumen lassen, Sie einmal persönlich zu treffen. Dort drüben auf dem Tisch steht das Telefon.«

Mason dankte ihm. Er wählte die Nummer der Mordkommission und fragte nach Lieutenant Tragg. Ein paar Sekunden später hörte er Traggs klare, scharfe Stimme.
»Hier Perry Mason«, sagte der Anwalt. »Ich habe Ihnen etwas zu melden.«
Tragg sagte: »Doch nicht etwa, daß Sie eine Leiche gefunden haben?«
»Natürlich nicht«, antwortete Mason prompt.
»Na, um so besser. Wo brennt's denn?«
Mason sagte: »Ich habe es endgültig aufgegeben, Leichen zu entdecken, aber eine Person, die bei mir war, hat in der Nähe eines Wasserreservoirs oberhalb von Hollywood ein Auto mit einer Leiche darin gefunden. Wenn Sie gleich losfahren, erwarte ich Sie an der Straßenkreuzung nach Hollywood und zeige Ihnen den Weg.«
»Oh«, sagte Lieutenant Tragg mit ausgesuchter Höflichkeit, »jemand, der mit Ihnen zusammen war, hat also die Leiche gefunden?«
»Ganz recht.«
»Da Sie im Auffinden von Leichen mehr als Übung haben«, sagte Tragg sarkastisch, »darf ich wohl annehmen, daß Ihre geschätzte Sekretärin das Verdienst für die Auffindung dieses Toten für sich in Anspruch nimmt?«
Mason sagte: »Mir ist es gleich, wenn Sie am Telefon hängen und weise Reden schwingen möchten, statt mit der Untersuchung eines Mordfalles zu beginnen, aber in den Morgenzeitungen wird es sich etwas seltsam ausnehmen.«
Tragg sagte: »Okay. Eins zu null für Sie. Ich komme sofort.«
Mason legte auf und wählte Roxwood 3-3987. Nach längerem Läuten wurde der Hörer abgehoben. »Hallo, wer ist dort?« fragte eine schrille Frauenstimme unwirsch.
»Sie haben einen japanischen Hausboy«, sagte Mason. »Ich möchte ihn sprechen ...«
»Er ist kein Japaner. Er ist Koreaner.«
»Also gut. Ganz gleich, welche Nationalität er hat, ich möchte mit ihm sprechen.«
»Er ist nicht zu Hause.«
»Oh, er ist nicht da?«
»Nein.«
»Wann ist er weggegangen?« fragte Mason.

»Ungefähr vor einer Stunde.«
»Wer sind Sie?«
»Ich bin die Köchin. Eigentlich habe ich heute meinen freien Abend, aber ich kam gerade zurück, als sie weggingen, und sie sagte mir, ich solle hierbleiben und das Telefon beantworten.«
»Können Sie mir sagen, ob der Koreaner den ganzen Abend zu Hause war?«
»Nun – das weiß ich nicht so genau. Ich glaube, er war eine Weile weg.«
»Und wo ist er jetzt?«
»Ausgegangen.«
»Sie wissen nicht wohin?«
»Nein.«
»Ich bin Mr. Mason. Ich rufe im Auftrag von Mr. Gerald Shore an, und ich muß unbedingt wissen, wo der Hausboy sich aufhält.«
»Sie sprechen im Auftrag von Mr. Shore?«
»Ja.«
»Wenn ich Ihnen sage, wo Komo ist – bekomme ich dann auch keine Schwierigkeiten?«
»Nein. Ich werde dafür sorgen.«
»Er hat Mrs. Shore ins Exeter-Krankenhaus gebracht.«
»Ins Exeter-Krankenhaus?« wiederholte Mason überrascht.
»Ja. Sie wurde plötzlich sehr krank. Es sah aus, als sei sie ...« Sie brach ab.
»Als sei sie was?« fragte Mason.
»Nichts.«
»Wann war das?«
»Gegen neun Uhr, glaube ich.«
»Es hat ausgesehen, als sei sie was?« beharrte Mason. Die Frau am anderen Ende der Leitung zögerte. Dann stieß sie hervor: »Als sei sie – vergiftet worden. Aber sagen Sie niemandem, daß ich es Ihnen gesagt habe.« Sie legte auf.

Mason stieg aus und winkte dem ankommenden Polizeiwagen. Der Wagen hielt an, die Tür wurde aufgestoßen und Lieutenant Tragg sagte knapp: »Steigen Sie ein.«
Mason setzte sich auf den Rücksitz neben Tragg.
»Wo?« fragte Tragg.
Mason zog die Karte aus seiner Tasche. »Hier auf der Karte ist der Weg eingezeichnet.«
»Woher haben Sie die?«
»Sie war in einem Brief.«
»Wo ist der Brief?«
Mason gab ihm den Brief. Tragg nahm ihn, machte aber keine Anstalten, ihn zu lesen.
Der Polizeibeamte, der den Wagen fuhr, blickte sich fragend nach Tragg um. Tragg sagte: »Warten Sie einen Moment, Floyd. Der Mann da oben im Auto ist tot; der läuft uns nicht weg. Mr. Mason dagegen ist sehr lebendig.«
»Denken Sie, ich laufe Ihnen weg?« fragte Mason lächelnd.
Tragg sagte: »Nun, ich verhöre Sie am liebsten so schnell wie möglich, wenn eines Ihrer nächtlichen Abenteuer meine Anwesenheit erforderlich macht. Ich finde, daß das die Sache vereinfacht.«
»Ich habe den Toten nicht gefunden.«
»Nein? Wer dann?«
»Ein Anwalt namens Gerald Shore.«
»Nie von ihm gehört.«
»Er befaßt sich nicht mit Strafsachen. Sie werden feststellen, daß er ein sehr ehrenwertes Mitglied unserer Gilde ist.«
In Lieutenant Traggs Gesichtsausdruck lag eine gewisse widerwillige Bewunderung, als er Perry Mason von der Seite musterte. Tragg war alles andere als die typische Ausgabe eines Kriminalbeamten. Er war fast so groß wie Mason, schlank und weltgewandt und hatte ein verbindliches Benehmen. In seinem Beruf war er außerordentlich tüchtig. Wenn Tragg eine Spur verfolgte, gab er so leicht nicht wieder auf. Er hatte Phantasie und Wagemut.
»Also, was ist damit?« sagte Tragg und balancierte den Brief auf seinem Handteller, als wolle er dessen Wichtigkeit nach seinem Gewicht abschätzen. »Wo haben Sie den her?«

»Vom Empfangschef des *Castle Gate Hotels.*«

»So, so, vom *Castle Gate Hotel.* Ein ziemlich mieser Kasten. Für den Fall, daß es Sie interessiert, Mason. Es steht auf unserer Liste. Anscheinend ist man dort besonders gastfreundlich gegen Personen, die nicht gerade den besten Ruf genießen – aber vielleicht haben Sie das noch nicht gewußt?«

»Nein, das habe ich nicht.«

»Jedenfalls ist es wohl kaum ein Platz, den Sie sich als Domizil wählen würden.«

»Stimmt«, gab Mason zu. »Ich habe nicht dort gewohnt.«

»Also ist es logisch, Sie danach zu fragen, was Sie dort zu suchen hatten.« Er gab dem Fahrer die Straßenkarte. »Fahren Sie zu, Floyd«, befahl Tragg, ohne den Blick von Mason zu wenden. »Mr. Mason wird uns unterwegs seine Geschichte erzählen, nicht wahr, Mason?«

Der Anwalt lächelte.

»Sie wollten mir gerade mitteilen, was Sie im *Castle Gate Hotel* wollten.«

»Ich ging hin, um einen Mann dort zu treffen. Wenn Sie den Brief lesen würden, wüßten Sie warum.«

»Der Name des Mannes?« fragte Tragg, noch immer die Augen auf Mason gerichtet.

»Henry Leech.«

»Und weswegen wollten Sie ihn treffen?«

Mason machte eine Geste der Resignation. »Mein lieber Lieutenant«, sagte er, »gegen Sie bin ich ja doch machtlos. Ich ging auf den Vorschlag von Mr. Leech dorthin, um ihn zu treffen. Er wollte mir etwas sagen.«

»Die Einladung kam also direkt von Mr. Leech?«

»Indirekt.«

»Durch einen Klienten?«

»Ja.«

»Der Name des Klienten?«

»Helen Kendal. Vermutlich kam sie auf den Rat dieses Rechtsanwalts, Gerald Shore, zu mir.«

»Wußten die beiden, über was dieser Leech mit Ihnen sprechen wollte?«

»Soviel ich weiß, wollte Leech mich zu jemandem bringen.«

»Ach so, ein Fall, in dem ein mysteriöser Zeuge Sie zu einem anderen mysteriösen Zeugen bringt?«

»Nicht ganz. Die Person, zu der er mich bringen sollte, ist ein Mann, der vor zehn Jahren verschwunden ist . . .«
Tragg hob die Hand, schloß die Augen und schnippte mit dem Finger: »Moment mal – Moment! Langsam fange ich an zu verstehen. Wie ist sein Name?«
»Franklin Shore«, sagte Mason.
»Genau. Einer der rätselhaftesten Fälle aus dem Jahre 1932. Jetzt weiß ich auch, wo ich den Anwalt Gerald Shore hinstecken soll. Leech wußte etwas über sein Verschwinden?«
»Natürlich«, sagte Mason, »habe ich das, was ich weiß, nur aus zweiter Hand. Vermutlich können die, die es miterlebt haben, Ihnen mehr Auskunft geben.«
»Schon möglich«, räumte Tragg ein. »Aber ich möchte zunächst einmal Ihre Geschichte hören, Mason.«
Mason sagte: »Leech sollte, soviel ich weiß, Miss Kendal zu einem Treffen mit Franklin Shore bringen. Wirklich, ich glaube, es wäre klüger, wenn Sie so schnell wie möglich hinfahren würden. Was da passiert ist, kann sehr gut der Schlüssel zu einer größeren Sache sein.«
»Ja, ja, ich weiß«, sagte Tragg. »Ich kenne Ihre kleinen Ablenkungsmanöver, die Sie immer dann anwenden, wenn die Sache für Sie brenzlig wird. Aber diesmal hilft es Ihnen nichts, Mason, ich werde Ihnen noch ein bißchen auf den Zahn fühlen müssen. Fahren Sie weiter hübsch langsam, Floyd . . . also, Mason, wie kam es, daß Leech Ihnen versprochen hat, Sie zu Franklin Shore zu führen?«
Masons Stimme klang heiser vor Ungeduld: »Ich habe keine Ahnung. Und ich glaube, Sie verlieren nur kostbare Zeit. Miss Kendal überbrachte mir die Botschaft.«
»Also er versprach, Sie dorthin zu bringen?«
»Wer?«
»Leech natürlich«, sagte Tragg. »Versuchen Sie nicht, Zeit zu gewinnen.«
»Nein«, antwortete Mason. »Soviel ich weiß, hat Leech gar nicht mit Miss Kendal gesprochen. Es war eine andere Person, mit der sie telefoniert hat, und diese Person schickte sie zu Leech.«
»Aha, ich verstehe«, sagte Tragg. »Und natürlich haben Sie keine Ahnung, wer diese Person war. Einer von diesen anonymen Anrufern also?«

»Ganz und gar nicht, Lieutenant. Der Mann nannte seinen Namen und noch ein paar interessante Informationen, um seine Identität zu beweisen.«

»Und wie war der Name?« fragte Tragg.

Mason lächelte. »Franklin B. Shore.«

Lieutenant Tragg brauchte einige Sekunden, um diese Eröffnung zu verdauen, dann bellte er: »Gib Gas, Floyd. Hol alles raus, was in der Kiste steckt. Wir müssen so schnell wie möglich da oben hinauf.«

Mason lehnte sich bequem in seinen Sitz zurück, zog ein Zigarettenetui aus der Tasche und hielt es Tragg hin. »Ich dachte mir doch gleich, daß Sie schnellstens dorthin wollten. Rauchen Sie eine?«

Tragg sagte: »Stecken Sie das verdammte Ding weg und halten Sie sich fest. Sie kennen Floyd nicht!«

Mason nahm eine Zigarette. Einen Moment später wäre er fast von seinem Sitz geschleudert worden, als der Wagen wie der Blitz um eine Ecke kurvte und im letzten Augenblick einem entgegenkommenden Auto auswich.

»Stellen Sie die Sirene an«, befahl Tragg, »und drehen Sie noch mehr auf.« Heulend brauste der große, schwere Wagen die Windungen der Straße hinauf. Mason gelang es mit Mühe, sich eine Zigarette zwischen die Lippen zu schieben. Aber dann mußte er sich so krampfhaft mit beiden Händen festhalten, daß er sie nicht anzünden konnte.

Die Sirene hallte schaurig von den Berghängen wider, als sie mit rasender Geschwindigkeit höher und höher hinauffuhren. Schließlich erschienen die beiden wartenden Autos im Scheinwerferlicht. Della Street, Helen Kendal und Gerald Shore standen dicht zusammen. Mason sagte: »Richten Sie Ihren Scheinwerfer auf den Wagen da vorne, Lieutenant.«

»Ist das der Wagen, in dem sich die Leiche von Leech befindet?« fragte Tragg.

»Ich weiß nicht«, sagte Mason. »Ich kenne Leech nicht.«

Tragg blickte ihn scharf an. »Sie glauben, es ist nicht Leech?«

»Ich weiß nicht.«

»Wer weiß es denn?«

Mason sagte: »Ich weiß nicht, ob jemand von meinen Begleitern ihn identifizieren kann.«

Das Polizeiauto war schleudernd zum Stehen gekommen.

Tragg sagte: »Okay, seht euch gut um, Jungens. Mason, gehen Sie zu Ihren Begleitern und fragen Sie, ob jemand von ihnen die Leiche identifizieren kann.«
Wenn Lieutenant Tragg mit diesem Auftrag bezweckt hatte, Mason von der Untersuchung des Wagens fernzuhalten, so hatte er sich getäuscht. Mason hob nur seine Stimme und rief: »Bitte, kommen Sie alle drei her.«
»Darum hab ich Sie nicht gebeten«, sagte Tragg gereizt.
»Ich dachte, Sie wollten wissen, ob sie die Leiche identifizieren könnten, das ist wohl kaum möglich, wenn sie sie nicht sehen.«
»Sie werden sie sich in der Zwischenzeit genau angesehen haben«, sagte Tragg. »Das können Sie mir glauben.«
»Ganz und gar nicht«, versicherte ihm Mason. »Zwei von ihnen haben sich dem Wagen nicht genähert.«
»Woher wissen Sie das so genau?«
»Weil ich es ihnen verboten habe.«
»Woher wissen Sie, daß sie sich an Ihr Verbot gehalten haben?«
»Weil Della Street bei ihnen ist.«
Tragg blickte ihn mit gerunzelter Stirn an: »Die Vorsichtsmaßnahmen, die Sie in diesem Fall getroffen haben, lassen darauf schließen, daß Sie bereits Ihre Zehen ins Wasser gesteckt und es mächtig heiß gefunden haben.«
Mason sah verletzt aus. »Sie haben wirklich eine häßliche, abscheuliche Vorstellung von mir, Tragg.« Dann grinste er: »Ich gebe jedoch zu, daß ich mich an die Geschichte des Mannes erinnerte, der mitten in der Nacht schwimmen gehen wollte und in den Swimming-pool sprang, ohne sich vorher zu vergewissern, ob er gefüllt war.«
Die ganze Zeit über flammten Blitzlichter im Innern des Wagens mit dem Toten auf. Ein Fotograf knipste ihn von allen Seiten.
»Kommen Sie hier herüber«, sagte Tragg zu den anderen. »Von hier aus können Sie sein Gesicht deutlicher sehen. Erkennt ihn jemand von Ihnen?«
Schweigend traten sie zur Seite und studierten die Züge des Toten.
»Ich habe diesen Mann noch nie gesehen«, sagte Shore ruhig.
»Ich auch nicht«, sagte Helen Kendal.
»Sie?« fragte Tragg Della Street.

Sie schüttelte den Kopf. Tragg sagte: »Kennt jemand von Ihnen Leech?«
Alle drei schüttelten den Kopf.
Der Fotograf sagte: »Okay, Lieutenant, lassen Sie sie jetzt beiseite treten. Ich will noch ein Foto von hier aus machen und dann noch eins von der andern Seite. Danach überlasse ich die Leiche Ihnen.«
Während die Gruppe sich vom Wagen entfernte, flüsterte Mason Della Street und Helen Kendal zu: »Wenn Lieutenant Tragg Sie verhört, dann sagen Sie ihm die Wahrheit. Aber es wäre vielleicht günstig, wenn Sie ihm von sich aus keine Informationen geben würden.«
»Welche zum Beispiel?« fragte Della Street.
»Oh«, sagte Mason betont beiläufig, »über den Familienklatsch der Shores zum Beispiel. Tragg wird Sie fragen, was er wissen will. Halten Sie ihn nicht damit auf, daß Sie ihm unwichtige Dinge berichten. Daß Gerald Shore nicht mit ins Hotel kam, als wir hineingingen, um nach Henry Leech zu fragen. Natürlich, wenn er ausdrücklich danach fragt, ist das etwas anderes.«
Helen Kendal nickte unschuldig. Aber Della Street zog Mason ein Stück beiseite. »Warum soll er nicht wissen, daß Gerald Shore nicht mit uns kam?« fragte sie. »Was ist denn daran so wichtig?«
Mason machte ein nachdenkliches Gesicht. »Weiß der Henker! Ich weiß es auch noch nicht, Della. Es ist nur – ich glaube, er wollte nicht in das Hotel gehen.«
»Meinen Sie, daß er Henry Leech in Wirklichkeit doch kennt?«
»Es könnte sein, daß er heute abend schon einmal dort war und nicht wollte, daß der Empfangschef ihn wiedererkannte.«
Della Street pfiff leise durch die Zähne.
»Vergessen Sie nicht, daß es nur eine Vermutung ist«, sagte Mason warnend. »Vielleicht ist nichts daran, aber ...«
»Worüber sprechen Sie?« fragte Tragg, der auf sie zukam.
Mason sagte: »Wir überlegen nur, ob ihn jemand von der Straße aus von links oder von rechts erschossen hat, oder ob er von jemandem erschossen wurde, der neben ihm saß.«
Tragg schnaubte: »Bitte um Entschuldigung. Da Sie so geheimnistuerisch die Köpfe zusammensteckten, mußte ich annehmen, daß es sich um eine streng geheime, vertrauliche Mitteilung handelte – zum Beispiel, wer die letzte Weltmei-

sterschaft im Baseball gewonnen hat. Um Ihre Neugier zu befriedigen: Er wurde von links erschossen – und zwar von draußen. Die Kugel trat an der linken Seite in den Schädel ein. Der Mörder stand weit genug entfernt, daß die Waffe keine Pulverspuren hinterließ. Es war wahrscheinlich eine Achtunddreißiger, vielleicht eine Automatik. Wir suchen noch die Patronenhülse. Sonst noch was?«

»Ich würde gern alle Einzelheiten wissen.«

Tragg grinste: »Kaufen Sie sich morgen eine Zeitung. Jetzt erzähle ich Ihnen nur das, was ich für richtig halte.« Tragg wandte sich um und ging zu dem Wagen mit dem Toten zurück. Inzwischen hatte der Coroner seine Untersuchung beendet, und die Polizeibeamten begannen, den Toten zu durchsuchen.

Ein paar Minuten später ging Tragg zu dem Polizeiwagen hinüber und sagte: »Kommen Sie bitte alle vier hierher. Mason, dürfte ich Sie darum ersuchen, für den Moment *mir* das Reden zu überlassen und nichts zu sagen, bis ich Sie etwas frage?«

Mason nickte.

»Also dann«, sagte Tragg und wandte sich an die anderen, »was, hat Mason Ihnen gesagt, sollen Sie mir nicht sagen?«

Mason sagte: »Wie kommen Sie darauf, daß ich ...« Lieutenant Tragg brachte ihn mit einer Handbewegung zum Schweigen. Er hielt den Blick auf Helen Kendal gerichtet. »Nur zu, Miss Kendal. Ich fragte Sie. Was war es?«

Mit lauter, leiernder Stimme begann Della Street: »›Möchtest du nicht in mein Netz kommen? sagte die Spinne zur Fliege ...‹«

»Lassen Sie den Unsinn!« Tragg sah ärgerlich aus. »Ich frage Miss Kendal. Nun, Miss Kendal, was war es?«

Helen Kendal schien einen Moment lang aus dem Gleichgewicht, dann blickte sie dem Lieutenant gerade in die Augen: »Er sagte uns, wir sollten Ihre Fragen offen und ehrlich beantworten.«

»Ist das alles?«

»Er sagte, wir sollten Ihnen nicht Ihre kostbare Zeit rauben, indem wir Ihnen unwichtiges Zeug erzählten.«

»Was zum Beispiel?« fragte Tragg und fixierte sie scharf.

Helen Kendals große, blaue Augen weiteten sich unschuldig:

»Dinge, die Sie nicht interessieren würden«, sagte sie. »Mr. Mason sagte, daß Sie sehr tüchtig seien – und daß Sie uns sicher jede Einzelheit fragen würden, die Sie wissen möchten.«
Auf Traggs Gesicht malte sich finstere Entschlossenheit. »Worauf Sie sich verlassen können«, versprach er grimmig.

## 7

Kurze Zeit später hatten die Männer die Untersuchung des Wagens beendet. Tragg ging zu ihnen hinüber. Die anderen blieben im Wagen sitzen. Als er außer Hörweite war, sagte Gerald Shore: »Der stellt ja ein richtiges Kreuzverhör mit uns an. Er scheint uns zu verdächtigen. Übrigens, Sie haben *mir* ja gar nicht gesagt, welche Informationen Lieutenant Tragg nicht interessieren würden.«
»Das stimmt«, gab Mason zu.
»Dachten Sie dabei an bestimmte Informationen?«
»Oh, nur an geringfügige Vorkommnisse, die wahrscheinlich für den Fall nicht von großer Bedeutung sind. Zum Beispiel, daß jemand die Katze vergiften wollte.«
Helen Kendal tat einen überraschten Atemzug. »Aber Mr. Mason, Sie glauben doch nicht etwa, daß die Sache mit dem Gift etwas hiermit zu tun hat?«
Mason sagte verbindlich: »Ich habe es nur als Beispiel für die Kleinigkeiten erwähnt, von denen ich glaube, daß sie Lieutenant Tragg nicht interessieren würden.«
»Aber ich dachte, das, wovon wir ihm nichts erzählen sollten, sei . . .«
Sie brach erschrocken ab.
»Sei was?« fragte Gerald Shore.
»Oh, nichts.«
Shore blickte Mason mißtrauisch an.
»Daß du heute abend nicht mit uns ins *Castle Gate Hotel* gegangen bist!« platzte Helen Kendal heraus.
Gerald Shore bemühte sich krampfhaft, seine Nervosität zu verbergen. »Was, um alles in der Welt, könnte das denn wohl mit dieser Sache zu tun haben?« fragte er betont gleichmütig.
Mason sagte: »Eben, Kollege. Das ist genauso unwichtig wie

der Vorfall mit der Katze. Es würde die Zeugenvernehmung nur unnötig verlängern.« Shore räusperte sich, aber er schwieg.
Lieutenant Tragg kam zurück. Er trug ein kleines weißes Stoffbündel in der Hand. »Bleiben Sie sitzen und rücken Sie etwas zur Seite, Mason«, sagte er, »damit ich Ihnen diese Sachen hier zeigen kann. Aber, daß mir keiner von Ihnen irgend etwas davon berührt. Sehen Sie sich bitte alles sorgfältig an.«
Er öffnete das Bündel – es war ein zusammengeknüpftes Taschentuch – und breitete den Inhalt vor ihnen aus. Er bestand aus einer goldenen Armbanduhr, einem Taschenmesser, einer ledernen Brieftasche, einem goldenen Drehbleistift und einem goldenen Füllhalter, in denen Initialen eingraviert waren.
»Ich möchte, daß Sie mir sagen, ob Sie einen von diesen Gegenständen schon einmal gesehen haben.«
Einen Moment lang sahen alle aufmerksam hin. Dann sagte Mason: »Ich nicht.«
»Und wie ist es mit Ihnen, Shore?« Shore beugte sich vor und schaute angestrengt die Gegenstände an. Mason sagte: »Ich glaube, es ist besser, wenn ich aussteige, damit Mr. Shore sie besser sehen kann.«
»Okay«, sagte Tragg, »aber passen Sie auf, daß Sie nichts davon berühren.«
»Darf ich fragen, woher Sie sie haben?« fragte Mason.
»Sie waren in dieses Taschentuch eingewickelt; sie lagen neben dem Toten im Auto.«
»Tatsächlich?« sagte Mason und zwängte sich vorsichtig aus dem Wagen. »Haben Sie etwas dagegen, daß ich das Taschentuch anfasse, Lieutenant?«
»Nein. Von dem Stoff können wir sowieso keine Fingerabdrücke nehmen.«
Mason befühlte das Taschentuch. »Gute Qualität«, sagte er. »Ein Herrentaschentuch. Die Farbe hat einen seltsamen Ton, finden Sie nicht, Lieutenant?«
»Mag sein.«
Gerald Shore rief plötzlich: »Die Uhr gehört meinem Bruder!«
»Wollen Sie damit sagen, sie gehört Franklin Shore?«
»Ja«, sagte Gerald aufgeregt. »Ja, ich bin sicher, daß es seine Uhr ist, und ich glaube... ja, das ist auch sein Füllhalter.«

»Als ich die Initialen F. B. S. sah, dachte ich mir gleich, daß sie Ihrem Bruder gehören könnte.«
»Ja, ja. Es ist seine.«
»Die anderen Sachen?«
»Die kenne ich nicht, tut mir leid.«
»Läuft die Uhr?« fragte Mason.
»Vielleicht könnten Sie versuchen, die Uhr umzudrehen, ohne sie zu berühren, damit wir das Zifferblatt sehen können.«
»Ja.«
Lieutenant Tragg drehte das Taschentuch vorsichtig so, daß die Uhr sich langsam umdrehte.
Mason zwinkerte Della Street unauffällig zu. Della öffnete ihre Handtasche.
Mason sagte: »Interessant. Eine Waltham.« Er beugte sich tiefer über das Taschentuch. »Halten Sie bitte die Taschenlampe einen Moment lang näher hin, Lieutenant. Auf der Uhr steht etwas geschrieben.«
»Die Marke der Uhr und der Firmenname«, bemerkte Tragg.
Mason studierte aufmerksam das Zifferblatt: »Ja. Das Wort WALTHAM in geraden Druckbuchstaben und darunter schräg gedruckt VANGUARD, 23 Rubis. Sehen Sie hier, Lieutenant. Über der Zwölf befindet sich ein Indicator, der anzeigt, wann die Uhr aufgezogen wurde und wann sie abgelaufen ist. Auf dem Zifferblatt sind vierundzwanzig Stunden eingezeichnet, und wenn Sie sich die Uhr am Handgelenk vorstellen, können Sie ungefähr sagen, wann sie aufgezogen wurde – in diesem Fall etwa vor sechs Stunden. Interessant – finden Sie nicht?«
»Gut. Die Uhr ist also vor sechs Stunden aufgezogen worden. Aber ich kann mir nicht vorstellen, daß das eine besondere Bedeutung haben soll«, sagte Tragg.
Mason sah auf seine eigene Uhr. »Es ist jetzt ungefähr zehn Uhr dreißig.« Er überlegte. »Also wurde die Uhr gegen vier Uhr dreißig bis fünf Uhr heute nachmittag aufgezogen.«
»Genau«, sagte Tragg. »Aber nehmen Sie es mir nicht übel, Mason, wenn ich deswegen nicht aus dem Häuschen gerate. Bisher mußte ich meistens feststellen, daß Sie, wenn Sie mich auf einen Punkt hinwiesen, der Ihrer Ansicht nach wichtig sein könnte, in Wirklichkeit meine Aufmerksamkeit von etwas anderem ablenken wollten.«
Helen Kendal schnitt über ihre Schulter hinweg Della eine

Grimasse und bemerkte in einem lauten Bühnenflüstern: »Ich bin froh, daß ich nicht Lieutenant Traggs Frau bin.«
Mason blickte Helen anerkennend an. Sie machte Fortschritte.
»Der Lieutenant ist nicht verheiratet«, bemerkte er.
»Darüber bin ich nicht überrascht, Mr. Mason, Sie etwa?«
»Nein, Miss Kendal, ich auch nicht«, antwortete Mason ernsthaft. »Man sagt, daß er einmal ... nichts für ungut, Tragg. Fahren Sie fort.«
»Dieser Füllhalter«, sagte Gerald Shore. »Mir fällt gerade ein, daß mein Bruder ihn immer bei sich trug.«
Mason sah unauffällig zu Della Street hinüber, die auf dem Rücksitz saß. Er wollte sich vergewissern, daß sie seinen Wink richtig verstanden hatte. Sie hatte ihren Notizblock auf den Knien liegen und stenographierte die Unterhaltung mit. Mason zog ein Notizbuch und einen Bleistift aus der Tasche und kritzelte ein paar Zahlen hinein.
»Mit ziemlicher Sicherheit ist der Tote Leech«, sagte Tragg. »Er hat einen Führerschein in der Brieftasche, der auf einen Henry Leech, wohnhaft *Castle Gate Hotel*, ausgestellt ist. Offenbar war er dort Dauermieter. Auch die anderen Papiere lauten auf den Namen Henry Leech. Kein Zweifel, es ist Leech.«
Gerald Shore sagte erregt: »Lieutenant. Dieser Mann wollte uns zu meinem Bruder bringen. Sie können sich sicher vorstellen, wie ungeheuer wichtig es ist, die Sache endlich aufzuklären.«
Lieutenant Tragg nickte.
»Wenn mein Bruder wirklich lebt, ist das von allergrößter Wichtigkeit. Vielleicht sogar wichtiger — als die Ermordung dieses Mannes. Ich glaube, Sie sollten sich im Augenblick nicht so lange mit Kleinigkeiten aufhalten, die den Mord betreffen könnten.«
Traggs Augen verengten sich. »Wieso sollte es wichtiger als ein Mord sein?«
Shore sagte: »Ich spreche als Anwalt.«
»Und ich spreche als Kriminalbeamter«, erwiderte Tragg.
Shore warf Mason einen schnellen Blick zu. Dann sprach er hastig weiter: »Mein Bruder war ein Mann von einiger Bedeutung. Ich glaube nicht, daß man das von Leech, der in einem fragwürdigen drittklassigen Hotel wohnte, auch sagen kann.«

»Nur weiter«, sagte Tragg. »Kommen Sie zur Sache.«
Shore fuhr eilig fort: »Nun, wenn er lebt, ändert sich die ganze Rechtslage. Ich glaube, Sie verstehen schon, was ich meine.«
Tragg dachte einen Augenblick lang nach. Dann sagte er schroff: »Meinen Sie sein Testament?«
»Das wollte ich eigentlich nicht sagen.«
»Aber Sie haben daran gedacht?«
»Nicht speziell.«
»Aber es gehört dazu?«
»Ja«, gab Shore widerwillig zu. »Das stimmt.«
Mason machte einen Vorschlag. »Hören Sie, Lieutenant. Meinen Sie nicht, daß wir unter den gegebenen Umständen dazu berechtigt sind, alles zu sehen, was der Mann in seinen Taschen hatte?«
Tragg schüttelte heftig den Kopf. »Ich führe diese Untersuchung, Mason. Sie sind zu gar nichts berechtigt.«
»Wenigstens«, sagte Mason, »sollten Sie uns erlauben, mit Ihnen ins *Castle Gate Hotel* zu kommen, damit wir sehen können, was Sie bei der Durchsuchung seines Zimmers entdecken. Schließlich ist der Mann, den wir suchen, Gerald Shores Bruder. Also sollte er doch einige Rechte in der Angelegenheit haben.«
Gerald Shore sagte hastig: »Was mich angeht, ich habe unbegrenztes Vertrauen in Lieutenant Traggs Fähigkeiten. Ich möchte ihn auf keinen Fall bei seiner Untersuchung stören. Wenn ich aber irgendwie behilflich sein kann, stehe ich selbstverständlich jederzeit zu seiner Verfügung.«
Tragg nickte abwesend. »Ich sage Ihnen Bescheid, wenn ich Sie brauche.«
Mason sagte: »Tragg, ich komme mit ins *Castle Gate Hotel*. Ich will das Zimmer von Leech sehen!«
»Nichts zu machen, Mason«, sagte Tragg energisch. »Ich werde diese Untersuchung auf meine Weise führen, und zwar ohne die kleinste Einmischung von Ihrer Seite. Sie können jetzt alle gehen. Ihr Wagen steht am Hollywood Boulevard, Mason. Ich werde einen Spezialisten für Fingerabdrücke die Leiche und jeden Winkel des Wagens untersuchen lassen ... Okay, Floyd, ich komme schon. Und kommen Sie ja nicht auf die Idee, mir zu folgen, Mason. Halten Sie sich vom *Castle Gate Hotel* fern, bis ich meine Untersuchung beendet habe. Gute Nacht.«

Tragg hob das Taschentuch auf und knüpfte es sorgfältig wieder zusammen.
Mason setzte sich neben Shore auf den Vordersitz. »Also, Kollege. Da Tragg unsere Hilfe verschmäht, möchte ich Sie bitten, mich zu meinem Wagen zu fahren. Und«, fügte er leiser hinzu, »fahren Sie los, bevor der Lieutenant seine Meinung ändert.«
»Warum, was meinen Sie damit?« fragte Shore. Er ließ den Wagen anspringen.
Mason sagte mit gedämpfter Stimme: »Wenn ich nicht so offensichtlich scharf darauf gewesen wäre, ihn ins *Castle Gate Hotel* zu begleiten, hätte *er* womöglich darauf bestanden, uns mitzunehmen.«
Shore sah Mason herausfordernd an. »Und?« fragte er, »was wäre daran so schlimm?«
»In der Zwischenzeit ist noch etwas passiert. Und ich dachte, wir sollten uns lieber selber darum kümmern, bevor die Polizei es tut. Matilda Shore befindet sich im Exeter-Krankenhaus. Jemand wollte sie vergiften.«
»Guter Gott!« rief Shore und fuhr mit einem Ruck an. »Hast du das gehört, Helen?«
»Ja«, sagte Helen ruhig.
»Langsam, langsam«, sagte Mason zu Shore. »Lassen Sie Tragg nicht merken, daß wir es so eilig haben. Fahren Sie schön langsam, bis der Polizeiwagen uns überholt hat. Das wird nicht lange dauern. Dieser Floyd fährt wie der Teufel. Und dann drücken Sie auf Tube!«

## 8

Matilda Shore sah ihren Besuchern aus ihrem Krankenhausbett argwöhnisch entgegen. »Was soll das bedeuten?« fragte sie barsch.
»Wir haben erfahren, daß du krank bist«, sagte Gerald Shore. »Und natürlich wollen wir uns erkundigen, ob wir etwas für dich tun können.«
»Wer hat es euch gesagt?«
»Mr. Mason hörte davon.«

Sie wandte sich Mason zu: »Wie?« fragte sie böse.
Mason verbeugte sich. »Rein zufällig.«
Gerald Shore sprach hastig weiter. »Wir müssen mit dir sprechen, Matilda. Es ist etwas passiert, das dich sehr viel angeht.«
»Ich bin krank. Ich will keinen Besuch. Woher weißt du, daß ich hier bin? Und warum hast du diese Leute mitgebracht?«
Gerald Shore sagte: »Perry Mason, der Anwalt, und Miss Street, seine Sekretärin, möchten etwas in einer Angelegenheit wissen, die sehr wichtig für dich ist.«
Matilda Shores dicker Kopf fuhr mit einer heftigen Bewegung zu Mason herum. Einen Augenblick lang musterte sie ihn argwöhnisch. »Woher wißt ihr, wo ich bin?« beharrte sie in eigensinnigem Ton.
Helen Kendal sagte: »Komo macht sich große Sorgen um dich. Er sagte, du seist vergiftet worden. Bei dir hätten sich die gleichen Symptome gezeigt wie bei der Katze.«
»Dieser schlitzäugige kleine Heuchler«, sagte Matilda Shore. »Ich hab ihm ausdrücklich gesagt, er soll den Mund halten.«
»Er hat ihn gehalten«, sagte Mason, »bis er merkte, daß wir schon alles wußten. Ich habe erfahren, was mit Ihnen passiert ist. Erst nachdem ich ihr gesagt hatte, wo Sie sind, hat Ihre Nichte mit Komo gesprochen.«
»Und woher haben Sie es erfahren?«
Mason lächelte. »Ich muß meine Quellen geheimhalten.«
Matilda Shore richtete sich in ihrem Bett auf. »Würden Sie mir bitte freundlicherweise erzählen, wieso Sie mein Aufenthaltsort und mein Befinden etwas angehen sollten?«
»Matilda«, sagte Gerald erklärend, »es ist etwas geschehen, das du wissen mußt. Wir mußten dich unbedingt erreichen.«
»Also dann rede schon! Schleich nicht wie die Katze um den heißen Brei.«
»Franklin lebt«, sagte Gerald langsam.
»Das ist keine Neuigkeit für mich, Gerald Shore. Natürlich lebt er! Das hab ich euch immer gesagt. Ich vermute, du hast von ihm gehört?«
»Verurteile ihn ja nicht zu schnell, Tante Matilda«, sagte Helen Kendal. Ihre Stimme klang nicht sehr überzeugend.
»So ein alter Mann«, knurrte Matilda, »ein Mann von fast sechzig Jahren brennt mit einer Frau durch, die halb so alt ist wie er.«

Mason wandte sich an Gerald Shore: »Vielleicht sagen Sie ihr, woher Sie wissen, daß er lebt.«
»Er hat uns heute nachmittag angerufen – vielmehr, er hat Helen angerufen.«
Matilda starrte ihre Nichte über die Brillengläser hinweg durchdringend an.
»So – dich hat er angerufen. Er hat Angst vor mir, nehme ich an.«
Die Tür öffnete sich leise. Eine Schwester in ihrer raschelnden, frisch gestärkten Tracht trat ins Zimmer. »Bitte regen Sie die Patientin nicht auf«, sagte sie. »Sie sollte eigentlich noch keinen Besuch haben. Sie dürfen nur ein paar Minuten bleiben.«
Matilda starrte sie ärgerlich an. »Mir geht es gut! Bitte lassen Sie uns allein.«
»Aber der Arzt . . .«
Matilda Shore zeigte ungeduldig auf die Tür. Die Schwester zögerte einen Moment. »Ich muß den Arzt benachrichtigen«, murmelte sie. Dann ging sie schnell hinaus und zog die Tür hinter sich zu.
Matilda drehte sich wieder zu Helen um: »So, er hat also dich angerufen, und du hast mir kein Wort davon gesagt. Das nennt man Dankbarkeit. Nach all den Jahren, die ich für dich . . .«
Gerald Shore sagte schnell: »Versteh doch, Matilda; sie dachte, der Anrufer könnte ein Betrüger sein. Sie wollte dich nicht beunruhigen, bevor sie sich nicht vergewissert hatte.«
»Warum hat er sie angerufen?« beharrte Matilda.
»Das ist es ja gerade. Darum haben wir gedacht, es müsse sich um einen Betrüger handeln. Wir hielten es für besser, erst einmal allein Kontakt mit ihm aufzunehmen.«
»Schließlich bin ich kein Kind, ich . . .«
Helen Kendal unterbrach sie: »Er hat mir ausdrücklich gesagt, daß er sich nur mit mir treffen wollte, wenn ich seine Anweisungen genau befolgte.«
»Und hast du ihn getroffen?«
»Nein. Es kam nicht dazu. Ein Mann namens Leech wollte uns zu ihm bringen. Aber es kam etwas dazwischen.«
»Es war bestimmt wirklich Franklin«, sagte Matilda Shore. »Das ist nämlich typisch für ihn, sich über Helen durch ein Hintertürchen bei mir einschleichen zu wollen. Aber es wird

ihm wenig nützen. Sobald er sich blicken läßt, reiche ich die Scheidungsklage ein. Seit zehn Jahren warte ich schon auf diesen Augenblick.«

Mason sagte: »Ich vermute, Ihre Vergiftung war nicht sehr ernst, Mrs. Shore.«

»Eine Vergiftung ist immer ernst«, sagte sie vorwurfsvoll.

»Wie ist es passiert?« fragte Gerald.

»Ich habe das falsche Fläschchen erwischt, das ist alles. Ich bewahre eine Flasche mit Herztabletten und eine mit Schlaftabletten im Medizinschränkchen auf. Vor dem Zubettgehen habe ich wie gewöhnlich eine Flasche Starkbier getrunken. Dann wollte ich im Bad eine Schlaftablette nehmen. Dabei habe ich dann das falsche Fläschchen erwischt.«

»Wann schöpften Sie den Verdacht, daß es die falsche Flasche war?« fragte Mason.

»Ich bekam leichte Krämpfe«, antwortete sie. »Ich läutete nach Komo und sagte ihm, er müsse den Arzt benachrichtigen und mich ins Krankenhaus bringen. Ich habe auch dem Arzt gesagt, daß ich im Dunkeln an das Medizinschränkchen gegangen bin, nachdem ich mein Bier ausgetrunken hatte, und die falsche Flasche erwischte. Ich bin nicht sicher, ob er mir geglaubt hat, jedenfalls hat er mich wieder kuriert. Übrigens möchte ich nicht, daß jemand diese Sache an die große Glocke hängt und die Polizei ihre Nase in meine Angelegenheiten steckt. Ich will so schnell wie möglich mit Franklin abrechnen. Seht zu, daß er aus seinem Versteck zum Vorschein kommt.«

Mason sagte: »Liegt nicht die Vermutung nahe, daß möglicherweise ein Zusammenhang zwischen den beiden Vergiftungsfällen und dem Auftauchen Ihres Mannes besteht?«

»Zwei Vergiftungsfälle?« Sie blickte ihn fragend an.

»Die Katze und Sie.«

Matilda starrte ihn ein paar Sekunden lang an. »Quatsch! Ich habe die falsche Flasche erwischt. Das sagte ich Ihnen doch.«

»Sind Sie ganz sicher? Kann nicht in dem Bier, das Sie getrunken haben, Gift gewesen sein.«

»Unsinn! Völlig ausgeschlossen.«

»Glauben Sie nicht, daß man die Sache unbedingt aufklären sollte — zu Ihrem eigenen Schutz?«

»Was sollte ich denn Ihrer Meinung nach tun?«

Mason sagte: »Sie sollten Schritte unternehmen, die verhindern, daß sich so etwas wiederholt. Es könnte doch sein, daß es ein Mordversuch war.«

»Sie meinen, ich soll die Polizei da hineinziehen?«

»Warum nicht?«

»Die Polizei!« rief sie verächtlich. »Ich werde nicht dulden, daß die Polizei in meinem Privatleben herumwühlt und die Reporter dann eine Menge dummes Zeug in den Zeitungen veröffentlichen.«

Mason sagte: »Leider, Mrs. Shore, werden die Zeitungen auf jeden Fall einen ganz schönen Radau machen, nachdem das heute abend passiert ist.«

»Wieso?«

»Dieser Leech, der uns zu Ihrem Gatten bringen sollte, hat es dann doch nicht getan.«

»Warum nicht?«

»Weil ihn jemand daran gehindert hat.«

»Wie?«

»Mit einer Kugel, die dieser Jemand auf Leech abfeuerte, während er im Auto auf uns wartete.«

»Er wurde ermordet?«

»Offensichtlich.«

»Wer war dieser Leech?«

»Wahrscheinlich ein Freund Ihres Mannes.«

»Wieso glauben Sie das? Ich habe seinen Namen noch nie gehört.«

Matilda wandte sich an Helen: »Schicke diese Leute aus dem Zimmer. Dann hole mir meine Sachen aus dem Schrank. Wenn Franklin in der Nähe ist, wird er sicher bald nach Hause kommen und mich beschwatzen wollen. Ich habe zehn Jahre auf diesen Augenblick gewartet, und ich werde mich nicht ausgerechnet dann in ein Krankenhaus einsperren lassen, wenn dieser Augenblick gekommen ist.«

Mason machte keine Anstalten, das Zimmer zu verlassen. »Ich fürchte, Sie werden die Erlaubnis des Arztes einholen müssen. Ich glaube, die Schwester holt ihn gerade.«

»Ich brauche keine Erlaubnis ...« Es klopfte.

»Das ist wahrscheinlich der Arzt oder ein paar kräftige Pfleger, die uns mit Gewalt hinausbefördern sollen.«

»Kommen Sie herein«, rief Matilda Shore. »Bringen wir es hinter uns. Die können mich gleich mit hinauswerfen.«

Die Tür sprang auf. Lieutenant Tragg und ein Kriminalbeamter betraten das Zimmer.
Mason machte eine Verbeugung. »Mrs. Shore, ich habe die Ehre, Ihnen Lieutenant Tragg von der Mordkommission vorzustellen. Ich glaube, er will Ihnen ein paar Fragen stellen.«
Tragg verbeugte sich vor Mrs. Shore, drehte sich dann um und machte eine ironische Verbeugung vor Mason. »Ziemlich clever, wie Sie das machen, Herr Anwalt. Je besser ich Sie kennenlerne, desto mehr muß ich Ihre Methoden bewundern.«
»Was wollen Sie denn damit sagen?« fragte Mason.
»Wie großartig Sie mich an der Nase herumgeführt haben, indem Sie stundenlang darauf bestanden, daß Sie und Ihre Freunde mich zum *Castle Gate Hotel* begleiten. Erst nachdem Sie schon weg waren, ging mir ein Licht auf.«
»Wollen Sie mich einer Verschwörung bezichtigen?«
»Denken Sie, was Sie wollen. Also Mrs. Shore, wenn Sie nichts dagegen haben, möchte ich von Ihnen gerne etwas über Ihre Vergiftung hören.«
»Ich habe aber etwas dagegen«, sagte Mrs. Shore schnippisch. »Sogar sehr viel habe ich dagegen.«
»Das tut mir leid«, verkündete Tragg.
»Ich habe etwas gegessen, das mir nicht bekommen ist, das ist alles.«
»Dem Arzt haben Sie gesagt, Sie hätten aus Versehen etwas Falsches eingenommen«, sagte Tragg.
»Also gut. Ich habe im Dunkeln statt meiner Schlaftabletten Herzpillen aus dem Medizinschränkchen genommen.«
Tragg machte ein mitfühlendes Gesicht. »Oh, das tut mir leid. Darf ich wissen, um wieviel Uhr das war?«
»So gegen neun Uhr. Genau weiß ich es nicht mehr.«
»Und Sie haben keinen Unterschied im Geschmack bemerkt?«
»Nein. Ich habe sie im ganzen geschluckt und mit Wasser hinuntergespült. Ich habe die Tabletten mit der einen Hand in den Mund gesteckt. In der anderen Hand hielt ich ein Glas Wasser, aus dem ich nach jeder Tablette einen Schluck trank.«
»Ich verstehe. Sie hielten also das Glas Wasser in der rechten Hand und steckten die Tabletten mit der linken in den Mund?«
»Genau.«
»Und dann machten Sie die Flasche zu und stellten sie wieder in das Medizinschränkchen?«

»Ja.«
»Dazu brauchen Sie beide Hände?«
»Wieso ist das wichtig?«
»Ich möchte es nur genau feststellen, das ist alles. Wenn es ein Unfall war, brauchen wir es nicht weiter zu untersuchen.«
»Es war ein Unfall«, rief Matilda heftig.
»Natürlich«, sagte Tragg beruhigend. »Ich möchte nur alle Einzelheiten wissen, damit ich in meinem Bericht vermerken kann, daß es sich um einen Unfall handelt.«
Besänftigt erklärte Matilda: »Ja, ja. So war es. Ich schraubte die Flasche wieder zu.«
»Und Sie stellten sie in das Medizinschränkchen zurück?« fragte Tragg.
»Ja, so war es.«
»Ich glaube, es war Strychnin, nicht wahr, Mrs. Shore?«
»Ich weiß es nicht.«
Traggs Stimme triefte vor Mitgefühl. »Wirklich schrecklich!« sagte er. Dann fragte er: »Und wieso bewahren Sie Strychnintabletten in Ihrem Medizinschrank auf, Mrs. Shore? Ich vermute, Sie hatten einen besonderen Grund dafür?«
Matilda Shore studierte seinen Gesichtsausdruck. »Es ist ein Herzstimulans.«
»Sie hatten natürlich ein Rezept für das Mittel?« fragte Tragg.
»Ja, natürlich.«
»Welcher Arzt hat Ihnen das Mittel verschrieben?«
Sie sagte: »Ich glaube nicht, daß Sie das etwas angeht.«
»Wie viele Tabletten haben Sie genommen?«
»Ich weiß es nicht genau. Zwei oder drei.«
»Und Sie stellten die Flasche ganz bestimmt in das Medizinschränkchen zurück?«
»Ja. Aber das hab ich Ihnen doch schon gesagt.«
»Direkt neben die Flasche mit den Schlaftabletten?«
»Vermutlich. Ich sagte Ihnen doch, es geschah in der Dunkelheit. Ich habe einfach hinaufgelangt und gedacht, ich hätte die Flasche mit den Schlaftabletten herausgenommen.«
Tragg sagte: »Es ist wirklich zu schade.«
»Was ist schade?«
»Daß wir bei der Durchsuchung Ihres Medizinschränkchens weder Schlaf- noch Strychnintabletten gefunden haben.«
Mrs. Shore richtete sich steil auf. »Wollen Sie damit sagen, daß

Sie in meinem Hause waren und das Medizinschränkchen durchsucht haben?«
»Ganz recht.«
»Wer gibt Ihnen das Recht dazu?«
Ohne die Stimme zu heben sagte Tragg: »Mrs. Shore, vielleicht sollte lieber ich Sie etwas fragen. Was hat es zu bedeuten, daß Sie die Polizei belügen, damit sie nicht erfährt, daß jemand einen Mordversuch an Ihnen unternommen hat?«
»Niemand hat einen Mordversuch an mir unternommen.«
»Soviel ich weiß, ist heute nachmittag eine Katze mit Vergiftungserscheinungen zu Dr. Blakeley gebracht worden.«
»Davon weiß ich nichts.«
Tragg lächelte. »Kommen Sie, Mrs. Shore. Sie sollten klüger sein. Verschleierung von Tatsachen ist ein Verbrechen, das wissen Sie doch. Hier im Zimmer befinden sich zwei Anwälte, die Ihnen das bestätigen werden. Wenn in dem Stout Gift war, wird die Polizei es herausfinden. Und es wäre sehr unklug von Ihnen, ihre Untersuchungen zu behindern.«
Die Tür ging auf. Ein Mann trat ein und sagte hastig: »Was geht hier vor? Ich bin der behandelnde Arzt. Die Patientin darf nicht gestört werden. Sie hat einen schweren Schock erlitten. Ich muß Sie alle darum bitten, diesen Raum zu verlassen – und zwar sofort.«
Matilda Shore sah ihn an. »Ich bin überzeugt, Sie meinen es gut, Doktor«, sagte sie. »Aber Sie kommen genau fünf Minuten zu spät.«

## 9

Gerald Shore war ungewöhnlich still. Sie fuhren in seinem Wagen zu dem großen, altmodischen Haus, aus dem der Präsident der Shore National Bank eines Nachts auf so mysteriöse Weise verschwunden war.
»Da wären wir, Helen.«
»Ich werde Mr. Mason mit seiner Sekretärin nach Hollywood zu seinem Wagen bringen.«
»Ich könnte mitkommen und dir auf dem Rückweg Gesellschaft leisten«, erbot sich Helen.

»Ich glaube, du bleibst besser zu Hause. Jemand sollte dort sein, falls eine Nachricht eintrifft.«

»Wann kommt Tante Matilda wohl zurück?« fragte sie.

Gerald Shore drehte sich um und sah Mason fragend an.

Mason grinste. »Nicht, bevor sie nicht jede Frage beantwortet hat, die Lieutenant Tragg ihr stellen will.«

»Aber der Doktor erlaubt doch nicht, daß er sie noch länger befragt.«

»Das stimmt«, sagte Mason. »Aber Tragg wird ein paar Männer als Wache vor ihre Tür postieren. Er wird schon dafür sorgen, daß sie das Krankenhaus nicht verläßt, bis der Arzt feststellt, daß sie völlig wiederhergestellt ist. Und dann wird Tragg die Antworten auf alle seine Fragen bekommen – entweder noch im Krankenhaus oder im Polizeirevier.«

»Lieutenant Tragg scheint ein sehr cleverer und entschlossener junger Mann zu sein«, sagte Gerald Shore.

»Das ist er«, stimmte Mason zu. »Und unterschätzen Sie ihn ja nicht. Er ist ein gefährlicher Gegner.«

Gerald Shore sah Mason forschend von der Seite an, aber nichts in dessen Gesichtsausdruck deutete darauf hin, daß seine Bemerkung einen versteckten Hintersinn hatte.

Helen stieg aus dem Wagen und sagte: »Gut. Ich werde also hierbleiben und die Festung halten.«

»Es wird nicht lange dauern«, versprach Gerald Shore. Sie schauderte ein wenig. »Ich frage mich, was wohl als nächstes passiert. Ich wünschte, ich wüßte, wo ich Jerry Templar erreichen kann.«

»Soll ich bei Ihnen bleiben?« sagte Della impulsiv.

»Ehrlich gesagt, darüber wäre ich sehr froh«, gestand Helen.

»Tut mir leid«, sagte Mason kategorisch, »ich brauche Della.«

Helen sah enttäuscht aus. »Macht nichts. Es wird schon gehen – hoffe ich.«

Auf dem Wege nach Hollywood kam Gerald Shore auf ihr Gespräch zurück. Er schien beunruhigt.

»Sie haben zwei- oder dreimal erwähnt, daß Lieutenant Tragg ein gefährlicher Gegner ist, Mason.«

»Ja.«

»Darf ich annehmen, daß Ihre Bemerkung eine bestimmte Bedeutung hat?«

Mason sagte: »Kommt ganz darauf an.«

»Auf was kommt es an?« fragte Gerald Shore eindringlich.
»Es kommt darauf an, was Sie zu verbergen haben.«
»Aber ich glaube nicht, daß ich etwas zu verbergen habe.«
»In diesem Falle wäre Lieutenant Tragg ja nicht Ihr Gegner. Aber gefährlich bleibt er immer.«
Shore studierte einen Moment lang aufmerksam Masons unbewegtes Gesicht, dann richtete er seine Aufmerksamkeit wieder auf die Fahrbahn vor ihm.
Mason fuhr freundlich fort: »Bei diesem Fall gibt es einige Punkte, die mir seltsam erscheinen. Erstens: Wenn Sie und Ihr Bruder so gut miteinander ausgekommen sind, ist es mir unverständlich, warum er nicht *Sie* angerufen hat. Schließlich mußte er annehmen, daß es ein ziemlicher Schock für Ihre Nichte sein würde, wenn sie so plötzlich erfuhr, daß er lebte. Außerdem hat er Miss Kendal ausdrücklich dazu aufgefordert, mich aufzusuchen und mit mir zu Mr. Leech zu gehen. Und kein anderes Familienmitglied sollte sie begleiten.«
»Sie haben entweder zuviel gesagt, Mason – oder zuwenig.«
»Trotzdem«, sprach Mason unbeirrt weiter, »bestanden Sie darauf, mitzukommen.«
»Ich weiß nicht, wieso das seltsam ist, Mr. Mason. Es war doch nur natürlich, daß ich meinen Bruder gern sehen wollte.«
»Schon möglich. Aber es schien, als hielten Sie es für dringend notwendig, mit ihm zu sprechen, bevor er mit jemand anderem zusammentraf.«
»Würden Sie mir bitte erklären, was Sie damit sagen wollen?«
Mason lächelte. »Natürlich. Ich versuche nur, das Ganze mit Lieutenant Traggs Augen zu sehen.«
»Sprechen Sie weiter.«
»Früher oder später wird Tragg herausfinden, daß Sie sich zwar mit uns trafen, um die Verabredung mit Leech einzuhalten, daß Sie aber nicht mit in Leechs Hotel gingen.«
»Ich interessierte mich für meinen Bruder, nicht für diesen Leech«, sagte Shore.
»Das stimmt. Aber da Leech derjenige war, der die Verbindung zu Ihrem Bruder herstellen sollte, wäre es doch naheliegend gewesen, wenn Sie Ihr Interesse auf ihn ausgedehnt hätten. Trotzdem würde Tragg diese Erklärung zweifellos akzeptieren, wenn nicht andere Fakten die Sache komplizierten.«
»Welche zum Beispiel?« fragte Shore schnell.

»Oh«, sagte Mason. »Angenommen, Tragg verschafft sich ein Foto von Ihnen und zeigt es dem Empfangschef vom *Castle Gate Hotel* und fragt ihn, ob Sie dort nach Henry Leech gefragt haben — oder ob er Sie irgendwann schon einmal in der Nähe des Hotels gesehen hat.«

Gerald Shore schwieg einen Augenblick. Dann fragte er: »Warum sollte Tragg das tun?«

»Ich kenne nicht alle Einzelheiten, die mit dem Verschwinden Ihres Bruders zusammenhängen. Aber — zumindest aus Lieutenant Traggs Sicht gesehen — scheint es dabei einige Punkte zu geben, die eine besondere Bedeutung haben könnten. Ihr Bruder verschwindet ganz plötzlich auf mysteriöse Weise. Also muß sein Verschwinden einen ungewöhnlichen Grund gehabt haben. Unmittelbar vor seinem Verschwinden hatte er eine Unterredung mit einer Person, die ihn entweder um Geld gebeten oder Geld vom ihm gefordert hat. Es gibt einige Hinweise dafür, daß Sie diese Person waren. Obwohl niemand es mit Sicherheit sagen konnte. Ich nehme jedoch an, daß Sie deswegen damals befragt wurden. Und ich nehme weiter an, daß in den Akten vermerkt ist, daß Sie bestritten, in der fraglichen Nacht mit Ihrem Bruder zusammengetroffen zu sein. Nun könnte Tragg den Schluß ziehen, daß es Sie in ziemliche Verlegenheit bringen könnte, wenn Ihr Bruder plötzlich wiederauftauchen und nicht nur Ihre damalige Aussage widerlegen würde, sondern außerdem angibt, daß sein Gespräch mit Ihnen etwas mit seinem Verschwinden zu tun hatte. Wenn er in seinen Schlußfolgerungen erst einmal so weit gekommen wäre, würde Tragg weiterkombinieren: Gesetzt den Fall, dieser Franklin Shore ist wirklich zurückgekommen. Aus irgendeinem Grunde kommt er nicht direkt nach Hause. Er will sich mit einem seiner Angehörigen in Verbindung setzen. Statt mit seinem Bruder nimmt er Kontakt mit seiner Nichte auf. Diese Nichte ist ohne Zweifel eine sehr attraktive junge Dame, aber diese junge Dame kann zum Zeitpunkt seines Verschwindens erst vierzehn oder fünfzehn Jahre alt gewesen sein. Gerald Shore, den sein Bruder über sein Wiederauftauchen nicht informiert hat, besteht dann beharrlich darauf, seine Nichte zu begleiten. Henry Leech ist der Verbindungsmann zwischen Franklin, der entweder nicht fähig oder nicht gewillt ist, nach Hause zu kommen, und seinen Angehörigen. Leech begibt sich

an einen einsamen Ort und wird getötet. Ein mit der Maschine geschriebener Brief besagt, daß Leech aus eigenem Willen zu dieser Stelle gefahren ist, aber es ist nicht erwiesen, daß Leech den Brief selber geschrieben hat. Im Gegenteil, es besteht berechtigter Anlaß zu der Annahme, daß Leech den Brief nicht geschrieben hat. Natürlich wird der Zeitpunkt von Leechs Tod in Lieutenant Traggs Überlegungen eine große Rolle spielen. Obwohl wir das Ergebnis der Untersuchungen nicht kennen, deutet meiner Meinung nach einiges darauf hin, daß der Tod etwa vier Stunden, bevor man ihn fand, eingetreten ist.
Wenn Lieutenant Tragg also herausfindet, daß Sie schon früher am Abend mit Leech zusammengetroffen sind, wird er es völlig logisch finden, Sie zu verdächtigen, Leech ermordet zu haben.«
Mason schwieg, zündete sich eine Zigarette an und lehnte sich zurück. Gerald Shore fuhr einige Minuten schweigend weiter. Dann sagte er: »Ich glaube, es ist an der Zeit, daß ich Sie darum ersuche, mich als Anwalt zu vertreten.«
Mason nahm einen tiefen Zug aus seiner Zigarette und sagte beiläufig: »Vielleicht ist es das.«
»Was ist mit Ihrer Sekretärin?« fragte Gerald Shore und warf einen Blick auf Della Street, die schweigend auf dem Rücksitz saß.
»Ich bürge für ihre Diskretion«, versicherte ihm Mason. »Reden Sie nur frei von der Leber weg. Es wird vielleicht das letzte Mal sein, daß Sie völlig frei sprechen können.«
»Sie wollen mich also vertreten?«
»Das kommt ganz darauf an«, sagte Mason.
»Worauf?«
»Auf die Umstände und darauf, ob ich Sie für unschuldig halte.«
»Ich bin unschuldig«, sagte Shore mit Nachdruck. »Vollkommen unschuldig. Ich bin entweder das Opfer einer Verkettung von verdammt unglücklichen Umständen — oder einer Verschwörung.«
Mason rauchte schweigend weiter.
Shore fuhr langsamer, damit er nicht seine ganze Aufmerksamkeit auf die Fahrt verwenden mußte, und sagte: »Ich war die Person, die meinen Bruder in der Nacht, in der er verschwunden ist, aufsuchte.«

»Sie haben es aber später bestritten?« sagte Mason.
»Ja.«
»Warum?«
»Aus verschiedenen Gründen. Einmal, weil zuviel von unserer Unterhaltung bekannt wurde. Sie werden sich daran erinnern, daß man gehört hatte, daß der Besucher Franklin um Geld bat und angedeutet hat, daß seine Finanzen in einem katastrophalen Zustand seien.«
Mason nickte.
»Ich war damals dabei, einige geschäftliche Transaktionen durchzuführen, die einen schönen Profit erwarten ließen. Aber die einzige Möglichkeit für mich, die Sache zu einem guten Abschluß zu bringen, bestand darin, daß die anderen Beteiligten nicht einen Moment lang vermuten durften, ich hätte nicht genügend Kapital im Rücken.«
»Ihr Bruder?« fragte Mason.
»Nun, der Name meines Bruders hatte sicher einigen Einfluß. Nicht daß die anderen etwa glaubten, mein Bruder sei selbst an der Sache interessiert. Sie dachten wirklich, ich hätte eine Menge Geld, aber sie dachten auch, daß, wenn Umstände eintreten würden, die mehr Geld erforderlich machten, als ich zur Verfügung hatte, mein Bruder für mich einstehen würde.«
»Also«, sagte Mason, »wagten Sie nicht zuzugeben, daß Sie derjenige waren, der mit Ihrem Bruder sprach, weil so viel von Ihrer Unterredung in den Zeitungen veröffentlicht wurde?«
»Genau das war es.«
»Hatte das Verschwinden Ihres Bruders keinen negativen Einfluß auf die Transaktion?«
»Doch«, sagte Shore seufzend, »aber es gelang mir, einen Mann für die Sache zu interessieren, der mir das erforderliche Kapital zur Verfügung stellte. Allerdings steckte er dann auch später den Löwenanteil des Gewinns ein.«
»Und Sie haben auch Mrs. Shore nicht anvertraut, daß Sie derjenige waren, der an jenem Abend mit Franklin sprach?«
»Ich habe es niemandem anvertraut. Ich habe es nicht gewagt.«
»Und nachdem keine Notwendigkeit mehr bestand, die Sache zu verschweigen?«
»Habe ich es trotzdem für mich behalten. Versuchen Sie, sich in meine Lage zu versetzen. Und Sie werden verstehen, daß ich so handeln mußte.«

»Erzählen Sie weiter.«
»Heute abend, als Helen mir sagte, daß Franklin angerufen hätte, war ich sehr erschrocken. Ich mußte Franklin unbedingt sehen, bevor irgend jemand mit ihm sprechen würde.«
»Während also Helen zum Tierarzt zurückkehrte, um nachzusehen, wie es Amber Eyes ging, fuhren Sie zum Hotel und versuchten, mit Ihrem Bruder in Verbindung zu treten. War es so?«
»Ja, gleich nach dem Dinner holte Helen die Katze beim Tierarzt ab und brachte sie zu unserem Gärtner. Dann fuhr sie zu Ihnen.«
»Und in der Zwischenzeit fuhren Sie zum *Castle Gate Hotel?*«
»Ja. Darum kam ich auch nicht zusammen mit Helen zu Ihnen.«
»Dort fragten Sie nach Leech?«
»Ja.«
»Mit Erfolg?«
»Nein. Zuerst habe ich angerufen. Man sagte mir, daß Leech mit einem Mann weg sei, aber bald zurückkäme. Ich war sehr aufgeregt, weil ich dachte, dieser Mann könnte mein Bruder Franklin sein. Also ging ich ins Hotel und wartete.«
»Sie warteten?«
»Ja. Ich wartete, bis es Zeit für unsere Verabredung war.«
»Und Leech kam nicht zurück?«
»Nein. Oder genau gesagt, ich glaube es nicht. Ich weiß nur, daß Franklin nicht kam.«
»Und der Empfangschef hat Sie bemerkt?«
»Ja. Ich saß direkt neben der Tür, und er beobachtete mich die ganze Zeit über. Vielleicht hat er gedacht, ich sei von der Polizei. Wenn ich Lieutenant Tragg recht verstanden habe, scheinen sich in diesem Hotel mit Vorliebe Männer aufzuhalten, die — na, sagen wir mal, nicht ganz astrein sind. Und das macht sie dort Fremden gegenüber wohl mißtrauisch. Eigentlich wollte ich vor der Tür in meinem Wagen warten, aber ich konnte keinen Parkplatz in der Nähe des Hotels finden. Darum ging ich hinein.«
»Und weil Sie Angst hatten, der Empfangschef würde Sie als den Mann wiedererkennen, der früher am Abend schon einmal dagewesen war, wollten Sie sich auf keinen Fall noch einmal dort sehen lassen.«

»Ja — aber das sage ich Ihnen natürlich nur streng vertraulich.«
Mason sagte: »Ich glaube, Sie können sicher sein, daß Tragg es selbst herausfinden wird.«
Als er einen freien Parkplatz entdeckte, lenkte Shore seinen Wagen hinein und stellte den Motor ab. »Ich kann jetzt nicht mehr fahren«, sagte er. »Würden Sie mir bitte eine Zigarette geben?«
Als Mason ihm eine anbot, zitterten Shores Hände so sehr, daß er sie nur mit Mühe anzünden konnte.
»Sprechen Sie weiter«, sagte Mason.
»Ich habe Ihnen alles gesagt.«
Mason warf Della einen schnellen Blick zu. Dann sagte er zu Gerald Shore: »Es stimmt alles. Bis auf die Begründung, die Sie mir gegeben haben.«
»Was ist daran falsch?« fragte Shore.
»Sie hätten sich nicht so viel Mühe gegeben, Ihren Bruder als erster zu sprechen, wenn Sie nicht einen weit wichtigeren Grund gehabt hätten, als den, daß Ihre falsche Aussage von damals aufgedeckt werden könnte.«
Shore wandte sich Mason zu und sah ihn an. »Also gut. Es bleibt mir wohl nichts anderes übrig, als ganz offen mit Ihnen zu sein«, sagte er müde.
»Das ist immer von Nutzen«, bemerkte Mason trocken. »Als praktizierender Anwalt sollten Sie das wissen!«
Shore sagte: »Ich glaube, Sie werden mir zustimmen, wenn ich sage, daß jemand nie ganz genau weiß, wie ehrlich er wirklich ist. Er geht durchs Leben und denkt, er sei ein ehrlicher Mensch, weil er nie mit einer wirklichen Versuchung konfrontiert wurde. Dann findet er sich plötzlich in der verzwickten Lage, daß er entweder dem Ruin entgegensehen muß oder die Chance hat, eine Niederlage in einen Sieg umzuwandeln, indem er etwas tut, das sehr einfach scheint, das aber — nun sagen wir einmal, nicht gerade unehrlich, aber auch nicht ganz legal ist.«
»Sparen Sie sich die Entschuldigungen für später«, sagte Mason mit einiger Schärfe. »Unterschätzen Sie Tragg nicht. Wenn er einen Fall bearbeitet, arbeitet er schnell. Und damit Sie Bescheid wissen. Alles, was Sie mir da erzählt haben, habe ich schon vorher vermutet. Erst von dem, was jetzt kommt —

falls Sie mir weiterhin die Wahrheit sagen –, hängt meine Entscheidung ab, ob ich Ihren Fall übernehmen werde.«

Shore warf seine Zigarette aus dem Seitenfenster in den Rinnstein, nahm seinen Hut ab und fuhr sich mit einer nervösen Geste durch die grauen Haare. »Was ich Ihnen jetzt sage, darf niemals jemand erfahren, hören Sie?«

»Sprechen Sie«, sagte Mason.

Gerald Shore sprach weiter. »Ich habe gebettelt und gefleht, mein Bruder solle mir zehntausend Dollar geben. Ich brauchte das Geld unbedingt. Er hielt mir eine Predigt wegen meiner Geschäftsmethoden. Ich konnte nur daran denken, daß ich, wenn ich die zehntausend Dollar nicht bekäme, vollständig ruiniert sein würde. Nach langem Gerede erklärte sich mein Bruder dann bereit, mir zu helfen. Er sagte, daß er an diesem Abend noch einiges zu tun habe, daß er aber vor dem Schlafengehen noch einen Scheck über zehntausend Dollar ausstellen und zu der Post legen wolle, die am nächsten Tag herausgehen würde.«

»Einen Scheck auf Ihren Namen?«

»Nein. Der Scheck sollte direkt an den Mann geschickt werden, dem ich das Geld schuldete. Die Zeit reichte nicht mehr, ihn über mein Konto laufen zu lassen.«

»Und hat Ihr Bruder den Scheck ausgestellt?«

»Nein. Er verschwand, ohne es zu tun.«

»Dann können wir also mit Sicherheit annehmen, daß nach Ihrem Besuch ein Ereignis eintrat, das sein Verschwinden so dringend erforderlich machte, daß er sein Versprechen Ihnen gegenüber vergaß.«

»So muß es gewesen sein.«

»Wann erfuhren Sie von seinem Verschwinden?«

»Erst am nächsten Morgen.«

»Das war der Morgen des letzten Tages, an dem Sie zahlen mußten?«

Shore nickte.

»Sie hatten wahrscheinlich schon Ihren Geschäftspartner davon informiert, daß die Sache in Ordnung gehe?«

»Um neun Uhr dreißig an dem betreffenden Morgen«, sagte Shore, der immer erregter wurde, »rief ich den Geschäftsmann an, der das Geld bekommen sollte, und sagte ihm, daß der Scheck in seinen Händen sein würde, bevor die Banken an diesem Nachmittag schlössen; daß der Scheck auf seinen Namen ausgestellt und von Franklin Shore unterzeichnet sein würde. Etwa zehn Minuten nach dem Telefongespräch setzte sich Matilda mit mir in Verbindung und bat mich, sofort zu ihr zu kommen. Sie sagte mir, was passiert war.«

»Soviel ich mich erinnere«, sagte Mason, »wurde sein Verschwinden ein oder zwei Tage lang vor der Öffentlichkeit geheimgehalten.«

Shore nickte.

Mason blickte ihn listig an. »Während dieser Zeit wurden mehrere Schecks eingelöst«, sagte er.

Shore nickte.

»Und?« sagte Mason schnell.

»Unter ihnen«, sagte Shore, »befand sich ein Scheck, der auf den Namen Rodney French ausgestellt war und auf den Betrag von zehntausend Dollar lautete.«

»Rodney French war der Mann, dem Sie das Geld schuldeten?«

»Ja.«

»Und dem Sie versprochen hatten zu zahlen?«

»Ja.«

»Und dieser Scheck?« fragte Mason.

»Dieser Scheck wurde von mir ausgestellt und unterschrieben. Ich habe die Unterschrift meines Bruders gefälscht. Mein Bruder hatte mir den Scheck fest versprochen. Ich fühlte, daß – daß ich zu dem, was ich tat, berechtigt war.«

»Und Matilda Shore hat nie erfahren, daß der Scheck gefälscht war?«

»Niemand hat es erfahren. Ich hatte in jeder Hinsicht Glück. Mein Bruder hatte an dem Abend noch seinen Buchhalter wegen einer anderen Angelegenheit angerufen und dabei erwähnt, daß er einen Scheck über den Betrag von zehntausend Dollar für Rodney French ausstellen werde. – Ich glaube kaum, Mr. Mason, daß Sie sich vorstellen können, was diese Sache von damals für eine Bedeutung für mich hat. Sie war sozusagen der Wendepunkt in meinem Leben. Bis dahin war es immer am wichtigsten für mich gewesen, so schnell wie möglich viel Geld zu machen. Nicht gerade auf ungesetzliche Weise, aber durch Spekulationen und so weiter. Ich glaube, ich wollte meinem Bruder, der viel erfolgreicher war als ich, beweisen, daß auch ich die Fähigkeit hatte, viel Geld zu verdienen. Außerdem wollte ich natürlich die Annehmlichkeiten, die Reichtum mit sich bringt. Aber nach dem damaligen Vorfall begann ich, über mich nachzudenken. Und was dabei zutage kam, gefiel mir nicht sonderlich. — Das alles ist jetzt zehn Jahre her. Ich glaube, ich kann mit bestem Gewissen behaupten, daß ich inzwischen ein anderer Mensch geworden bin — in mehr als einer Hinsicht.«

»Fahren Sie fort«, sagte Mason freundlich, »das interessiert mich.«

»Zum erstenmal in meinem Leben bin ich auf den Gedanken gekommen, daß es wichtigere Dinge gibt, als Geld zu verdienen.«

»Sie meinen, eine bestimmte Weltanschauung zu haben?«

»Ich meine«, sagte Gerald Shore, »die Verantwortung und die Pflichten, die ein Mensch den anderen Menschen gegenüber hat. Früher dachte ich, daß jeder Mensch nur für sich selbst lebt und tun und lassen kann, was er will. Jetzt weiß ich, daß das nicht stimmt. Ein Mensch lebt nicht nur für sich selbst. Er beeinflußt ständig andere, durch seinen Charakter, durch das, was er sagt, was er tut ...« Er brach ab.

Mason wartete schweigend.

Nach einer Weile fuhr Shore fort: »Da ist zum Beispiel Helen. Sie war damals vierzehn Jahre alt. Immer hatte sie zu mir aufgesehen und mich respektiert. Sie kam in ein Alter, in dem Ethik und Moral eine besonders große Bedeutung für junge Menschen haben. Wenn etwas geschehen wäre, wenn sie entdeckte, daß ... nun, Mr. Mason, von der Zeit an änderte ich mein Lebensziel. Ich versuchte so zu leben, daß diejenigen, die zu mir aufblickten, nicht ... ach, was soll das alles? — Jedenfalls hörte ich auf, dem Geld nachzujagen. Ich fing an, mich mehr für Menschen zu interessieren. Nicht mehr das war wichtig, was sie für mich tun, sondern was ich für sie tun konnte. Und ich merkte, daß ich — zumindest für jüngere Leute, zu einer Art Vorbild wurde. Und«, sagte er bitter, »ich hatte die Tollkühnheit zu glauben, daß ich für das, was ich damals getan hatte, nicht würde bezahlen müssen.« Er schwieg.

Mason wartete einen Augenblick, bis Shore sich ein wenig beruhigt hatte, dann fragte er mit freundlicher Stimme: »Was ist mit Rodney French? Hat er keine Fragen gestellt?«

»Nein. Das einzige, was er tat, war, daß er Franklins Buchhalter anrief und ihn fragte, ob Franklin ihm etwas davon gesagt habe, daß er einen Scheck ausstellen wolle. Aber das tat er nur, weil der Scheck nicht bei der Morgenpost war. Da der Buchhalter bestätigte, daß Franklin ihm mitgeteilt habe, er werde den Scheck ausstellen, nahm er dann den Scheck und hielt später den Mund. Ich vermute, daß er, als er erfuhr, daß ich bestritten hatte, mit meinem Bruder an jenem Abend zusammen gewesen zu sein, ziemlich mißtrauisch wurde.«

»Und warum«, fragte Mason, »glaubten Sie, daß Ihr Bruder böse auf Sie ist?«

»Sehen Sie das denn nicht?« sagte Shore gequält. »Die Zeitungen haben eine Menge über die geschäftlichen Angelegenheiten meines Bruders veröffentlicht. Über die Höhe seines Bankkontos, über die Schecks, die er in den letzten Tagen vor seinem Verschwinden ausgestellt hat – und natürlich auch, daß der letzte Scheck, den er ausstellte, der an Rodney French, über zehntausend Dollar war.«

Mason sah ihn einen Augenblick nachdenklich an. »Und Sie glauben also nicht, daß Ihr Bruder Ihnen vergeben würde – wenn man die Umstände damals in Betracht zieht?«

»Ich hatte gehofft, er würde mich verstehen und mir verzeihen«, sagte Gerald. »Aber als er dann Helen anrief und nicht mich, da – nun, Sie können Ihre eigenen Schlüsse daraus ziehen.«

Mason drückte seine Zigarette aus. »Wenn Lieutenant Tragg diese ganze Geschichte erfährt«, sagte er, »wird er Sie des Mordes ersten Grades für schuldig befinden.«

»Das weiß ich doch!« rief Gerald Shore verzweifelt. »Und es gibt nichts, was ich dagegen tun könnte. Was meinen Sie, wie ich mir vorkomme!«

Mason sagte: »Sie können doch etwas tun.«

»Was?«

»Halten Sie den Mund«, sagte der Anwalt. »Lassen Sie mich für Sie reden – und zwar bei allem, was den Fall betrifft.«

## 10

Helen Kendal saß im Wohnzimmer und las. Da hörte sie ein Auto die Auffahrt heraufkommen. Überrascht sah sie auf ihre Uhr. Es schien ihr unwahrscheinlich, daß um diese Zeit jemand kommen sollte. Dann, als sie das Spucken und Knallen des Motors hörte, begann ihr Herz schneller zu klopfen. Sie war sicher, daß es nur ein einziges Auto auf der Welt gab, das in einem so hoffnungslosen Zustand war und trotzdem noch fuhr. Schnell ging sie zur Tür.

Jerry Templar stieg aus dem Wagen. Helen betrachtete ihn, wie er auf das Haus zukam. Die Uniform hob seinen schlanken, geraden Wuchs hervor; seine ruhigen Bewegungen verrieten eine Selbstsicherheit und Entschlossenheit, die er vor wenigen Monaten, als er sie verließ, noch nicht besessen hatte.

Um keinen Preis würde sie ihm etwas von dem Mord oder über die Familienangelegenheiten erzählen, entschied Helen. Er war an diesem Abend gekommen – völlig überraschend –, um sie zu sehen. Es gab wichtigere Dinge, über die sie mit Jerry sprechen wollte.

»O Jerry«, sagte sie. »Ich bin so froh, daß du kommst.«

»Hallo, Darling. Ich sah Licht und dachte, daß du vielleicht noch nicht zu Bett gegangen seist. Darf ich einen Moment hereinkommen?«

Sie nahm seine Hand und zog ihn in die Halle. »Natürlich«, sagte sie.

Im Wohnzimmer ließ sie sich auf dem Sofa nieder und zog Jerry neben sich.

»Du siehst müde aus, Jerry.«

Er schien überrascht. »Müde? Bin ich aber nicht.«

»Oh, entschuldige. Zigarette?« Sie hielt ihm eine Schachtel hin.

»Wo bist du den ganzen Abend gewesen?« wollte er wissen.

Helen blickte zu Boden. »Aus«, sagte sie.

»Das weiß ich. Ich habe viermal angerufen. Wo warst du?« Es klang beinahe wie eine Beschuldigung.

»Oh, ich habe alles mögliche erledigt«, erwiderte sie.

»Warst du allein?«

Helen sah ihn belustigt an. »Sie sind mächtig neugierig, Herr Soldat«, sagte sie gedehnt. »Sitzen alle deine Freundinnen jeden Abend zu Hause, weil du möglicherweise anrufst?«

»Ich habe keine Freundinnen«, sagte er heftig. »Du weißt, ich . . .«
»Nur weiter.«
Aber statt weiterzusprechen, sprang Jerry auf und begann, im Zimmer auf und ab zu gehen.
»Wo ist deine Tante?« fragte er plötzlich. »Im Bett?«
»Sie war im Bett, als ich sie zuletzt gesehen habe.« Dann fügte sie beiläufig hinzu: »Komo und die Köchin schlafen auch schon.«
»Deine Tante kann mich nicht leiden.«
»Wie kommst du darauf, Jerry?«
»Was hat sie gegen mich?«
Helen schwieg.
»Warst du heute abend mit George Alber aus?«
»Es geht dich natürlich nichts an. Aber wenn du es unbedingt wissen willst, ich war den ganzen Abend mit Onkel Gerald zusammen.«
»Oh!«
Jerry sah erleichtert aus. Er setzte sich wieder neben sie.
»Wann mußt du zu dem Offizierslehrgang, Jerry?«
»Wenn ich nächste Woche zu meiner Einheit zurückkomme, vermute ich.«
»Montag – nur noch sechs Tage«, murmelte Helen. »Du denkst wohl im Augenblick kaum an etwas anderes als den Krieg, nicht wahr?«
»Nun, das ist in diesen Zeiten wohl verständlich.«
Helen seufzte. Wenn sie ihn doch dazu bringen könnte, sein Schweigen, das er sich selbst auferlegt zu haben schien, zu brechen. Sie wandte sich ihm zu und sah ihn erwartungsvoll an. Sie waren ganz allein in dem großen Haus. Das Ticken der alten Standuhr in der Halle drang laut durch die nächtliche Stille. Jerry rückte näher an sie heran. Er begann zu sprechen. Seine grauen Augen waren voller Zärtlichkeit, aber sie spiegelten auch Entschlossenheit, die sie in den letzten paar Tagen so oft bemerkt hatte.
»Ich weiß nicht, was mir bevorsteht«, sagte er. »Und du weißt es auch nicht. Wir haben alle eine schwere Zeit vor uns; niemand weiß, wie alles enden wird. Glaubst du nicht auch, daß jetzt nicht der richtige Zeitpunkt ist, an persönliche Dinge zu denken? Wenn ein Mann eine Frau liebt . . .«

Er brach ab. Aus Matilda Shores Schlafzimmer ertönte ein lauter Krach – als ob ein Möbelstück zu Boden gefallen wäre. Dann, einen Augenblick später, hörten sie das unverkennbare dumpfe Klopfen ihres Stockes auf dem Fußboden und das Schlurfen von schweren Schritten. Die Wellensittiche, die Tante Matilda in ihrem Schlafzimmer hielt, begannen schrill und aufgeregt zu zwitschern.

»Deine Tante«, sagte Jerry nervös.

Helen versuchte zu sprechen, aber die Kehle war ihr wie zugeschnürt.

Jerry sah sie neugierig an. »Was ist los, Darling, du siehst ja ganz erschrocken aus?«

»Das – das ist nicht Tante Matilda.«

»Unsinn. Das sind doch ihre Schritte, das Klopfen ihres Stockes auf dem Fußboden und das schlurfende Geräusch, mit dem sie ihren Fuß nachzieht ...«

Helens Finger gruben sich in seinen Arm. »Jerry! Sie ist es nicht. Sie ist nicht zu Hause. Sie ist im Krankenhaus.«

Einige Sekunden lang starrte er sie fassungslos an. Dann war er mit einem Satz auf den Füßen und streifte ihre Hand ab, die seinen Arm umklammerte. »Ich werde nachsehen, wer es ist.«

»Nein, nein, Jerry! Geh nicht allein. Es ist gefährlich. Heute abend ist etwas Furchtbares passiert. Ich wollte es dir nicht sagen, aber ...«

Sie wußte nicht, ob er ihr zugehört hatte. Mit entschlossenem Gesicht ging er leise auf den Gang hinaus, der zu Tante Matildas Zimmer führte.

»Wo ist der Lichtschalter?« fragte er.

Eilig lief Helen hinter ihm her. Sie hatte bemerkt, daß Jerry, der sich nicht im Haus auskannte, sich durch den dunklen Flur tastete.

Sie knipste das Licht an. »Jerry, sei vorsichtig, Bitte, Liebster.«

In Tante Matildas Schlafzimmer war jetzt alles still. Entweder war der Eindringling stehengeblieben, um zu lauschen, oder er lauerte hinter der Tür, um sich auf Jerry zu stürzen, sobald dieser das Zimmer betrat. Nur das Zwitschern der Wellensittiche steigerte sich mehr und mehr zu einem hysterischen, schrillen Gekreische.

»Bitte Jerry«, flüsterte sie. »Öffne die Tür nicht. Wenn jemand drinnen ist und ...«

»Laß meinen Arm los.«
Sie umklammerte ihn noch fester.
»Laß mich los«, sagte er noch einmal und schüttelte ihre Hand ungeduldig ab.
»Ich muß nachsehen, was das bedeuten soll.«
Er drückte auf die Klinke und stieß die Tür mit einem Ruck auf.
Ein kalter Luftzug drang durch das sperrangelweit geöffnete Fenster in den Gang. Das Zimmer war dunkel bis auf den Lichtschein, der vom Gang hineinfiel und Jerrys Schatten grotesk gegen die Wand warf. Die Vögel waren plötzlich verstummt.
»Das Licht«, sagte Helen. Sie versuchte, sich an Jerry vorbei ins Zimmer zu drängen, um das Licht anzuknipsen. Er packte sie an der Schulter. »Bist du wahnsinnig? Bleib ja da weg ... Sag mir ...«
Ein greller Feuerstrahl zuckte aus der dunklen Ecke neben dem Kopfende des Bettes. Ein blauroter Strahl mit orangefarbenen Rändern. Der Knall des Revolvers dröhnte durch den Raum. Sie fühlte einen dünnen, scharfen Luftzug ihre Wange streifen und hörte, wie die Kugel gegen den Türpfosten prallte. Das Holz splitterte. Feine, scharfe Partikel von Holz und Farbe flogen ihr ins Gesicht.
Mit einem festen Griff hatte Jerry ihre Schulter umfaßt und riß sie zurück, sie mit seinem Körper deckend.
Ein zweiter Schuß knallte. Diesmal traf die Kugel mit einem dumpfen Aufschlag auf etwas Weiches an ihrer Seite. Jerrys Körper wirbelte halb herum. Seine Hände versuchten krampfhaft, einen Halt zu finden. Verzweifelt bemühte sich Helen, ihn zu halten. Aber seine Beine gaben nach. Krachend fiel er zu Boden. Er riß Helen mit.

## 11

Mason stieg in seinen eigenen Wagen, winkte Gerald Shore zum Abschied zu, wartete, bis die Rücklichter seines Wagens verschwunden waren, und ließ den Motor anspringen.
»Puh!« machte Della Street. »Da haben Sie sich mal wieder

einen Fall auf den Hals geladen! Wenn Lieutenant Tragg das alles herausfindet, dann gute Nacht!«

Mason grinste. »Es gibt nur eine Möglichkeit, ihn daran zu hindern.«

»Und die wäre?«

»Man gibt ihm so viele Hinweise auf andere Fakten, daß er gar keine Zeit hat, sich mit Dingen aufzuhalten, von denen er nichts wissen soll.«

»Das wird ihn auch nicht lange aufhalten.«

»Mehr können wir im Augenblick nicht tun.«

Mason bog in den Hollywood Boulevard ein und fuhr in Richtung Los Angeles. »Ich glaube, es ist an der Zeit, daß wir Paul Drake anrufen«, entschied er.

Della seufzte. »Noch mehr Unkosten! Für was brauchen Sie einen Privatdetektiv? Könnte ich das nicht erledigen?«

»Nein, das können Sie nicht.«

»Paul ist sowieso nicht zu Hause. Er macht diese Woche Urlaub. Er hat geschworen, daß ihn nichts auf der Welt dazu bewegen kann, ins Büro zu gehen oder einen Job zu übernehmen. Weder für Geld noch für Liebe. Er wird einfach auflegen, wenn Sie ihn anrufen. Sie kennen doch Paul.«

»Zum Teufel, das hatte ich vergessen. Sie haben recht.«

Eine Weile fuhren sie schweigend den Boulevard entlang.

»Brauchen Sie Paul wirklich so dringend?«

»Ja.«

»Also gut.« Della seufzte resignierend. »Halten Sie bei der Snackbar da vorn. Wenn es da eine Telefonzelle gibt, will ich sehen, was ich für Sie tun kann.«

»Sie? Wie kommen Sie darauf, daß Sie Paul mitten in der Nacht aus dem Bett werfen können, wenn ich es nicht kann?«

Sie senkte mit gespielter Bescheidenheit die Augen. »Sie wissen eben nicht, wie man an Pauls höhere Instinkte appelliert«, murmelte sie. »Ich sage nicht, daß ich ihn dazu bringen kann zu arbeiten. Wenn ich dafür sorge, daß er ins Büro kommt, müssen Sie sehen, wie Sie mit ihm fertig werden.«

Perry Mason stoppte den Wagen vor der Snackbar. Sie gingen hinein. Della blickte sich stirnrunzelnd um.

»Also gehen Sie – und versuchen Sie Ihr Glück«, sagte Mason. Ich bestelle uns inzwischen etwas zu essen.«

Della schüttelte den Kopf. »Hier geht es nicht.«

»Wieso? Es scheint doch sauber zu sein.«
»Keine Telefonzelle.«
»Da drüben an der Wand ist ein Telefon, Dummerchen.«
»Für das, was ich Paul zu sagen habe, brauche ich eine Zelle«, sagte Della bestimmt. »Ein Telefon an der Wand ist völlig ungeeignet. Kommen Sie, wir versuchen es woanders.«
Ein paar Blocks weiter hielt Mason vor einer anderen hellerleuchteten Snackbar. Er warf einen Blick durch das große Fenster ins Innere, das von Chrom und Glas funkelte.
»Hier wird gegessen, ob es eine Telefonzelle gibt oder nicht. Ich hab Hunger.«
Drinnen zeigte Mason auf die Telefonzelle und ging an die Theke.
»Eier mit Schinken und Kaffee für mich«, rief sie hinter ihm her.
Mason sagte zu dem Mann hinter der Theke: »Zweimal Eier mit Schinken. Die Eier nicht so stark gebraten, bitte. Eine Riesenportion Pommes frites. Und eine Menge heißen Kaffee. Machen Sie außerdem noch zwei Cheeseburger zurecht.«
Fünf Minuten später kam Della Street zurück und stellte sich neben ihn.
»Hat es geklappt?« fragte Perry.
»Ja, es hat.«
»Kommt er ins Büro?«
»In einer halben Stunde.«
»Fein. Sagen Sie mal, was ist mit Ihrem Gesicht los? Sie haben doch nicht etwa Fieber, oder?«
»Das ist Schamröte, Sie unmöglicher Mensch. So etwas tue ich nicht noch einmal, nicht mal für Sie. Wo bleibt mein Kaffee?«
»Nanu«, sagte Perry Mason.
Der Mann hinter der Theke schob dampfende Tassen mit goldbraunem, duftendem Kaffee zu ihnen herüber. »Der wird Ihnen schmecken«, sagte er. »Die beste Sorte, die es gibt. Ich mache ihn nur in kleinen Mengen, damit er immer frisch ist.«
Sie kletterten auf zwei Barhocker, stützten die Ellenbogen auf die Theke, schlürften ihren Kaffee und beobachteten, wie ihr Essen brutzelte. Der Duft von gebratenem Schinken stieg ihnen verlockend in die Nase.
»Also schießen Sie los. Wozu brauchen Sie Paul Drake«, sagte Della.

»Ich brauche 'ne Menge Fakten, bevor Tragg den Fall mit 'ner Menge Halbwahrheiten abschließt.«

»Glauben Sie, daß Shore Ihnen nur die halbe Wahrheit gesagt hat?«

Mason blickte nachdenklich dem Dampf nach, der sich aus seiner Tasse kräuselte. »Er hat uns die Wahrheit gesagt, so wie er sie sieht. Aber er sieht nur einen Teil des Ganzen. Nichts ist gefährlicher als ein Fall, der auf Indizien aufgebaut ist, die aus Halbwahrheiten bestehen.«

Der Koch stellte zwei große Platten vor sie hin, auf denen riesige Schinkenscheiben, goldgelbe Eier und knusprigbraune Pommes frites einen appetitanregenden Anblick boten. »Jetzt essen wir erst mal. Denken verschieben wir auf später.«

»Ihre Cheeseburger sind sofort fertig«, versprach der Mann hinter der Theke. Er nahm vier Toastscheiben, belegte sie mit Hamburger und Käse und bestreute sie dick mit gehackten Zwiebeln. »Wollen Sie Senf?«

»Haufenweise«, sagte Mason.

Schweigend konzentrierten sie sich eine Weile auf das Essen. Della Street leerte ihre Kaffeetasse und ließ sie neu füllen.

»Warum versuchte Matilda Shore vor Lieutenant Tragg zu verheimlichen, daß es eine Vergiftung war?«

»Mit ziemlicher Wahrscheinlichkeit, weil ein Zusammenhang mit der Vergiftung der Katze besteht.«

»War es ein Mordanschlag?«

»Sieht so aus.«

»Haben Sie schon eine Vermutung, wer es war?« fragte Della.

»Hängt von der Zeit ab. Wahrscheinlich wurde das Bier im Eisschrank aufbewahrt.«

»Wieso glauben Sie?«

»Weil es da nicht so schnell verschalt, wenn man die Flasche öffnet, um das Gift hineinzutun. Wahrscheinlich hat sie immer mehrere Flaschen Stout im Eisschrank.«

»Wie konnte derjenige, der das Gift hineintat, dann sicher sein, daß Mrs. Shore auch die richtige Flasche erwischen würde?«

»Vermutlich nahm er die vorderste – vielleicht hat er auch in mehrere Flaschen Gift getan.«

Mason bezahlte und sah auf seine Uhr. Der Mann hinter der Theke schob ihm das Wechselgeld hin. »Möchten Sie noch Kaffee?«

»Nur noch eine halbe Tasse«, sagte Mason. »Für mehr reicht die Zeit leider nicht.«
Er ließ fünfundzwanzig Cent auf der Theke liegen und steckte den Rest in die Hosentasche. »Feines Futter. Wir kommen mal wieder vorbei.«
»Haben Sie's eilig?« fragte der Mann hinter der Theke.
»Mhm. Kann man wohl sagen.«
Der Mann warf ihnen über den Rand seiner Brillengläser einen schlauen Blick zu. »Wenn Sie mich fragen«, sagte er. »Sieht ganz so aus, als wär'n Sie beide auf dem Weg nach Yuma zu 'ner Hochzeitsfeier.«
»Wir haben Sie aber nicht gefragt!« sagte Della Street lächelnd.
Mason nahm noch ein Fünfundzwanzigcentstück aus der Hosentasche und legte es auf die Theke.
»Wofür ist das?« fragte der Mann.
»Für die gute Idee«, sagte Mason grinsend. »Kommen Sie, Della. Gehen wir.«
Sie fuhren schnell bis zu dem Block, in dem Masons Büro war. Paul Drakes Agentur lag auf derselben Etage, aber näher am Aufzug. Hinter der Tür brannte Licht. Mason öffnete sie einen Spalt und fragte den Mann, der Nachtdienst hatte: »Ist der Boss schon da?«
»Hallo, Mr. Mason – nein. Er macht eine Woche Urlaub. Ich dachte, Sie wüßten Bescheid.«
»Wenn er vorbeikommen sollte, sagen Sie ihm nichts davon, daß ich hier war«, sagte Mason grinsend. »Vergessen Sie's.«
Sie gingen durch den langen, leeren Flur. Ihre Schritte hallten laut von den Wänden wider. Die dunklen Türen mit den Firmenschildern zu beiden Seiten wirkten wie schweigende Wachtposten. Die Luft war schal und abgestanden. Mason öffnete die Tür zu seinem Privatbüro und knipste das Licht an.
Della blieb einen Moment lang lauschend in der Tür stehen. »Der Fahrstuhl kommt herauf«, sagte sie. »Ich wette, es ist Paul.«
Mason verschwand in einem Nebenraum und schloß die Tür hinter sich. Er hörte Schritte näher kommen. Auf der anderen Seite der Tür wisperte Della Street: »Es ist wirklich Paul. Ich erkenne seinen Schritt. Er ist an seinem Büro vorbeigegangen, ohne hineinzuschauen.«

Es klopfte leise an die Tür. Della öffnete sie einen Spalt. Drake stieß die Tür weit auf, stolzierte ins Zimmer und ließ sie hinter sich ins Schloß fallen. Er blickte Della mit einem undeutbaren Ausdruck in den Augen an. Dann lächelte er sardonisch.
»Hallo, mein Kind«, sagte er.
»Hallo, Paul.« Dellas Stimme klang unsicher.
»Das war gekonnt. Ich wußte nicht, daß Sie es so dick hinter den Ohren haben.«
Mit leichten Schritten ging er zu der Tür, hinter der Perry Mason versteckt war, und riß sie mit einem Ruck auf. »Komm nur raus, du schäbiger Winkeladvokat! Ich werde dich lehren, mich so zu ködern.«
Mason kam grinsend zum Vorschein. »Ich hatte so eine Ahnung, daß du nicht darauf hereinfallen würdest, aber ich habe nichts gesagt.«
»Und Sie haben mitgemacht und so getan, als ob Sie glaubten, ich meinte es ernst«, beschwerte sich Della. »Und dabei haben Sie die ganze Zeit über mich gelacht.«
»Unsinn, Della. Ich hab nicht über Sie gelacht. Ich hab Sie bewundert. Ich kenne Sie nur leider zu gut.«
»Warum sind Sie dann gekommen?« fragte sie und tippte ihm mit dem ausgestreckten Zeigefinger auf die Brust.
Paul Drake zog seinen Kopf ein wie ein Truthahn, stieß ihn plötzlich ruckartig vor und schnappte nach dem rotlackierten Fingernagel. »Ich dachte mir, daß Perry mich braucht. Ich glaube, ich habe lange genug Ferien gemacht. Hab mich schon mächtig gelangweilt«, gestand er mit seinem sonderbar heiseren Lachen. »Schaff mir dieses Weib vom Hals, Perry; laß uns an die Arbeit gehen.«
Er ließ sich in einen schweren Ledersessel sinken und legte die Beine übereinander. »Wo brennt's denn?«
Etwa zehn Minuten lang sprach Mason ununterbrochen in schnellen, kurzen Sätzen. Drake hörte ihm mit geschlossenen Augen zu.
»So sieht die Sache also aus«, schloß Mason.
»Okay. Und was soll ich dabei tun?«
»Versuche, soviel wie möglich über Leech herauszufinden. Und auch über die Familienmitglieder. Mich interessiert besonders alles, was sie getan haben, nachdem sich der Lärm über Franklins Verschwinden gelegt hatte.«

»Sonst noch was?«
»Ja. Dieser Mann, der Helen Kendal angerufen hat, hat sich unmißverständlich als Franklin Shore ausgegeben, aber in einem solchen Fall kann man die Möglichkeit nicht ausschließen, daß es sich um einen Betrüger handelt. Dieser Leech hatte entweder Verbindung zu Franklin Shore, oder er führte etwas im Schilde. Übrigens hab ich hier eine Nummer«, fuhr Mason fort. Er öffnete sein Notizbuch und zog ein Blatt Papier heraus.
»Eine Autonummer?« fragte Drake.
»Nein. Ein Wäschezeichen. Es war auf einem Taschentuch, in das ein paar Gegenstände eingewickelt waren, die anscheinend Shore gehören. Es lag auf dem Autositz neben Leech. Leech brachte die Gegenstände offenbar mit, um zu beweisen, daß er wirklich als Verbindungsmann für Shore fungierte.«
»Wozu ein Verbindungsmann?«
»Keine Ahnung. Mag sein, Shore wollte nicht zurückkommen, ohne vorher die Lage zu peilen.«
»Wär der Test mies ausgefallen?«
»Ganz mies.«
Drake stieß einen langen Pfiff aus. »So ist das also?«
Mason nickte.
»Weiß Tragg, daß du das Wäschezeichen kennst?« fragte Drake.
»Ich glaube nicht. Ich hab ein bißchen herumgefummelt und so getan, als interessierte ich mich für die Uhr. Dies Wäschezeichen kam mir merkwürdig vor. Ich habe schon lange keine gedruckten Wäschezeichen mehr auf Taschentüchern gesehen. Die meisten Wäschereien tun es nicht mehr. Mit Hilfe des Wäschezeichens müßten wir Franklin Shore eigentlich auf die Spur kommen.«
»Und was gibt's sonst noch?«
»Dieses *Castle Gate Hotel* scheint . . .«
»Ich kenne die Bruchbude«, unterbrach ihn Drake. »Eine Menge dunkle Geschäftemacher halten sich dort auf. Windige Börsenmakler. Typen, die mit zweifelhaften Goldminen zu tun haben. Erdölspekulanten und so weiter. Nicht daß sie ihre trüben Geschäfte von dem Hotel aus abwickeln, aber sie pflegen dort zu überwintern, wenn sie auf dem trockenen liegen. Sobald sie einen großen Coup gelandet haben, ziehen sie in protzige Hotels und Appartements um und spielen den feinen

Max. Wenn die Polizei ihnen nichts nachweisen kann, machen sie sich 'ne schöne Zeit. Wenn die Polizei ihnen doch etwas nachweisen kann, gehen sie nach St. Quentin. Aber falls der Coup sich nicht auszahlt und die Polizei sie nicht hochnimmt, verziehen sie sich wieder ins *Castle Gate*, um neue Kontakte anzuknüpfen und zu warten, bis sie wieder eine Chance wittern.«

»Okay«, sagte Mason. »Kommen wir zum nächsten Punkt. Sieh dir die Zeitungen von 1932 an. Du wirst eine Liste von Schecks darin finden, die in den Tagen seines Verschwindens von Franklin Shores Konto abgebucht wurden. Die Polizei hat damals zwar alles genau untersucht. Aber ich möchte, daß du trotzdem noch einmal alles überprüfst.«

»Noch etwas?« fragte Drake, während er sich Notizen machte.

»Übrigens«, sagte Mason, »es ist noch etwas passiert, das wahrscheinlich mit dem Fall zusammenhängt. In Matilda Shores Haus wurde eine Katze vergiftet. Ich nehme an, Tragg wird in allen Drugstores nachfragen lassen, an wen in den letzten Tagen Gift verkauft worden ist. Es hätte wohl wenig Sinn für uns, uns der Polizei an die Fersen zu heften. Die wäre uns auf jeden Fall immer eine Nasenlänge voraus. Aber du solltest die Sache mit dem Gift bei deinen Nachforschungen in Erwägung ziehen.«

»Was hat denn die Katze mit dem Fall zu tun?« fragte Drake.

»Ich weiß nicht. Aber irgend jemand hat Matilda Shore Gift verabreicht – anscheinend das gleiche Gift, das die Katze bekommen hat. In dem Haus arbeitet ein Hausboy namens Komo. Man weiß nicht genau, ob er Japaner oder Koreaner ist. Tragg hat einen Brief mit einer Straßenkarte, der gegen sechs Uhr dreißig auf einem Postamt in Hollywood als Eilbrief aufgegeben wurde. Der Brief klingt so, als habe ihn ein Japaner geschrieben – für meinen Geschmack allerdings ein bißchen zu sehr. Vielleicht hat Komo ihn geschrieben, vielleicht auch jemand, der dachte, daß Komo wegen seiner Nationalität einen guten Köder für die Polizei abgeben könnte. Es wird dir sicher möglich sein, eine Fotokopie des Briefes zu bekommen. Tragg wird Experten beauftragen, die untersuchen sollen, auf was für einer Schreibmaschine er geschrieben wurde. Wahrscheinlich kannst du von den Reportern erfahren, was die Experten herausgefunden haben.

Es sieht so aus, als handele es sich um ein älteres Modell. Der Schreiber schien nicht viel Übung zu haben.«
»Woraus schließt du das?« fragte Drake.
»Einige Buchstaben tanzen aus der Reihe. Ausgetrocknetes, verblaßtes Farbband. Offensichtlich wird die Maschine selten benutzt. Verschmutzte E's und A's, mehrere Tippfehler und ausgeixte Buchstaben. Der Rand ist schlecht eingehalten. Unregelmäßig starker Anschlag. Aber das hat Tragg wahrscheinlich alles auf den ersten Blick gesehen. Also, verschwende nicht allzuviel Zeit mit dem Brief. In solchen Dingen können wir sowieso nicht mit der Polizei konkurrieren.«
»Okay«, sagte Drake. »Ich werde ...«
»Drüben im anderen Büro klingelt dauernd das Telefon. Die Leitungen sind abgestellt, aber ich höre den Summton der Vermittlung«, sagte Della Street. »Jemand versucht, die Hauptleitung anzurufen – und zwar schon seit etwa fünf Minuten.«
Mason warf einen Blick auf seine Uhr und sagte: »Sehen Sie nach, wer es ist, Della.«
Sie stand auf und ging ins Vorzimmer. Nach wenigen Minuten kam sie eilig zurück.
»Was gibt's?« fragte Mason.
»Helen Kendal. Jemand ist ins Haus eingedrungen und hat auf ihren Freund geschossen – den, der auf Urlaub da ist. Sie hat die Polizei benachrichtigt und ein Taxi angerufen. Sie ist jetzt in der Klinik. Er wird operiert. Es besteht wenig Hoffnung. Sie glauben nicht, daß er die Operation überlebt. Miss Kendal versucht schon seit fünf Minuten, uns zu erreichen.«
Mason nickte zu Paul Drake hinüber. »Gehen wir, Paul.«
Drake schüttelte den Kopf. »Du gehst! Bis du auf dem Schauplatz des Verbrechens ankommst, hat Lieutenant Tragg alles so abgeriegelt, daß du kaum noch einen Schritt tun kannst. Da Tragg im Augenblick beschäftigt ist, ist es günstig, wenn ich mich inzwischen mit den anderen Punkten befasse.«
»Vielleicht hast du recht«, sagte Mason. Er kämpfte sich in seinen Mantel. »Wollen Sie mitkommen, Della?«
»Was glauben Sie denn?«
Drake sah Mason mit seinem komischen schiefen Lächeln an. »Und wo war dein Klient, als die kleine Schießerei stattfand?« fragte er.

Mason sah auf seine Uhr und kniff nachdenklich die Augen zusammen. Er schien eine Berechnung anzustellen.
»Das ist eine von den ersten Fragen, die Lieutenant Tragg stellen wird«, sagte er. »Und wahrscheinlich stellt er sie in diesem Augenblick und erhält eine Antwort. Und wenn ich die Zeit berechne, könnte mein Klient rechtzeitig das Haus erreicht und die Schüsse auf Jerry Templar abgefeuert haben.«

## 12

In dem großen altmodischen Haus, in dem einst Franklin Shore regiert hatte, waren alle Fenster strahlend hell erleuchtet. Zwei Polizeiwagen parkten in der Auffahrt. Auch hinter den Fenstern der umliegenden Häuser brannte Licht. Offenbar hatte die Unruhe im Hause der Shores ihre Bewohner aus dem Schlaf geschreckt. Inmitten der Dunkelheit, in die das schlummernde Stadtviertel eingehüllt war, wirkte die kleine Gruppe hell erleuchteter Häuser wie eine Insel. Mason fuhr zweimal am Haus vorbei. Dann parkte er seinen Wagen auf der gegenüberliegenden Straßenseite und sagte zu Della Street: »Ich werde mich erst ein wenig umsehen. Bleiben Sie im Wagen sitzen.«
»Okay.«
»Und halten Sie die Augen offen. Wenn Sie etwas Verdächtiges bemerken, setzen Sie ein Streichholz in Brand und zünden sich eine Zigarette an. Halten Sie das brennende Streichholz ein paar Sekunden lang an die Windschutzscheibe. Heben Sie dann eine Hand um die Flamme und halten das Streichholz an die Zigarette. Vielleicht ist es am besten, wenn Sie das erste Streichholz wieder ausgehen lassen und ein zweites anzünden, für den Fall, daß ich Ihr Signal nicht sofort bemerkt habe.«
»Gehen Sie ins Haus?«
»Später. Ich möchte erst etwas im Garten herumschnüffeln.«
»Wollen Sie, daß ich mitkomme, wenn Sie ins Haus gehen?«
»Ich sage Ihnen Bescheid. Sehen Sie das Fenster dort drüben an der Nordseite, das im Erdgeschoß? Es steht weit offen, und die Vorhänge sind nicht zugezogen. Ich habe da eben ein Blitzlicht aufflammen sehen. Sieht aus, als fotografierten sie das Fenster. Das scheint mir wichtig zu sein.«

Della Street lehnte sich im Wagen zurück. »Vermutlich ist Tragg schon längst am Ball.«
»Mit Sicherheit.«
»Und Ihr Klient, Gerald Shore?«
»Der wird wahrscheinlich bis zum Hals in dem Schlamassel drinstecken«, sagte Mason. »Hoffentlich war er klug genug, nicht sein Alibi zu verraten.«
»Was für ein Alibi hat er?« fragte Della Street.
»Er war mit uns zusammen – das hoffe ich wenigstens inständig.«
»Ich glaube, wir haben bisher noch nie einem Klienten als Alibi gedient?«
»Nein. Darum hoffe ich ja, daß er den Mund gehalten hat.«
»Würde Tragg Ihnen nicht glauben?«
»Tragg vielleicht. Aber stellen Sie sich mal vor, Sie wären ein Geschworener. Ein Anwalt verteidigt einen Mann vor Gericht, der beschuldigt wird, einen Mord begangen zu haben. Ein anderer Mord, der mit dem ersten zusammenhängen könnte, geschieht. Der Angeklagte sagt: ›Zu diesem Zeitpunkt war ich mit meinem Anwalt zusammen.‹ Und der Anwalt und seine Sekretärin treten in den Zeugenstand und versuchen, ihm ein Alibi zu geben. Sieht nicht sehr gut aus, was?«
Sie schüttelte den Kopf. »Für die Geschworenen sicher nicht.«
»Darum legen die guten Anwälte meistens ihr Mandat nieder, wenn sie als Zeugen auftreten sollen«, sagte Mason.
»Wollen Sie damit sagen, daß Sie Ihr Mandat niederlegen wollen, wenn Sie Shore ein Alibi geben müssen?«
»Ich möchte auf keinen Fall zugleich Anwalt und Zeuge sein.«
»Ich könnte als Zeuge auftreten.«
»Wir sprechen noch darüber«, sagte Mason und knöpfte seinen Mantel zu. Der eisige Wind, der aus Nordosten wehte, ließ ihn frösteln. Er ging über die Straße auf das erleuchtete Haus zu.
Della Street blickte ihm nach. Sie beobachtete aufmerksam, ob sich irgendwo in der Dunkelheit etwas bewegte. Als Mason sich dem Garten näherte und gerade ein Rasenstück überqueren wollte, entdeckte Della einen Schatten, der schnell die Hecke entlangglitt. Mason hatte sich umgedreht und spähte zum Nordfenster hinüber. Der Schatten bewegte sich auf ihn zu. Hastig zündete Della ein Streichholz an. Aber Mason, der ihr den Rücken zuwandte, sah das Signal nicht. Della drückte

auf den Lichtknopf und ließ die Scheinwerfer zweimal aufleuchten. Mason drehte sich um – aber es war zu spät.
Della kurbelte die Scheibe herunter und lauschte.
»Mr. Mason?«
Nur jemand, der Perry schon lange Jahre gut kannte, hätte etwas Ungewöhnliches an seiner Stimme bemerkt. »Ja. Ich bin Mr. Mason. Warum?«
Der Mann trat näher. »Lieutenant Tragg möchte Sie sprechen. Er sagte, Sie würden bestimmt kommen. Ich soll nach Ihnen Ausschau halten.«
Mason mußte herzhaft lachen. »Mein Kompliment, Lieutenant Tragg! Wo ist er?«
»Im Haus.«
Mason faßte den Beamten am Arm. »Es ist sowieso etwas kalt hier draußen.«
Sie marschierten die Treppe hinauf und betraten das Haus.
Della Street lehnte sich behaglich in ihren Sitz zurück.
Das grelle Licht in der Halle blendete Mason einen Augenblick. Er mußte heftig blinzeln. Ein Polizist, der vor einer Tür saß, stand auf.
»Sagen Sie Lieutenant Tragg, Mason ist hier.«
Der Mann sah Mason neugierig an. Er verschwand hinter der Tür.
Masons Begleiter hielt ein Streichholz an seine Zigarre und schob sich den Hut in den Nacken. »Wir warten hier«, sagte er. »Ich glaube nicht, daß der Lieutenant begeistert wäre, wenn Sie hier im Haus herumschnüffelten, bevor er mit Ihnen gesprochen hat.«
Schnelle Schritte näherten sich. Tragg öffnete die Wohnzimmertür. »Hallo, Mason«, sagte er. »Nett von Ihnen. Ich wollte nämlich gern mit Ihnen sprechen. Ich rief Ihr Büro an, aber Sie waren nicht dort.«
»Ich bemühe mich eben immer, jedem Ihrer Wünsche zuvorzukommen«, sagte Mason mit spöttischer Ehrerbietung.
»Sehr aufmerksam von Ihnen.«
Lieutenant Tragg drehte sich um, steckte seinen Kopf durch die Tür und rief jemandem drinnen zu: »Schließen Sie die Schlafzimmertür.«
Er wartete, bis er hörte, daß eine Tür ins Schloß fiel.
»Also kommen Sie rein, Mason.«

Tragg ging vor ihm her ins Wohnzimmer. Mit einem Blick hatte Mason alle Einzelheiten erfaßt. Gerald Shore saß anscheinend vollkommen ruhig und entspannt mit übereinandergeschlagenen Beinen in einem Schaukelstuhl und rauchte gelassen seine Pfeife. Ein Polizist in Zivilkleidern stand unaufdringlich im Hintergrund. Sein Hut war so weit ins Gesicht gezogen, daß nur das Aufglühen seiner Zigarette seine Züge von Zeit zu Zeit sichtbar werden ließ. Wenige Meter von ihm entfernt hockte in unnachahmlich orientalischer Haltung eine Person, die Mason für Komo hielt. Die vordere Seite des großen Raumes war nur schwach beleuchtet, aber die Tür zum Flur, in dem Matilda Shores Schlafzimmer lag, und der Flur selbst wurden von zwei riesigen Scheinwerfern in blendendes Licht getaucht. Offenbar hatte man vorher dort fotografiert. Die Schlafzimmertür war geschlossen, aber ein Blutfleck auf dem Boden vor der Tür deutete auf das hin, was dort geschehen war.

»Setzen Sie sich, Mason«, sagte Tragg. »Ich will Ihnen gegenüber nicht im Vorteil sein. Wie Sie wissen, habe ich Sie früher öfter gebeten, mit mir zusammenzuarbeiten. Das tue ich jetzt nicht, denn diesmal sehe ich mich von Ihnen in eine feindliche Position gedrängt.«

»Warum?« fragte Mason.

»Mr. Shore sagt, Sie wären sein Anwalt. Er weigert sich zu reden. Und das gefällt mir nicht.«

»Das kann ich Ihnen nicht verübeln«, sagte Mason.

»Und«, fuhr Tragg fort, »ich denke nicht daran, das so einfach hinzunehmen. Wenn jemand in einem Mordfall etwas vor mir zu verheimlichen hat, sehe ich das als ein Schuldgeständnis an.«

Mason nickte verständnisvoll.

»Ich hoffe«, sagte Tragg zu Mason, »daß wenigstens Sie reden werden. Es sieht böse für Ihren Klienten aus, wenn Sie es nicht tun.«

Mason nickte Gerald Shore beruhigend zu und setzte sich in einen Sessel neben dem Tisch.

»Natürlich werde ich reden, Tragg. Ich bin immer bereit zu reden.«

Tragg zog sich einen Stuhl heran.

Shore nahm die Pfeife aus dem Mund. »Lieutenant Tragg hat

mir einige Fragen gestellt. Ich habe ihm gesagt, daß Sie mein Anwalt sind.«
Tragg sagte: »Das braucht Sie nicht daran zu hindern, Fragen zu beantworten, die eine völlig andere Sache betreffen.«
»Woher wissen Sie, daß es sich um eine andere Sache handelt?« fragte Mason.
»Weil es passiert sein muß, nachdem er Sie engagiert hat.«
»Ich verstehe.«
Shore stopfte mit dem Zeigefinger den Tabak in seiner Pfeife fester. »Ein ungeschriebenes Gesetz unseres Berufes besagt, daß ein Anwalt, der sich selbst berät, einen Dummkopf als Klienten hat.«
Tragg sagte: »Die Sache ist die, Shore weigert sich zu sagen, wo er war, als das Verbrechen verübt wurde.«
»Ich schlage vor, Sie sagen mir erst einmal, um welches Verbrechen es sich handelt, Tragg«, sagte Mason.
»Also gut. Ich will es Ihnen sagen. Helen Kendal saß dort drüben auf dem Sofa und sprach mit Jerry Templar, ihrem — na, man kann wohl sagen, ihrem zukünftigen Verlobten. Sie hörten ein Geräusch in Mrs. Shores Schlafzimmer.«
»Was für ein Geräusch?« fragte Mason. Seine Augen verrieten starkes Interesse.
»Als ob ein Nachttisch oder ein anderes Möbelstück umgeworfen worden wäre.«
»Von einem Einbrecher, der durch das Nordfenster eingedrungen ist?« fragte Mason.
Tragg zögerte einen Moment, dann sagte er: »Genau.«
»Weiter.«
»Natürlich war Helen Kendal erschrocken«, sagte Tragg, »weil sie ja wußte, daß ihre Tante nicht in ihrem Schlafzimmer war. Dann hörten die beiden ein Geräusch, als ob Matilda Shore an ihrem Stock durch das Zimmer humpelte. Es war so typisch, daß Miss Kendal, wenn sie nicht genau gewußt hätte, daß Mrs. Shore im Krankenhaus lag, überhaupt keine Notiz davon genommen hätte. Wahrscheinlich hätte sie gedacht, Matilda Shore sei aufgestanden, um ins Bad zu gehen, und hätte dabei versehentlich irgendeinen Gegenstand umgeworfen. Aber weil sie wußte, daß Mrs. Shore nicht im Hause war, mußte sie natürlich nachsehen, wer es war.«
»Mrs. Shore war bestimmt im Krankenhaus?« fragte Mason.

»Mit absoluter Sicherheit. Ich verbürge mich dafür. Während Templar nach dem Lichtschalter tastete, schoß jemand mit einem Revolver auf ihn. Zwei Schüsse fielen. Die erste Kugel ging daneben. Die zweite traf ihn in die linke Seite.«

»Ist er tot?« fragte Mason schnell.

»Nein. Soviel ich weiß, stehen seine Chancen etwa fünfzig zu fünfzig. Die Ärzte operieren noch.«

»Scheint eine anstrengende Nacht für Sie zu werden, Tragg«, bemerkte Mason trocken.

Tragg schien den Einwurf zu überhören. »Sie werden die Kugel bald gefunden haben. Hier habe ich übrigens die Kugel, die in den Türrahmen eingedrungen ist. Sie hat Helen Kendal nur um Haaresbreite verfehlt. Die Kugel stammt mit größter Wahrscheinlichkeit aus einem gewöhnlichen Revolver, Kaliber 38. Ich habe sie noch nicht mit der Kugel verglichen, mit der Henry Leech getötet wurde, aber ich wäre nicht überrascht, wenn sie aus derselben Waffe stammte. Und das würde natürlich bedeuten, daß sie von derselben Person abgefeuert wurde.«

Mason trommelte leicht mit den Fingern auf die Sessellehne. »Interessant«, bemerkte er.

»Nicht wahr?« sagte Lieutenant Tragg eisig.

Mason nickte. »Wenn wir voraussetzen, daß alle drei Schüsse aus derselben Waffe stammen und daß sie demzufolge von ein und derselben Person abgefeuert worden sein müssen, können wir Leech ausschließen, weil er tot ist; Matilda Shore, weil sie im Krankenhaus liegt; Gerald Shore, weil er ein perfektes Alibi hat – und natürlich Helen Kendal und Jerry Templar . . .«

»Ich bin sehr wohl imstande, die Personen, die als Verdächtige ausscheiden, selbst aufzuzählen«, unterbrach ihn Tragg. »Was mich interessiert, ist Ihre Feststellung, daß Gerald Shore ein Alibi hat.«

Mason sagte: »Er hat eins.«

»Was für eins?«

Mason lächelte. »Sie haben mir noch nicht den Zeitpunkt des Verbrechens mitgeteilt.«

»Woher können Sie dann wissen, daß er ein Alibi hat?« konterte Tragg schnell.

»Da haben Sie recht«, sagte Mason lächelnd. »Also überlegen wir mal! Die Person, die in das Zimmer eindrang, wußte, daß

Mrs. Shore nicht darin war, aber sie wußte nicht, daß Helen es auch wußte.«

»Woraus folgern Sie das?« fragte Tragg interessiert.

Mason sagte: »Weil er Helen täuschen wollte, indem er Mrs. Shores Schritte nachahmte. Das beweist, daß es nicht Gerald Shore gewesen sein kann. Gerald wußte, daß Helen wußte, daß ihre Tante nicht im Hause war.«

Tragg runzelte die Stirn. Offensichtlich hatte Masons Schlußfolgerung seine eigene Theorie über den Haufen geworfen.

Plötzlich sagte der Polizist am anderen Ende des Zimmers: »Dieser Japs spitzt mächtig die Ohren, Lieutenant.«

Tragg drehte sich ärgerlich um. »Schafft ihn hier raus.«

Komo verbeugte sich. »Entschuldigung bitte«, sagte er mit Würde. »Ich bin nicht Japaner. Bin Koreaner. Meine Gefühle für Japaner sind nicht freundlich.«

»Raus mit ihm!« wiederholte Tragg.

Der Beamte legte Komo die Hand auf die Schulter. »Los, komm, mein Junge«, sagte er. »Gehen wir!«

Tragg wartete, bis Komo aus dem Zimmer war. Dann wandte er sich an Mason: »Mason, Ihr Verhalten gefällt mir nicht – ebensowenig wie das Ihres Klienten.«

Mason grinste. »Wenn wir schon das Wahrheitsspiel spielen, bin jetzt ich an der Reihe. Mir gefällt die Art nicht, wie Sie mich hier hereinzerren ließen.«

Tragg sagte: »Und sicher wird Ihnen das, was jetzt kommt, noch weniger gefallen. Als meine Männer im *Castle Gate* Nachforschungen anstellten, erfuhren sie von dem Empfangschef, daß nur drei von Ihnen dort waren, als der Brief ankam. Aber vier Personen fuhren anschließend zum Reservoir. Also was ist? Warum wollte einer von Ihnen nicht mit ins Hotel gehen? Warten Sie einen Moment, bevor Sie antworten.«

Tragg stand auf und ging in die Halle. Die Tür ließ er hinter sich offen. Er nahm den Telefonhörer ab und wählte eine Nummer. Einen Moment später sagte er: »Ist dort das *Castle Gate Hotel?* Der Empfangschef? ... Hier Lieutenant Tragg von der Mordkommission ... Um wieviel Uhr begann gestern Ihr Dienst? ... Um sechs Uhr! Gut. Kennen Sie einen Mann namens Gerald Shore? ... Moment, ich gebe Ihnen eine Beschreibung. Ungefähr zweiundsechzig Jahre alt, distinguiertes Aussehen, hohe Stirn, etwa einen Meter siebzig groß, fünf-

undsiebzig Kilo, graues, glatt zurückgekämmtes Haar. Grauer Anzug, hellbraunes Hemd und blaurot gestreifte Krawatte mit einer schwarzen Perle ... Sie erinnern sich? Wann? ... Verstehe. Wie lange? ... Ich bin etwa in einer halben Stunde bei Ihnen. Sprechen Sie bitte inzwischen mit niemandem darüber.«
Tragg warf den Hörer auf die Gabel. Er kam ins Zimmer zurück und blickte herausfordernd von Gerald Shore zu Perry Mason. »Langsam geht mir ein Licht auf«, sagte er. »Mr. Shore, würden Sie die Freundlichkeit haben, mir zu erklären, warum Sie heute am frühen Abend ins *Castle Gate Hotel* gingen und warteten – und warteten?«
Gerald Shore nahm die Pfeife aus dem Mund, deutete mit dem Stiel auf Perry Mason und sagte ruhig: »Mr. Mason ist mein Anwalt.«
Tragg nickte. Er lächelte triumphierend. »Okay, Jerry«, rief er dem Polizisten in der Halle zu. »Mr. Mason möchte gehen. Wenn Sie sehen, daß er sich weiter hier in der Nähe aufhält, erinnern Sie ihn freundlich daran, daß er eine Verabredung hat. – Im übrigen möchte ich alle Anwesenden davon in Kenntnis setzen, daß, falls Franklin Shore auftauchen sollte, ich ihn als Zeugen vor dem Geschworenengericht aussagen lassen werde. Bitte denken Sie daran!«
Mason drehte sich wortlos um, ging aus dem Zimmer quer durch die Halle und öffnete die Haustür. Tragg sagte zu Gerald Shore: »Dies ist die letzte Gelegenheit für Sie, etwas zu sagen.«
Mason blieb einen Moment an der Tür stehen, um Shores Antwort zu hören.
»Haben Sie Streichhölzer, Lieutenant?« fragte Shore freundlich.
Der Polizeibeamte schob Mason unsanft zur Tür hinaus und schlug sie hinter ihm zu. Ein anderer Beamter, der offenbar den Befehl hatte, dafür zu sorgen, daß Mason das Grundstück verließ, gesellte sich prompt zu ihm. »Ich begleite Sie zu Ihrem Wagen.«
»Nicht nötig.«
»Oh, vielleicht doch. Man kann nie wissen, was hier heute nacht noch alles passiert. Wir wollen doch nicht, daß Ihnen etwas zustößt, Mr. Mason.«
Perry ging die Auffahrt hinunter, der Beamte marschierte hin-

ter ihm her. Als er an der Ecke einen Blick auf die andere Straßenseite warf, sah Mason die leere Parklücke. Sein Wagen samt Della Street war verschwunden. Er blieb überrascht stehen.
»Was ist los?« fragte der Beamte.
»Ich hab mir den Fuß vertreten«, sagte Mason und ging weiter.
»Hören Sie, Mr. Mason, Ihr Wagen steht auf der anderen Seite. Am besten . . . Wo, zur Hölle, ist Ihr Wagen?«
Mason sagte: »Mein Chauffeur ist zum Büro zurückgefahren. Er soll dort etwas erledigen.«
Der Beamte sah ihn mißtrauisch von der Seite an. »Wohin gehen Sie jetzt?«
»Ich mache einen Spaziergang – und zwar einen ausgiebigen. Ich will frische Luft schöpfen. Wollen Sie nicht mitkommen?«
»Zur Hölle, nein«, sagte der Beamte mit Abscheu in der Stimme.

## 13

Als Mason die Tür zu seinem Apartment öffnete, klingelte das Telefon mit der Geheimnummer. Er knipste das Licht an, ging zum Telefon und hob den Hörer ab. »Was gibt's?«
Es war Della Street. Als sie anfing zu sprechen, merkte Perry, daß sie nur mühsam ihre Nervosität verbarg.
»Sind Sie's, Chef?« sprudelte sie hastig los. »Mir ist klar, daß ich gegen alle möglichen Gesetze verstoßen habe. Und daß ich den Frieden und die Würde der Einwohner von Kalifornien mißachte. Ich glaube, ich bin zu einem waschechten Verbrecher avanciert.«
»Man sagt, daß ein Gefängnisaufenthalt den Erfahrungsschatz enorm bereichert«, versicherte Mason ihr. »Da werden Sie allerhand lernen.«
Ihr Lachen klang gezwungen und brach sofort wieder ab. »Paul Drake hat mir immer prophezeit, daß ich noch einmal im Gefängnis landen würde, wenn ich weiterhin für Sie arbeitete. Aber ich war zu verstockt, um auf ihn zu hören.«
»Nun, bis jetzt sind Sie ja noch nicht verurteilt«, sagte Mason tröstend. »Was haben Sie denn verbrochen?«

»Ich – ich habe – einen Zeugen gekidnappt«, jammerte sie.
»Was haben Sie?«
»Ich habe ihn Lieutenant Tragg direkt vor der Nase weggeschnappt und halte ihn jetzt in Einzelhaft.«
»Wo?«
»In meinem Wagen – oder besser, in Ihrem Wagen.«
»Wo sind Sie?«
»An einer Tankstelle etwa vier Blocks von ihrem Apartment entfernt.«
»Wer ist der Zeuge?«
»Er sitzt noch im Wagen. Er heißt Lunk, und er ...«
»Warten Sie einen Moment«, unterbrach Mason sie. »Wie war der Name?«
»Lunk. Er ist Gärtner bei Mrs. Shore. Und der augenblickliche Besitzer der Katze, die das Gift gefressen hat.«
»Was weiß er?«
»Das weiß ich nicht so genau, aber ich glaube, er ist ziemlich wichtig.«
»Warum?«
»Er stieg ein Stück vor dem Haus aus der Straßenbahn. Kurz nachdem der Wachtposten Sie kassiert und mitgenommen hat. Ich sah, wie die Straßenbahn hielt und ein Mann ausstieg. Er lief schnell auf das Haus zu. Man konnte sehen, daß er es mächtig eilig hatte.«
»Und was haben Sie getan?«
»Ich folgte einer Eingebung und fuhr ihm entgegen. Ich stieg aus und fragte ihn, ob er zum Haus von Mrs. Shore wollte.«
»Und dann?« fragte Mason, als sie zögerte.
»Es hat wohl keinen Zweck, wenn ich Ihnen hier am Telefon alles erzähle.«
»Sie müssen. Zumindest alles, was er nicht hören soll.«
»Also. Er war ganz aufgeregt und redete wirres Zeug. Schließlich kriegte ich aus ihm heraus, daß er sofort Mrs. Shore sprechen müsse. Ich fragte ihn, ob er Mrs. Shore erkennen würde, wenn er sie sähe. Einfach nur so, um Zeit zu gewinnen und herauszufinden, was mit ihm los war. Er sagte, daß er für sie arbeitet. Daß er schon seit zwölf oder dreizehn Jahren Gärtner bei Mrs. Shore sei.«
»Aber er wohnt nicht dort?« fragte Mason.
»Nein. Er wohnt in einem kleinen Haus in der South Belvedere.

Früher wohnte er in einem Zimmer über Mrs. Shores Garage. Aber seit einiger Zeit wohnt er in einem eigenen kleinen Haus.«
»Was weiß er?«
»Ich weiß nicht. Er war so aufgeregt, daß er kaum sprechen konnte. Er sagte, er müsse Mrs. Shore sofort sehen. Weil etwas passiert sei. Ich sagte ihm, Mrs. Shore sei nicht zu Hause. Ich wüßte aber zufällig, wo sie sich aufhielte und könnte ihn zu ihr bringen. Ich ließ ihn in den Wagen steigen und fuhr los. Dann habe ich so getan, als brauchte ich Benzin. An der Tankstelle sagte ich ihm, ich müsse telefonieren. Als ich zurückkam, log ich ihm dann vor, daß er erst in etwa fünfzehn bis zwanzig Minuten mit Mrs. Shore sprechen könnte und ich ihn zu ihr bringen würde. Natürlich habe ich in Wirklichkeit versucht, Sie zu erreichen. Als das nicht klappte, hab ich den Tankwart bestochen, die Luft aus einem meiner Reifen zu lassen und mir zu sagen, daß es besser wäre, ihn sofort zu reparieren. Er hat den Reifen abmontiert und spielt jetzt ein bißchen damit herum. Inzwischen wird unser Freund aber langsam nervös. Er scheint Verdacht geschöpft zu haben. Ich werde dem Tankwart jetzt sagen, daß er den Reifen wieder aufmontieren kann, und Sie müssen so schnell wie möglich herkommen.«
»Ich komme sofort. Warten Sie dort«, sagte Mason.
»Was soll ich tun, wenn Sie hier sind?«
»Lassen Sie mich nur machen. Was ist er für ein Typ?«
»Blaue Augen, wettergegerbtes Gesicht, Schnurrbart, fünfundfünfzig bis sechzig Jahre alt. Gebeugte Schultern, lange Arme. Bißchen einfältig, aber dickköpfig und störrisch, wenn er mißtrauisch wird. Ich glaube, er wird alles glauben, was Sie ihm sagen, wenn es einigermaßen plausibel klingt. Ich war wohl etwas zu aufgeregt und – nun, er wird langsam schrecklich mißtrauisch. Sie müssen sofort kommen, oder er macht sich aus dem Staube.«
»Bin schon da«, sagte Mason und legte auf.
Er knipste das Licht aus, fuhr mit dem Fahrstuhl nach unten und überquerte die Straße. Einen Moment lang wartete er in einer Einfahrt, um sicherzugehen, daß niemand ihm folgte. Dann ging er schnell die Straße hinunter. Von Zeit zu Zeit blieb er stehen und vergewisserte sich, daß niemand hinter ihm war.
Als er bei der Tankstelle ankam, war ein Tankwart mit einer

weißen Uniform gerade dabei, die Schrauben am linken Hinterrad von Masons Wagen anzuziehen. Mason ging auf Della Street zu, scheinbar ohne den Mann an ihrer Seite zu bemerken. Er nahm seinen Hut ab: »Guten Abend, Miss Street. Hoffentlich habe ich Sie nicht warten lassen.«
Della suchte in seinen Augen nach einem Signal, zögerte einen Moment und sagte dann mit ärgerlichem Gesicht: »Sie kommen wirklich sehr spät, mein Lieber! Wenn nicht zufällig ein Nagel in einem der Reifen gesteckt hätte, hätte ich unmöglich so lange warten können.«
»Zu dumm«, sagte Mason. »Ich wurde aufgehalten. Sie wissen ja, ich habe Ihnen versprochen, Sie zu Mrs. Shore zu bringen. Aber leider ist sie ...«
Er brach ab. Scheinbar entdeckte er erst jetzt den Mann neben Della.
Della sagte: »Alles in Ordnung. Dies ist Mr. Lunk. Er arbeitet für Mrs. Shore. Er ist ihr Gärtner. Er möchte Mrs. Shore ebenfalls sehen.«
Mason sagte: »Mrs. Shore ist im Krankenhaus. Jemand wollte sie vergiften. Sie sagte zwar, sie habe das Gift aus Versehen genommen, aber die Polizei glaubt ihr nicht und stellt eine Untersuchung an.«
»Gift!« rief Lunk entsetzt.
Della Street tat bestürzt. »Können wir nicht mit ihr sprechen? Mr. Lunk sagt, daß er ihr etwas sehr Wichtiges sagen muß.«
»Wir können es ja versuchen.« Mason drehte sich so, daß er Lunk aus den Augenwinkeln beobachten konnte. »Wissen Sie«, fuhr er fort, »die Polizei hat einen Wachtposten bei ihr gelassen. Und wenn wir dort aufkreuzen, wird man uns eine Menge Fragen stellen.«
»Aber ich will keine Polizei«, rief Lunk aufgeregt. »Ich muß persönlich und allein mit Mrs. Shore sprechen.«
Mason hob die Brauen. »Sie sagten, Sie arbeiten für sie?«
»Ich bin der Gärtner.«
»Wohnen Sie bei ihr?«
»Nein. Ich komme und gehe mit der Straßenbahn. Ich hab 'ne Weile dort gewohnt. Vor Jahren. Sie wollte ja, daß ich bleibe, aber ich kann es nicht leiden, wenn so ein verdammter Orientale um einen herumschleicht. Ich will für mich sein und mein Privatleben für mich haben.«

»Orientale?« fragte Mason.
»Ja. Dieser Hausboy, den sie hat. Ich weiß nicht, warum sie den nicht schon lange rausgeschmissen hat. Um die Wahrheit zu sagen, ich hab immer gedacht, daß das FBI mal aufkreuzt und ... nun, ich glaub, ich sag lieber nichts mehr.«
Mason drang nicht weiter in ihn. Er nickte verständnisvoll. »Also, wenn ich Sie recht verstehe ... wenn wir Mrs. Shore besuchen können, ohne daß die Polizei uns dazwischenfunkt, wollen Sie mit ihr sprechen. Andernfalls kann die Sache warten. Ist es so?«
Lunk sagte: »Sie kann nicht warten.«
»Ist es denn so wichtig?«
»Ja.«
Mason schien einen Augenblick angestrengt zu überlegen. »Also gut. Gehen wir hin und sehen nach, ob die Luft rein ist.«
»Wo ist sie?«
Mason sagte: »Sie ist im Krankenhaus.«
»Ja, das weiß ich. In welchem Krankenhaus?«
»Ich fahre Sie hin.«
Della Street rückte auf den Nebensitz. Mason setzte sich ans Steuer und fuhr los.
»Um diese Zeit sind kaum Autos auf der Straße«, sagte er. »Aber die paar, die unterwegs sind, kurven wie der Teufel über die Kreuzungen. Man muß höllisch aufpassen, damit man keinen Unfall baut.«
»Mhm«, sagte Lunk.
Nach einer Weile fragte Mason beiläufig: »Sie arbeiten schon zwölf Jahre bei Mrs. Shore?«
»Ja, beinahe schon dreizehn.«
»Dann kannten Sie auch ihren Mann?«
Lunk warf Mason einen scharfen Blick zu. Aber Masons Gesichtsausdruck war völlig harmlos. Er konzentrierte seine ganze Aufmerksamkeit anscheinend völlig auf die Fahrbahn vor ihm.
»Ja. Ein sehr anständiger Mensch. Versteht was vom Garten.«
»Ja. Das hab ich gehört. Sonderbar, die Sache mit seinem plötzlichen Verschwinden, was?«
»Mhm.«
»Was halten Sie davon?«

»Wer? Ich?«
»Ja.«
»Was soll ich schon davon halten? Ich werde dafür bezahlt, daß ich den Garten in Ordnung halte.«
Mason sagte: »Interessante Familie.«
»Kennen Sie sie?« fragte Lunk. »Alle, meine ich?«
»Ich habe einige von ihnen kennengelernt. Ich habe geschäftlich mit Gerald Shore zu tun. Was halten Sie von ihm?«
»Er ist schon in Ordnung, glaube ich. Wenn er auch nicht so wie sein Bruder Franklin ist. Ich meine mit den Blumen und dem Rasen und so. Er scheint sich nicht viel daraus zu machen. Ich krieg ihn kaum zu sehen. Mrs. Shore sagt mir, was ich tun soll – außer wenn der verdammte Japs versucht, sich da einzumischen. Wissen Sie, was dieser Heidenteufel neulich versucht hat?«
»Nein.«
»Versuchte ihr einzureden, sie muß was für ihre Gesundheit tun. Der wollte, daß die ganze Familie eine Weile weggeht, damit er das Haus mal ordentlich saubermachen kann. Sie sollte mit ihrer Nichte nach Florida. Zufällig weiß ich auch, daß er mit George Alber davon gesprochen hat. Kann sein, die Idee war von ihm. Kennen Sie Alber?«
»Nein.«
»Der ist ihr Goldjunge. Scheint, daß die alte Dame mal in seinen Vater verknallt war – oder umgekehrt. Weiß ich nicht so genau. Ich mach meine Arbeit und will meine Ruhe haben. Das ist alles, was ich will.«
»Was ist mit Komo? Macht er seine Arbeit gut?«
»Oh, seine Arbeit ist schon in Ordnung, aber man hat immer ein Gefühl, als ob er einen belauert.«
»Sie sagten, daß Sie mal im Haus von Mrs. Shore wohnten. Hatten Sie da öfter Streit mit Komo?«
»Keinen Streit – nicht direkt jedenfalls. Mein Bruder, der hatte öfter Ärger mit dem.«
»Ihr Bruder?« fragte Mason und warf Della Street einen schnellen Blick aus den Augenwinkeln zu. »Ein Bruder von Ihnen hat mit Ihnen zusammengewohnt?«
»Mhm. So ungefähr sechs oder sieben Monate.«
»Wo ist er jetzt?«
»Der ist gestorben.«

»Während Sie bei Mrs. Shore wohnten?«
»Nein.«
»Also nachdem Sie weggezogen waren. Wie lange danach?«
»'ne Woche oder zwei.«
»War er lange krank?«
»Nein.«
»Herzschlag, nehme ich an?«
»Nein. Er war ja jünger als ich.«
Della Street sagte tröstend: »Ich kann verstehen, wie einem in so einem Fall zumute ist. Er möchte nicht darüber sprechen, nicht wahr, Mr. Lunk?«
»Ja.«
Della Street fuhr rasch fort: »Das ist normal, wenn jemand, der einem nahesteht, gestorben ist. Das ist der Schock. Ihr Bruder muß ziemlich auf Draht gewesen sein, Mr. Lunk.«
»Wie kommen Sie darauf?«
»Ach nur so, nach dem, was Sie gesagt haben – ich meine, es hörte sich so an, als habe er sich nichts von dem Hausboy gefallen lassen.«
»Das kann man wohl sagen!«
»Es muß jetzt ziemlich schwer für Sie sein, allein mit der Gartenarbeit fertig zu werden, nachdem Ihnen Ihr Bruder nicht mehr hilft.«
»Er hat mir nicht geholfen. Er war nur auf Besuch da. Es ging ihm gesundheitlich nicht so gut. Er konnte damals nicht arbeiten.«
»Leute mit einer schwachen Gesundheit leben manchmal viel länger als die starken, robusten Menschen, die nie krank sind.«
»Das stimmt.«
Della sagte: »Mr. Shore soll ein großartiger Mensch gewesen sein.«
»Ja, Madam. Das war er. Er war immer freundlich zu mir.«
»Ich meine, daß er Ihren Bruder so lange bei Ihnen hat wohnen lassen. Ich vermute, er verlangte kein Kostgeld von ihm.«
»Nein. Das taten sie nicht«, sagte Lunk. »Und ich werd nie im Leben vergessen, was Shore getan hat, als mein Bruder starb. Ich hatte mein ganzes Geld für den Doktor und so ausgegeben und – na, Shore rief mich rein und sagte, daß er versteht, wie ich mich fühle und so. Und wissen Sie, was er dann tat?«
»Nein, was denn?«

»Er gab mir dreihundertfünfzig Dollar, damit ich ihn nach dem Osten schicken kann. Und er hat mir solange freigegeben, daß ich auch mit nach Hause fahren kann. Meine Mutter lebte da noch. Das hat ihr viel bedeutet, daß ich Phil nach Hause gebracht hab und wir ihn da beerdigen konnten.«

»Sie ist inzwischen auch gestorben?« fragte Della.

»Mhm. Vor fünf Jahren. Das hat mir mächtig imponiert, wie Mr. Shore mich damals behandelt hat. Ich hab mich natürlich bei ihm bedankt. Und ich wollte ihm nochmals danken. Aber als ich von der Beerdigung zurückkam, war er weg.«

Mason stieß Della Street warnend mit dem Knie an, damit sie nicht an diesem Punkt einhakte und den Gärtner alarmierte. Nachdem er einige Minuten gewartet hatte, sagte Mason beiläufig: »Das alles war also genau zu der Zeit, als er verschwand.«

»Das stimmt.«

Mason sagte: »Diese Japse sind ziemlich clever. Die Orientalen wissen viel mehr über Drogen als wir.«

Lunk lehnte sich vor und blickte den Anwalt forschend an. »Was wollen Sie damit sagen?«

»Ach, nur so«, sagte Mason. »Ich habe nur laut gedacht. Ich hab manchmal komische Ideen.«

»Was war an der Idee komisch?«

»Ach, es war nicht mal eine Idee«, sagte Mason. »Ich dachte nur gerade ein bißchen nach.«

Lunk sagte bedeutungsvoll: »Na, ich hab auch 'ne Menge nachgedacht.«

Nachdem er ein paar Minuten geschwiegen hatte, bemerkte Mason beiläufig: »Wenn in meiner Umgebung ein Japs herumliefe und wenn ich ihn nicht ausstehen könnte, würde ich sicher auf keinen Fall im selben Hause mit ihm leben wollen ... Wo er kocht und mir das Essen serviert und so. Ich trau den Brüdern nicht.«

»Genauso denke ich auch«, sagte Lunk eifrig. »Ich werde Ihnen mal was erzählen, Mister – wie sagten Sie, heißen Sie?«

»Mason.«

»Also. Ich will Ihnen mal was sagen, Mr. Mason. Noch 'ne ganze Weile, nachdem ich von Mr. Shores Verschwinden gehört hab, wäre ich jede Wette eingegangen, daß der Japs etwas damit zu tun hatte. Und dann später hab ich mich gefragt, ob er nicht auch bei der Sache mit Phil seine Hand im Spiel hatte. Es hätte sein können, wissen Sie?«

»Gift?« fragte Mason.

»Nun. Ich sag lieber nichts. Persönlich hab ich ja nichts für diese hinterhältigen, heimtückischen Brüder übrig. Ich hab ihm schon einmal Unrecht getan.«

»Ach!«

Lunk sagte: »Also, um Ihnen die Wahrheit zu sagen, ich hab ihn verdächtigt, daß er – also ich will's Ihnen sagen. Ich dachte 'ne Zeit, daß er Mr. Shore aus dem Weg räumen wollte und erst mal an meinem Bruder ausprobiert hat, wie es klappt. Welche Dosis man braucht und – wissen Sie, die Art, wie Mr. Shore verschwunden ist und das alles. Und so schnell nach Phils Tod ... Ich hab damals zuerst nicht so richtig darüber nachgedacht, aber später, da ist mir das alles verdächtig vorgekommen.«

Mason stieß Della Street leicht mit dem Ellbogen in die Seite, als er den Wagen um eine Ecke lenkte. Sie waren jetzt auf der Straße, die zum Krankenhaus führte. »Nun, ich sehe nicht recht ein, warum Sie dem Japs dadurch Unrecht getan haben?«

»Doch«, sagte Lunk entschieden. »Er war es nicht. Aber bis vor ein paar Stunden hätten Sie mich nicht vom Gegenteil überzeugen können, auch wenn Sie mich die ganze Nacht bequatscht hätten. Da sieht man, wie man sich in eine Idee verrennen kann. Um die Wahrheit zu sagen: Der Grund, warum ich nicht mehr im Hause wohnen wollte, war der Japaner. Phil ging es immer schlechter. Ich hab mich auch schlecht gefühlt und ging zum Arzt. Aber der hat nichts gefunden. Da bin ich dann weg.«

»Und ging es Ihnen dann besser?« fragte Mason.

»Und wie«, sagte Lunk, der sich für das Thema zu erwärmen schien.

»Ich hatte 'ne Wohnung für mich, hab mir alles selbst gekocht und mein Essen mit zur Arbeit genommen. Und ich kann Ihnen sagen, Mister, ich hab mich gehütet, das Essen irgendwo rumstehen zu lassen.«

»Und sofort ging es Ihnen besser?«

»Nach ein oder zwei Wochen. Aber Phil nicht. Der hat's nicht geschafft. Der war fertig.«

»Was hat Komo gesagt, als Sie wegzogen?«

»Der verdammte Japs hat gar nichts gesagt. Hat mich nur so

angesehen, aber ich wußte schon, was er gedacht hat, was ich denke. Aber das war mir egal.«

»Und wieso haben Sie Ihre Meinung geändert? Warum glauben Sie, daß er Mr. Shore doch nicht vergiftet hat?«

»Nein«, sagte Lunk und schüttelte energisch den Kopf. »Er hat den Boss nicht vergiftet. Ich glaub trotzdem, daß er Phil vergiftet hat, und ich glaub auch, daß er's bei mir versucht hat und bei der Katze. Und wenn Matilda Shore 'ne Prise Gift gekriegt hat, können Sie mir nicht weismachen, daß es nicht Komo war. Der führt mich nicht mehr an der Nase rum. Ich hab Ihnen ja schon gesagt, daß er jemand vergiften wollte und erst mal ausprobiert hat, wie das Gift wirkte. Vor zehn Jahren hat er Phil dafür genommen. Und gestern abend die Katze. Vor zehn Jahren hab ich erst gedacht, er hat es an Phil ausprobiert und dann den Boss vergiftet. Aber jetzt weiß ich, daß er's auf mich abgesehen hatte.«

»Aber wenn Sie glaubten, daß Ihr Bruder vergiftet wurde, warum gingen Sie dann nicht zur Polizei . . .?«

»Ich hatte keine Beweise. Als Phil gestorben war, hab ich den Doktor gefragt, ob es nicht Gift gewesen sein könnte. Aber er hat mich ausgelacht. Er sagte, Phil hätte schon seit fünf Jahren jede Minute damit rechnen müssen zu sterben.«

Mason sagte: »Wir sind da. Das ist das Krankenhaus. Wollen Sie mit hereinkommen und nachsehen, ob die Polizisten noch bei ihr sind?«

»Ich will keine Polizisten sehen.«

»Natürlich nicht«, sagte Mason. »Aber wir könnten versuchen, zu Mrs. Shore durchzukommen.«

Della Street sah Mason an. »Ich kann rasch nach oben laufen und nachsehen, ob sie noch da sind . . .«

»Nein«, sagte Mason bestimmt. »Ich möchte Mr. Lunk mitnehmen. Wissen Sie«, sagte er erklärend zu Lunk, »ich war heute abend schon einmal bei ihr.«

»Oh«, sagte Lunk. »Sagten Sie nicht, Sie haben geschäftlich mit Gerald Shore zu tun?«

»Ja. Er ist ein Klient von mir. Ich bin Anwalt.« Mason öffnete die Wagentür. »Kommen Sie, Lunk. Wir gehen hinauf. Macht es Ihnen etwas aus, hier zu warten, Della?«

Sie schüttelte den Kopf. Aber Mason bemerkte, daß sie besorgt die Stirn runzelte.

Mason nahm Lunk beim Arm. Sie kletterten die Stufen zum Krankenhaus hinauf. Als sie den langen Flur entlanggingen, sagte Mason zu Lunk: »Am besten lassen Sie mich mit ihnen sprechen. Aber hören Sie gut zu. Und wenn ich etwas Falsches sage, stoßen Sie mich an.«
»In Ordnung«, sagte Lunk.
Sie fuhren mit dem Lift zum oberen Stockwerk, wo Matilda Shores Zimmer lag. Eine Schwester saß an einem Tisch und schrieb. Sie blickte auf, als sie die Besucher sah. Am Ende des Flures erhoben sich zwei Männer von ihren Stühlen und kamen eilig auf sie zu.
Mason hatte schon die Hand auf dem Türgriff zu Matilda Shores Zimmer, als einer von ihnen ihn grob anfuhr: »Loslassen, Kumpel.«
Der andere sagte: »Das ist Mason, der Anwalt. Er war schon mal hier. Lieutenant Tragg hat mit ihm gesprochen.«
»Was wollen Sie?« fragte der Mann, der das Kommando zu haben schien.
»Ich möchte mit Mrs. Shore sprechen.«
Der Mann schüttelte grinsend den Kopf. »Nix zu machen«, sagte er.
»Dieser Mann hier will mit ihr sprechen.«
»So, will er das?« Der Mann betrachtete Lunk feixend – als halte er das für einen kolossalen Spaß. »Sie beide wollen also mit ihr sprechen, was?«
»So ist es.«
Der Mann schnippte seinen Daumen zum Ende des Flurs in Richtung Aufzug. »Marsch in den Aufzug, Freunde. Tut mir leid, aber da ist nichts zu wollen.«
Mason sagte mit erhobener Stimme: »Vielleicht könnte es wichtig für Sie sein, wenn dieser Mann hier mit Mrs. Shore sprechen dürfte. Er ist ihr Gärtner. Ich könnte mir denken, daß Lieutenant Tragg ihn auch gern sprechen möchte.«
Der Beamte nickte seinem Gefährten zu. Der legte Mason die Hand auf die Schulter. Der andere packte Lunk beim Kragen. »Also los, Jungens. Macht euch aus dem Staube, aber ein bißchen plötzlich.«
Mason sagte: »Ich glaube, wir haben ein Recht darauf, sie zu sehen.«
»Haben Sie einen Passierschein?« fragte der Beamte.

Die Schwester kam mit energischen Schritten auf sie zu. »Hier liegen noch andere Patienten. Und ich bin für sie verantwortlich. Ich möchte mir jede Störung verbitten.«
Einer von den Beamten drückte auf den Fahrstuhlknopf. »Die Störung wird gleich behoben sein«, sagte er. »Die Herren wollen gerade gehen.«
Der Fahrstuhl hielt. Die Türen glitten auseinander. Mit einem unsanften Druck in den Rücken wurden Mason und Lunk hineinbefördert.
»Und kommen Sie ja nicht ohne Passierschein zurück«, rief ihnen der Beamte nach, als die Türen sich schlossen.
Della Street öffnete die Wagentür. »Na, war es so, wie Sie es erwartet hatten?« fragte sie besorgt.
Mason lächelte. »Ja. Also gehen wir irgendwohin, wo wir uns ungestört unterhalten können.«
Lunk sagte störrisch: »Ich muß zu Mrs. Shore. Ich will mit niemand sonst sprechen.«
»Ich weiß«, sagte Mason. »Wir wollen uns einen Plan ausdenken, wie wir es anfangen können.«
Lunk sagte: »Hören Sie. Ich kann nicht die ganze Nacht damit warten. Es muß jetzt sein. Ich muß sie einfach sprechen.«
Mason bog in eine breite Straße ein, die zu dieser Zeit völlig unbelebt war. Wortlos lenkte er den Wagen in eine Parklücke, schaltete die Scheinwerfer aus, wandte sich zu Lunk um und sagte scharf: »Woher wissen Sie, daß Franklin Shore lebt?«
Lunk fuhr wie von der Tarantel gestochen hoch.
»Los, los«, sagte Mason. »Sprechen Sie.«
»Wie kommen Sie darauf, daß ich so etwas wissen sollte?«
»Sie haben sich selbst verraten. Sagten Sie nicht, bis vor kurzem hätte niemand Sie davon abbringen können, daß Komo bei Franklin Shores Verschwinden die Hand im Spiel hatte? Jahrelang waren Sie so fest davon überzeugt, daß es schon fast an Besessenheit grenzte. Es gibt also nur eins, das sie so plötzlich Ihre Meinung ändern lassen konnte. Sie haben Franklin Shore gesehen oder von ihm gehört.«
Lunk richtete sich steif auf. Einen Augenblick schien es, als wolle er Masons Behauptung ableugnen. Doch dann ließ er sich seufzend in seinen Sitz zurücksinken.
»Also schön«, gab er zu. »Ich hab ihn gesehen.«
»Wo ist er jetzt?« fragte Mason.

»Bei mir zu Hause.«
»Er kam kurz bevor Sie losfuhren, um mit Mrs. Shore zu sprechen?«
»So war's.«
»Und was wollte er von Ihnen?«
»Ich sollte etwas für ihn tun. Was es war, kann ich Ihnen nicht sagen.«
»Wollte er vielleicht, Sie sollten zu Mrs. Shore gehen und herausfinden, ob er zu ihr zurückkommen könnte oder so etwas Ähnliches?«
Lunk zögerte einen Moment, dann sagte er: »Ich sag Ihnen nicht, was er wollte. Ich hab ihm versprochen, ich werde es keiner lebenden Seele erzählen.«
Mason fragte: »Wie lange nachdem Franklin Shore zu Ihnen kam, gingen Sie fort?«
»Kurze Zeit später.«
»Was hat Sie aufgehalten?«
Lunk zögerte. »Ich bin nicht aufgehalten worden.«
Mason warf Della Street einen schnellen Blick zu, dann fragte er Lunk. »Waren Sie schon im Bett, als Franklin Shore kam?«
»Nein. Ich hörte gerade die Nachrichten, als er an die Tür klopfte. Ich wäre beinahe tot umgefallen, als ich sah, wer es war.«
»Sie erkannten ihn sofort?«
»Na klar. Er hat sich nicht viel verändert, nicht so wie sie. Sieht fast genauso aus wie an dem Tag, als er verschwunden ist.«
Mason sah Della Street vielsagend von der Seite an und sagte: »Ich sehe keinen Grund, warum Sie noch länger aufbleiben sollten, Della. Ich bringe Sie ein Stück weiter zum Taxistand. Sie fahren am besten nach Hause.«
»Oh, es macht mir nichts aus. Ich bleibe gern noch auf. Ich . . .«
»Aber Sie brauchen unbedingt etwas Schlaf, meine Liebe«, unterbrach Mason sie. In besorgtem Ton fuhr er fort: »Denken Sie daran, daß Sie pünktlich um neun Uhr im Büro sein müssen. Und schließlich haben Sie einen langen Heimweg.«
»Oh. Ich verstehe. Ich glaube, Sie haben recht.«
Mason ließ den Motor an und fuhr zu einem Hotel in der Nähe, vor dem ein paar Taxis standen. Della Street stieg schnell aus. »Gute Nacht, Mr. Lunk. Bis morgen, Chef.«

Dann lief sie auf eins von den Taxis zu.

Mason fuhr ein Stück weiter. Dann hielt er wieder an. »Am besten klären wir die Sache erst einmal, Lunk«, sagte er. »Sie sagten, Franklin Shore klopfte an Ihre Tür?«

Der Gärtner sah ihn mißtrauisch an. »Da gibt es nichts zu klären. Natürlich klopfte er. Die Türklingel war kaputt.«

Mason schüttelte zweifelnd den Kopf. »Ich weiß nicht, ob Sie sich richtig verhalten. Mrs. Shore könnte es Ihnen übelnehmen – daß Sie sich für ihren Mann bei ihr verwenden wollen, meine ich.«

»Ich weiß, was ich zu tun habe.«

»Sie fühlen sich Franklin Shore zu Dank verpflichtet«, fuhr Mason fort. »Sie wollen alles tun, um ihm zu helfen, ist es nicht so?«

»Ja.«

»Und Sie wissen, daß Mrs. Shore ihn haßt.«

»Nein.«

Mason fragte: »Wie lange haben Sie sich mit Franklin Shore unterhalten, bevor Sie sich auf den Weg machten – ein paar Stunden?«

»Nicht so lange, nur ungefähr 'ne Stunde.«

»Wie war er dabei?« fragte Mason schnell.

»Wie meinen Sie das?«

»Konnte er sich noch gut an alles erinnern?«

»Oh, natürlich. Er hat ein fabelhaftes Gedächtnis. Konnte sich sogar an Dinge erinnern, die ich längst vergessen hab. Fragte mich nach ein paar Poinsettia-Pflanzen, die ich kurz vor seinem Verschwinden gesetzt hab. Ich will verdammt sein, wenn ich das nicht schon lange vergessen hab. Sie wollten nicht recht gedeihen, und die alte Dame ließ sie wieder rausreißen. Ja, jetzt haben wir da Rosenbüsche.«

»Er ist also nicht sehr gealtert?«

»Nein. Ist natürlich älter geworden, aber nicht viel.«

Mason sagte: »Warum sagen Sie mir nicht die Wahrheit, Lunk?«

»Was wollen Sie damit sagen?«

»Franklin Shore war Bankier. Ein cleverer Geschäftsmann, soviel ich weiß. Wollen Sie mir etwa weismachen, ein Mann seines Schlages kommt zu Ihnen, damit Sie bei Mrs. Shore ein gutes Wort für ihn einlegen?«

Lunk verharrte in mürrischem Schweigen.
Mason sprach weiter. »Es scheint mir viel wahrscheinlicher, daß er zu Ihnen kam, weil er wußte, daß Sie ihm zu Dank verpflichtet waren. Er wollte bei Ihnen übernachten, weil niemand ihn bei Ihnen vermuten würde. Und dann, als er zu Bett gegangen und eingeschlafen war, machten Sie sich heimlich aus dem Staube, um Mrs. Shore zu verraten, wo er war.«
Lunk preßte die Lippen zusammen und machte ein verstocktes Gesicht.
»Sie sollten besser die Wahrheit sagen.«
Lunk schüttelte störrisch den Kopf.
»Die Mordkommission will Franklin Shore ein paar Fragen stellen. Sie wollen ihn wegen eines gewissen Henry Leech verhören, mit wem er in Verbindung stand.«
»Und weswegen?«
»Leech wurde ermordet.«
»Wann?«
»Gestern, irgendwann am frühen Abend.«
»Und?«
»Verstehen Sie denn nicht, Mann? Wenn Sie einen Zeugen bei sich verstecken, machen Sie sich eines Verbrechens schuldig.«
»Woher soll ich wissen, daß er ein Zeuge ist?«
»Weil ich es Ihnen sage. Also los, erzählen Sie mir lieber alles!«
Lunk dachte einige Minuten lang angestrengt nach. Dann sagte er: »Na gut. Ist ja egal. Franklin Shore kam in mein Haus. Er war ganz aufgeregt und schien Angst zu haben. Er sagte, jemand habe versucht, ihn zu töten. Er brauche dringend ein Versteck. Er erinnerte mich daran, was er damals für mich getan hatte. Daß er meinen Bruder aufgenommen hat und so weiter. Und daß diesmal ich ihm helfen müßte.«
»Haben Sie ihn nicht gefragt, warum er nicht nach Hause wollte?«
»Ich hab ihm ein paar Fragen gestellt. Aber er hat nicht viel gesprochen. Er hat so getan, wie wenn er noch der Boss wäre. Er sagte, er will nicht, daß Mrs. Shore weiß, er ist hier, bevor er rausgekriegt hat, was mit seinem Vermögen geschehen ist. Er sagte, seine Frau wollte ihm keinen Cent lassen. Und er wüßte nicht, ob er sich das gefallen lassen soll.«
»Und dann?«

»Also dann hab ich ihm gesagt, er kann bei mir bleiben. Genauso wie Sie's eben gesagt haben. Ich hab ein kleines Hinterzimmer. Da konnte er schlafen. Als er schlief, hab ich mich leise rausgeschlichen, um Mrs. Shore alles zu erzählen.«

»Und er hat nichts gemerkt?«

»Nein. Er lag auf dem Rücken und schnarchte, als ich wegging.«

»Sie wollten den Mann verraten, der früher so gut zu Ihnen war?«

Lunk wand sich unbehaglich unter Perrys vorwurfsvollen Blicken. »Ich wollte ihr nicht sagen, wo Mr. Shore war – nur, daß ich von ihm gehört hab.«

»Kannten Sie Henry Leech?« fragte Mason schnell.

»Ja, ich kannte ihn – aber das ist schon lange her.«

»Wer war er? Was für einen Beruf hatte er?«

»Er war Klempner. Kam manchmal ins Haus und reparierte was. Franklin Shore mochte ihn gern. Mrs. Shore nicht so. Er und mein Bruder Phil haben sich verstanden. Mir gefiel er nicht recht. Schien sich für einen Mordskerl zu halten. Redete immer davon, daß er mit irgendeiner Mine bald reich sein würde. Einige Zeit bevor Phil starb, hat er ihm erzählt, daß Franklin Shore ihm eine Sache finanzieren will – und daß er bald ein schönes Leben führen kann. Ich hab mich schon gefragt, ob Franklin Shore nicht vielleicht sein Partner geworden und zu dieser Mine gegangen ist, um sich da was Neues aufzubauen.«

»Wo liegt die Mine?«

»Irgendwo in Nevada.«

»Hat Leech nach Franklin Shores Verschwinden noch weiter bei ihnen gearbeitet?«

»Nein. Mrs. Shore konnte ihn nicht leiden. Sobald sie das Regiment führte, hat sie ihm keine Aufträge mehr gegeben. Er hatte 'ne Menge Klempnerarbeiten im Nordteil des Hauses gemacht. Und bei jeder Gelegenheit hat er mit Mr. Shore und mit meinem Bruder Phil über die Mine gesprochen. Mr. Shore schien ihn zu mögen. Er hat ihn immer mit der Mine aufgezogen und ihn gefragt, wann er nun endlich reich sein würde.«

»Als Franklin Shore bei Ihnen aufkreuzte, haben Sie ihn doch gefragt, wo er gewesen ist – und ob er damals Geld in diese mysteriöse Minensache gesteckt habe. Also, was ist damit, wollen Sie mir nicht die Wahrheit sagen?«

»Der Boss ist damals mit einer Frau weggerannt«, platzte Lunk heraus. »Sie gingen nach Florida. Aber er hat sich für eine Mine in Nevada interessiert. Ich weiß nicht, ob es die war, von der Leech gesprochen hatte. Jedenfalls hatten sie Glück. Aber Shores Partner verstand es, ihn mit ein paar Tausendern abzuspeisen und ihn auszubooten. Es hätte ihm eine Menge mehr eingebracht, wenn er länger geblieben wäre.«

»Und der Partner war Leech?« fragte Mason.

Lunk sah Mason freimütig ins Gesicht. »Um die Wahrheit zu sagen, Mr. Mason: Ich habe keine Ahnung, wer der Partner war. Shore wollte es mir nicht sagen. Als er merkte, daß ich ihn aushorchen wollte, hat er keinen Mucks mehr gesagt. Vielleicht war es Leech, vielleicht auch nicht.«

»Haben Sie ihn nicht danach gefragt?«

»Nicht so direkt. Als ich mit ihm sprach, konnte ich mich zuerst nicht mehr an Leechs Namen erinnern. Ich fragte ihn nur, was eigentlich aus diesem Klempner geworden sei, der ihn damals für eine Mine interessieren wollte. Aber der Boss gab keine Antwort.«

»Und Sie drangen nicht weiter in ihn?«

»Sie kennen Franklin Shore wohl nicht sehr gut, wie?«

»Ich kenne ihn gar nicht.«

»Wenn Franklin Shore Ihnen etwas nicht sagen will, dann tut er es auch nicht. Ich glaube zwar nicht, daß er auch nur einen Cent in der Tasche hat. Aber – nun, er benimmt sich genau, als sei er noch der großmächtige Millionär, wenn man versucht, etwas aus ihm herauszukriegen.

Aber jetzt kann ich nicht mehr länger bleiben. Er ist doch bei mir zu Hause, und ich muß zurück sein, bevor er aufwacht. Wenn er merkt, daß ich weg bin, ist die Hölle los. Fahren Sie mich nach Hause, ich muß dann von da aus versuchen, ob ich mit Mrs. Shore sprechen kann. Hat sie vielleicht ein Telefon im Krankenhaus?«

Mason sagte: »Ich war kurze Zeit in ihrem Zimmer. Ich hab gesehen, daß sie ein Telefon neben ihrem Bett hat, aber ich würde an Ihrer Stelle möglichst nicht mit ihr telefonieren, nur im äußersten Notfall. Ich würde am Telefon nicht reden.«

»Warum nicht?«

»Weil Lieutenant Tragg das Telefon entweder abgestellt oder der Vermittlung Anweisungen gegeben hat, keine Telefonanrufe von draußen durchzustellen.«

»Aber vielleicht kann sie von dort aus telefonieren?«
»Das wäre immerhin möglich.«
Lunk runzelte nachdenklich die Stirn. »Ich hab'n Telefon«, sagte er. »Wenn man sie irgendwie dazu bringen könnte, meine Nummer zu wählen, könnte ich ihr Bescheid sagen.«
»Ich werde Sie nach Hause fahren«, sagte Mason, »und wir werden uns dort überlegen, wie wir es anstellen können, daß sie Sie anruft. Vielleicht könnten Sie ihr einen Blumenstrauß mit Ihrer Karte schicken. Auf die Karte schreiben Sie Ihre Telefonnummer. Die Wachtposten werden die Blumen sicher durchgehen lassen. Wenn sie Ihren Namen und die Telefonnummer auf der Karte sieht, wird sie sich sicher denken, daß sie Sie anrufen soll. So müßte es eigentlich klappen.«
Lunk sagte: »Endlich sagen Sie mal etwas Vernünftiges. So geht es bestimmt. Wenn sie eine Karte von mir bei den Blumen findet, wird sie sich sowieso sofort wundern, warum ich ihr Blumen schicke. Aber, wissen Sie, es müssen natürlich gekaufte Blumen sein. Wenn es Blumen aus dem Garten wären, würde sie es vielleicht ganz normal finden. Aber bei gekauften Blumen wäre es ja sonnenklar, daß da etwas nicht stimmt.«
Mason sagte: »Ich kenne ein Blumengeschäft, das die ganze Nacht geöffnet ist. Von dort aus können wir ihr die Blumen sofort schicken lassen. Haben Sie Geld bei sich?«
»Nur ungefähr anderthalb Dollar.«
»Es muß aber ein schöner, großer Strauß teurer Blumen sein. Ich fahre mit Ihnen zu dem Blumengeschäft und bringe Sie dann nach Hause. Die Blumen bezahle ich.«
»Das ist mächtig anständig von Ihnen.«
»Ganz und gar nicht. Es macht mir Freude. Ich hab da übrigens noch eine Frage. Aber ich möchte, daß Sie sorgfältig nachdenken, ehe Sie sie beantworten.«
»Schießen Sie los.«
»Henry Leech interessierte sich also für Goldminen. Wissen Sie vielleicht zufällig, ob er einmal Gerald Shore beauftragte, ihn als Anwalt bei einem seiner Geschäfte zu vertreten?«
Lunk dachte fast eine Minute lang angestrengt über die Frage nach. Dann sagte er: »Ich weiß es nicht bestimmt. Aber ich glaube, daß er's getan hat. Im Vertrauen gesagt, Mr. Mason: Ich glaube, Franklin ist irgendwie betrogen worden – nachdem er weggegangen war.«

»Wie meinen Sie das?«

Lunk rutschte unbehaglich auf seinem Sitz hin und her. Er schien immer nervöser zu werden. »Als der Boss das letzte Mal vor seinem Verschwinden in Florida war, lief ihm dort ein Kerl über den Weg, der genauso aussah wie er. Sie haben sich zusammen fotografieren lassen. Ehrlich, dieser Kerl war wirklich ein Doppelgänger vom Boss.

Jedenfalls hat der Boss, als er zurückkam, dauernd seine Witze darüber gemacht. Er sagte, daß er den Burschen als Double engagieren würde, wenn seine Frau nicht aufhörte, ihn immer mit zu ihren gesellschaftlichen Veranstaltungen schleppen zu wollen. Mrs. Shore wurde dann jedesmal ganz schön sauer. Also, ich hab mir das so gedacht: Der Boss geht mit der anderen Frau nach Florida und überredet diesen Doppelgänger dazu, später an seiner Stelle zurückzugehen und so zu tun, als wär er Franklin Shore. Der Bursche hätte ein prima Leben haben und Franklin Shore regelmäßig Geld schicken können. Und der wär mit der andern Frau glücklich gewesen. Aber ich glaub, daß der Kerl dann später doch kalte Füße kriegte, oder daß er vielleicht kurz danach gestorben ist oder so ähnlich. Verstehen Sie, was ich meine? Ich glaub, der Boss hat geplant, dieser Mann soll hier aufkreuzen und sagen, er hat das Gedächtnis verloren oder so. Die Leute hätten ihm bestimmt geglaubt, weil der Boss kein Geld mitgenommen hat, als er verschwand. Aber aus irgendeinem Grund hat es dann doch nicht geklappt. Vielleicht wollte der Kerl nicht, und der Boss war aufgeschmissen.«

Mason hielt den Blick unverwandt auf das Gesicht des Gärtners gerichtet. »Könnte es nicht eher umgekehrt gewesen sein?«

»Was meinen Sie damit? Worauf wollen Sie hinaus?«

»Der Doppelgänger könnte auf die Idee gekommen sein, von der Sie sprachen, und Franklin Shore aus dem Weg geräumt haben. Und jetzt ist er hierhergekommen, um seinen Platz einzunehmen.«

»Unmöglich. Der Mann in meinem Haus ist Franklin Shore. Und aus dem, was er mir gesagt hat ... Also hören Sie mal! Ich rede viel zuviel. Wir beide werden uns bestimmt besser vertragen, wenn Sie jetzt aufhören, mich auszuquetschen, und etwas unternehmen. Entweder wir fahren jetzt los ... oder Sie lassen mich sofort aussteigen, und ich seh zu, wie ich allein fertig werde.«

Mason lachte gutmütig. »Aber, aber, Lunk. Ich wollte doch nicht neugierig sein.«

## 14

Als sie ankamen, war in den umliegenden Blocks noch alles dunkel und still. Die frostige Luft kündigte das Nahen der Morgendämmerung an.

Mason schaltete die Scheinwerfer aus und stellte die Zündung ab.

»Sie wohnen da hinten?« fragte er Lunk, als sie ausgestiegen waren.

»Ja. Das kleine Haus dort hinter dem Block. Man kommt über die Auffahrt hin. Meine Wohnung ist über der Garage.

»Sie haben einen Wagen?« fragte Mason.

Lunk grinste. »Ja. Es ist zwar nicht so einer wie Ihrer. Aber er fährt.«

»Steht er in der Garage?«

»Ja. Ich hab mich nicht getraut, ihn aus der Garage zu holen, damit Franklin Shore nicht wach wurde. Darum hab ich mich lieber herausgeschlichen und bin mit der Straßenbahn gefahren.«

Mason nickte. Er ging die Auffahrt hinunter.

»Hören Sie mal«, protestierte Lunk. »Sie können nicht mitkommen.«

»Nur ein Stück. Damit Sie mir vom Haus aus ein Zeichen geben können, wenn Franklin Shore noch da ist.«

»Sie wollen ihn doch nicht etwa aufwecken?«

»Natürlich nicht. Übrigens können die Blumen jetzt jeden Moment bei Mrs. Shore abgeliefert werden. Vermutlich wird sie sofort anrufen. Sie sollten vorsichtig sein mit dem, was Sie ihr sagen. Am besten lassen Sie sie nur wissen, daß Sie eine Nachricht für sie haben. Aber sagen Sie nicht, was es ist.«

»Warum nicht?«

»Wenn das Telefon klingelt, wird Franklin Shore sicher aufwachen. Vielleicht hört er dann, was Sie sagen.«

»Vielleicht auch nicht«, sagte Lunk. »Das Telefon steht direkt neben meinem Bett. Ich könnte beim Sprechen mit einem Kissen meine Stimme abschirmen.«

»Na ja, so könnte es vielleicht gehen«, sagte Mason.

Sie waren inzwischen schon fast vor dem Haus angekommen.

»Aber vielleicht wäre es besser, Sie sagten ihr einfach, Sie hätten mich getroffen, und sie solle sich mit mir in Verbindung setzen. Sie könnten ihr meine Telefonnummer geben.«

»Okay. Wie ist Ihre Nummer?«

»Ich komme mit Ihnen hinein und schreibe sie Ihnen auf«, sagte Mason.

»Aber Sie dürfen keinen Lärm machen«, sagte Lunk warnend.

»Ich werde ganz leise sein.«

Lunk schlich auf Zehenspitzen die kleine Treppe hinauf, die zu einer hölzernen Veranda führte, schloß geräuschlos die Tür auf und knipste das Licht an. Sie traten in ein kleines, spärlich möbliertes Zimmer, dem man sofort ansah, daß es von einem Junggesellen bewohnt wurde. Drinnen schien es noch kälter als draußen. Das Haus war nur leicht gebaut, und die Kälte war durch die Wände gedrungen. Der schale Geruch von kaltem Zigarrenrauch hing in der Luft. Ein noch feuchter Zigarrenstummel lag in einem Aschenbecher. Mason beugte sich darüber und inspizierte ihn.

»Von ihm?« fragte er.

»Ja. 'ne ziemlich teure Sorte, glaub ich. Hat gut gerochen, als er sie rauchte. Ich selber rauch nur meine Pfeife oder Zigaretten.«

An dem Aschenbecher lehnte eine Karte, auf der in Druckbuchstaben der Name George Alber stand. Daneben hatte jemand mit der Hand geschrieben: »Kam vorbei, um nach der Katze zu sehen. Habe geläutet. Niemand öffnete. Hoffe, alles ist in Ordnung. Weiß, daß Helen sich Sorgen macht.«

Lunk setzte einen kleinen Gasofen in Brand.

»Nettes kleines Zimmer haben Sie da«, sagte Mason flüsternd.

»Mhm. Da drüben ist mein Schlafzimmer. Dahinter ist noch ein Schlafzimmer, und dazwischen ist das Bad.«

Mason sagte: »Machen Sie lieber die Tür zwischen den Schlafzimmern zu, damit Franklin nicht hört, wenn das Telefon klingelt.«

»Gute Idee«, sagte Lunk. »Ich glaub, die Tür vom Badezimmer

zum Zimmer vom Boss ist offen. Die andere hab ich zugemacht.«

Er ging auf Zehenspitzen ins Schlafzimmer. Mason folgte ihm.

Das Schlafzimmer war ein kleiner quadratischer Raum, dessen Inventar aus einem billigen Schreibtisch, einem Tisch, einem Lehnstuhl und einem eisernen Bett mit einer dünnen Matratze und durchhängenden Bettfedern bestand. In dem schwachen Lichtschein, der vom Wohnzimmer hereinfiel, sah Mason, daß die Tür zum Badezimmer offen war. In der Mitte des ungemachten Bettes lag, zu einem wolligen Knäuel zusammengerollt, ein schlafendes Kätzchen.

Die Schreibtischschubladen waren herausgezogen, der Inhalt auf dem Boden verstreut. Auch die Tür eines Wandschranks stand weit offen, und die Kleider waren herausgerissen und lagen in einem unordentlichen Haufen auf dem Boden.

Lunk blieb wie angewurzelt stehen und blickte sich verständnislos nach allen Seiten um. »Ich will verdammt sein«, sagte er.

Mason ging schnell an Lunk vorbei ins Badezimmer und blickte in den anliegenden Raum.

Er war leer.

Das Zimmer war noch kleiner als das andere. Ein Fenster, das zur Straße lag, stand sperrangelweit offen. Der Wind ließ die ziemlich schmutzigen Gardinen wild flattern. Die Bettdecke war zurückgeschlagen, die Laken leicht zerknüllt. Auf dem Kopfkissen verriet eine schwache Einbuchtung, daß dort jemand gelegen hatte.

Lunk war hinter Mason ins Zimmer getreten und starrte mit offenem Mund von dem leeren Bett zum offenen Fenster. »Er ist getürmt«, sagte er bekümmert. »Wenn ich Matilda Shore früher erreicht hätte, hätte sie ...« Er brach ab, als fürchtete er, zuviel gesagt zu haben.

Mason durchsuchte flüchtig das Zimmer. »War die Badezimmertür offen, als Sie das Haus verließen?«

»Ich glaube, diese hier ja. Aber die zu meinem Zimmer nicht. Ich hab sie extra zugemacht, als ich gegangen bin.«

Mason zeigte auf eine zweite Tür. »Wo führt die Tür da hin?«

»Zur Küche. Durch die Küche kommt man wieder ins Wohnzimmer.«

»Sie müssen also durch eins von den beiden Schlafzimmern gehen, wenn Sie ins Badezimmer wollen.«
»Ja. Das Haus ist ein viereckiger Kasten. Das Wohnzimmer und die Küche auf der einen und die beiden Schlafzimmer mit dem Badezimmer dazwischen auf der anderen Seite.«
Mason sagte: »Sehen Sie mal. Die Tür zur Küche steht einen Spalt weit offen, nur ein paar Zentimeter.«
»Mhm.«
»Die Katze muß durch diese Tür gekommen sein. Sehen Sie die Pfotenabdrücke? Sie muß vorher in etwas Weißes getreten sein.«
»Scheint so.«
Mason bückte sich, tippte auf den Fußboden und rieb die Fingerspitzen aneinander. »Scheint Mehl zu sein. Die Katze ist von der Tür zum Bett gelaufen. Sehen Sie da. Alle vier Pfotenabdrücke dicht zusammen. Von da muß sie aufs Bett gesprungen sein. Dann ist sie auf der anderen Seite wieder hinuntergesprungen. Hinter dem Bett geht die Spur weiter.«
»Das stimmt. Ich glaub aber nicht, daß es Mehl ist.«
»Wieso?«
»Weil ich mein Mehl in einer großen Büchse mit einem Deckel aufbewahre. Und außerdem ist die Tür zur Speisekammer zu.«
»Kommen Sie. Wir sehen nach«, sagte Mason. Er ging in die Küche.
Lunk öffnete die Speisekammertür. »Natürlich verschwende ich nicht viel Zeit mit dem Haushalt. Ich mach mir hier mein Essen. Einer richtigen Hausfrau wäre es wahrscheinlich nicht gut genug. Sehen Sie da, der Deckel ist auf der Büchse. Natürlich verschütte ich manchmal etwas Mehl beim Herausnehmen. Da liegt was auf dem Boden verstreut. Sieht aus, als hätte die Katze 'ne Maus gejagt und wär genau in das Zeug gesprungen. Das ist überhaupt die unvorsichtigste Katze, die ich in meinem Leben gesehen hab. Ist zu dumm, um sich vor irgend etwas zu fürchten. Rennt herum und stößt mit dem Kopf an die Wand, wenn sie hinter was herjagt. Oder sie klettert auf 'nen Sessel und fällt auf die Nase. So unvorsichtig ist die. Entweder ist die nicht richtig im Kopf, oder sie hat einfach keine Angst.«
Mason starrte nachdenklich auf das Mehl. »Wenn die Speisekammertür zu war, wie ist die Katze dann hineingekommen?«

Lunk überlegte einen Moment. »Kann nur so gewesen sein: Franklin Shore hat hier drin herumgeschnüffelt, und die Katze kam hinterher.«
Mason fragte: »Was hat das Durcheinander in Ihrem Schlafzimmer zu bedeuten?«
»Ich glaub, ich hab 'nen Fehler gemacht. Shore muß gehört haben, daß ich wegging. Sicher hat er sofort gewußt, daß ich zu Matilda Shore wollte. Ich hätte besser aufpassen müssen.«
»Und deshalb hat er die Wohnung durchsucht?« fragte Mason.
»Muß wohl. Sieht ganz so aus.«
»Was kann er gesucht haben?«
»Keine Ahnung.«
»Es muß etwas hier in der Wohnung gewesen sein, das Franklin haben wollte.«
Lunk dachte einen Augenblick nach. »Ich weiß nicht genau, wie abgebrannt Shore war, aber vielleicht hat er Geld gesucht.«
»Haben Sie Geld hier?«
Lunk zögerte. »Ja, ich hab ein bißchen gespart.«
»Wo?«
Lunk schwieg.
»Sie können es mir ruhig sagen. Ich werde es schon niemandem verraten.«
»Ich hab's in den Taschen von meinem besten Anzug versteckt.«
»Also kommen Sie. Sehen wir mal nach.«
Lunk ging in das andere Zimmer. Die Katze öffnete schläfrig die Augen, gähnte, stellte sich auf ihre vier Füße, machte einen Buckel, stemmte die Vorderpfoten auf die Bettkante, streckte sich und sagte: »Miau.«
Mason lachte. »Ich glaube, Ihre Katze hat Hunger. Haben Sie Milch im Haus?«
Lunk sagte: »Keine frische. Nur Dosenmilch. Helen Kendal hat die Katze hergebracht, damit sie nicht wieder Gift fressen kann.« Er wühlte in den Kleidern, die auf dem Boden verstreut lagen, und durchsuchte die Taschen seines Anzugs. Plötzlich erschien ein Ausdruck des Schreckens auf seinem Gesicht. »Weg«, murmelte er. »Alles, was ich gespart hab, ist weg.«
»Wieviel war es?« wollte Mason wissen.
»Fast genau dreihundert Dollar. Damit kann er ganz schön weit kommen.«

»Sie glauben, er will irgendwohin?«
Lunk wollte nicht mit der Sprache heraus. Er machte wieder sein verstocktes Gesicht.
»Glauben Sie, er kommt zurück?« fragte Mason.
»Ich weiß nicht.«
»Haben Sie jetzt gar kein Geld mehr?«
»Etwas ist noch auf der Bank. Aber kein Bargeld.«
»Matilda Shore muß jeden Moment anrufen«, erinnerte ihn Mason. »Wollen Sie ihr sagen, daß Franklin Shore hier war?«
»Guter Gott, nein.«
»Was wollen Sie ihr dann sagen?«
»Ich weiß nicht.«
»Wie wollen Sie ihr erklären, warum Sie ihr mitten in der Nacht einen Strauß teure Rosen geschickt haben. Um drei Uhr morgens?«
Lunk runzelte ratlos die Stirn. Dann sagte er störrisch: »Ich weiß es noch nicht.«
»Warum ihr überhaupt etwas sagen? Warum machen wir nicht einfach, daß wir wegkommen?«
Lunk sagte erleichtert: »Wirklich, das möchte ich am liebsten tun.«
»Also, warum dann nicht? Ich bringe Sie in ein Hotel, und Sie tragen sich unter falschem Namen dort ein. Dann können Sie sich mit Mrs. Shore in Verbindung setzen, wann immer Sie wollen, und sich in Ruhe überlegen, was Sie ihr sagen sollen. Ich könnte mit Ihnen in Verbindung bleiben.«
Lunk nickte langsam. »Ich kann schnell ein paar Sachen zusammenpacken. Vielleicht lösen sie mir im Hotel einen Scheck ein ...«
Mason nahm ein paar Zehndollarscheine aus seiner Brieftasche.
»Sie brauchen keinen Scheck«, sagte er. »Ich gebe Ihnen Geld. Wenn Sie mehr brauchen, rufen Sie mich ruhig an.«
Lunk ergriff Masons Hand und drückte sie dankbar. »Mächtig anständig von Ihnen.« Nach einem kurzen Schweigen fügte er hinzu: »Vielleicht erzähle ich Ihnen später auch, was Franklin Shore wirklich wollte. Ich muß erst darüber nachdenken. Dann rufe ich Sie an.«
»Warum können Sie es mir nicht jetzt sagen?«
Der störrische Ausdruck erschien wieder auf Lunks Gesicht.

»Nicht jetzt«, sagte er. »Ich muß erst etwas herausfinden, aber vielleicht später. Vielleicht so gegen zwölf Uhr heute mittag. Versuchen Sie nicht, es jetzt aus mir rauszukriegen. Ich muß erst auf etwas Bestimmtes warten.«

Mason studierte eingehend Lunks Gesicht. »Vielleicht auf den Bericht über Leechs Tod in den Morgenzeitungen?«

Lunk schüttelte den Kopf.

»Oder die Meldung über den Mordanschlag auf Matilda Shore?«

»Hören Sie endlich auf, mich zu drängen«, sagte Lunk warnend.

Mason lachte. »Schon gut. Gehen wir! Ich bringe Sie in ein nettes, friedliches Hotel. Ich schlage vor, Sie tragen sich als Thomas Trimmer ein. Die Katze nehme ich mit und behalte sie solange bei mir.«

Lunk betrachtete die Katze nachdenklich. »Passen Sie auch gut auf sie auf?«

»Sie können sich darauf verlassen«, versprach Mason.

## 15

Helen Kendal saß im Wartezimmer der Klinik. Ihre Augen waren trocken, aber ihre qualvolle Spannung steigerte sich von Minute zu Minute. Es kam ihr so vor, als wartete sie schon seit einer Ewigkeit hier. Mindestens hundertmal hatte sie in der letzten Stunde auf ihre Uhr geschaut. Die Operation konnte doch unmöglich so lange dauern!

Schnelle Schritte näherten sich auf dem Gang. Ihr Herz krampfte sich in grenzenloser Angst zusammen. Kam jemand, um sie an das Bett eines Sterbenden zu rufen?

Mit weißen Lippen erhob sie sich und begann wie in Trance auf die Tür zuzugehen.

Die Tür öffnete sich. Ein großer Mann in einem Regenmantel lächelte sie beruhigend an. »Hallo, Miss Kendal. Ich nehme an, Sie erinnern sich an mich.«

Ihre Augen weiteten sich. »Sie? Lieutenant Tragg! Bitte ... sagen Sie mir. Wissen Sie ... wie es steht?«

Tragg schüttelte den Kopf. »Sie operieren noch. Sie hatten

einige Schwierigkeiten, einen Blutspender zu finden. Aber sie müssen jede Minute soweit sein. Ich hab mit der Schwester telefoniert.«

»Bitte. Wie geht es ihm? Wird er ...«

Tragg legte ihr beruhigend die Hand auf die Schulter. Er fühlte, daß sie am ganzen Körper zitterte.

»Es ist alles in Ordnung«, sagte er. »Sie brauchen sich keine Sorgen zu machen.«

»Sie ... sie haben Sie nicht kommen lassen, weil es die letzte Möglichkeit ist, daß Sie von ihm erfahren, was ...«

»Nun hören Sie mir mal gut zu«, sagte Tragg. »Ich weiß, Sie haben heute nacht eine Menge mitgemacht. Verständlich, daß Sie mit Ihren Nerven am Ende sind. Aber man hat mir gesagt, daß er es überstehen wird. Ich bin nur hier, um die Kugel zu holen.«

»Bitte glauben Sie mir, Lieutenant. Ich bin nicht hysterisch. Es ist nur ... ich liebe ihn nämlich und ...«

Tragg nickte verständnisvoll. Nach einer Pause fragte er: »Sagen Sie, Miss Kendal. Als Jerry Sie gestern besuchte, wie lange waren Sie da schon zu Hause?«

»Ich weiß nicht. Nicht sehr lange.«

»Warum kam er — so spät?«

Helen lachte nervös. »Er sagte, er habe ein paarmal versucht, mich anzurufen. Aber ich war ja nicht zu Hause. Er kam vorbei und sah, daß noch Licht brannte. Da hat er eben geklingelt. Wir unterhielten uns ein paar Minuten — und dann hörten wir plötzlich die Geräusche aus Tante Matildas Schlafzimmer. Es hörte sich so an, als habe jemand etwas umgeworfen.«

»War das Licht im Zimmer aus, als Sie die Tür öffneten?«

»Ja.«

»Und das Licht in der Halle war an?«

»Ja. Ich hab gar nicht überlegt. Es wäre wohl besser gewesen, wenn wir im Dunkeln durch die Halle gegangen wären und ganz schnell das Licht im Schlafzimmer angeknipst hätten.«

»Das kann man wohl sagen«, sagte Tragg. »In der Halle brannte also Licht, und im Schlafzimmer war es dunkel.«

»Genau.«

»Wer öffnete die Tür? Sie oder Jerry?«

»Jerry.«

»Und was geschah dann?«

»Wir wußten natürlich, daß jemand drin war. Jerry tastete nach dem Lichtschalter. Und mir fiel plötzlich siedend heiß ein, wie wichtig es war, schnell das Licht anzumachen. Also drängte ich mich an ihm vorbei. Und da passierte es.«
»Zwei Schüsse?«
»Ja. Die erste Kugel pfiff haarscharf an meinem Kopf vorbei und schlug in den Türrahmen. Ich sprang zurück.«
»Und wie schnell danach fiel der nächste Schuß?«
»Beinahe sofort.« Mit weißem Gesicht schüttelte Helen den Kopf. »Ich kann mich gar nicht mehr so genau an alles erinnern. Ich – ich hörte das gräßliche Geräusch – mit dem die Kugel Jerry traf.«
»Sie sind ein tapferes Mädchen, Miss Kendal. Versuchen Sie einmal, jetzt nicht an Jerry zu denken. Sie helfen uns eine Menge weiter, wenn Sie versuchen, sich so genau wie möglich zu erinnern. – Der zweite Schuß fiel also unmittelbar nach dem ersten, ohne daß eine Pause dazwischen lag?«
»Ja. Jerrys Körper wirbelte herum, als hätte er einen Schlag erhalten. Ich fühlte, daß seine Knie einknickten. Er fiel mit seinem ganzen Gewicht gegen mich. Ich versuchte noch, ihn zu halten, aber er war zu schwer. Wir fielen beide zu Boden.«
»Und der Angreifer?«
»Ich weiß es nicht. Ich sah nur Jerrys totenblasses Gesicht. Ich faßte ihn an. Und meine Hände waren voller Blut. Er war ohne Bewußtsein. Ich dachte, er sei tot. Ich hab auf nichts anderes mehr geachtet. Ich redete auf ihn ein ... und dann öffnete er plötzlich die Augen und versuchte zu lächeln ...«
Tragg runzelte die Stirn. »Ist Ihnen schon einmal der Gedanke gekommen, daß die Person im Zimmer gar nicht auf Jerry geschossen hat?«
»Was wollen Sie damit sagen?«
»Ich will damit sagen«, erwiderte Tragg, »er hat auf Sie geschossen. Das erstemal zielte er auf Ihren Kopf und hätte fast getroffen. Sie sprangen zurück, und dadurch stand Jerry vor Ihnen. Im selben Moment fiel der zweite Schuß und traf Jerry. Denken Sie daran. Die Person im Zimmer konnte Sie sehr deutlich sehen.«
Ihre Augen weiteten sich. »Auf die Idee wäre ich niemals gekommen. Ich dachte, jemand wäre ins Zimmer eingedrungen. Und als er dann befürchten mußte, entdeckt zu werden ...«

»Sie haben keine Ahnung, wer es gewesen sein könnte?«
»Nicht die geringste.«
»Gibt es jemanden, der einen Nutzen davon hätte, wenn Sie nicht mehr lebten?«
Sie schüttelte den Kopf.
»Auch nicht, wenn Ihre Tante sterben sollte?«
»Wie kommen Sie darauf?«
»Jemand hat versucht, Ihre Tante zu vergiften. Vielleicht glaubte er, es hätte geklappt und sie wäre tot. Also kam er in ihr Haus, um auch Sie aus dem Wege zu räumen.«
»Nein. Das kann ich mir nicht vorstellen.«
»Sie kennen niemanden, dem daran gelegen sein könnte, daß Sie . . .«
»Nein.«
Draußen auf dem Flur näherten sich leichte Schritte. Eine Schwester trat ein und lächelte Helen freundlich an. »Die Operation ist beendet, Miss Kendal. Sie sind doch Miss Kendal, nicht wahr?«
»Ja, ja . . . lebt er? . . . Ist alles . . .«
»Natürlich«, sagte die Schwester beruhigend. »Sie können sogar zu ihm, wenn Sie wollen.«
Tragg ging neben Helen aus dem Zimmer. Die Schwester blickte ihn fragend an.
»Lieutenant Tragg. Polizei«, sagte Tragg erklärend. »Ich will die Kugel abholen.«
»Sprechen Sie mit Dr. Rosllyn. Er ist noch im Operationssaal.«
Tragg wandte sich an Helen. »Ich hasse es, mich da einzumischen. Aber ich muß Ihrem Freund nachher ein paar Fragen stellen, wenn der Doktor es erlaubt. Wo ist der Operationssaal, Schwester?«
»Im elften Stock. Mr. Templar liegt im vierten. Ich bringe Miss Kendal hin.«
Als der Fahrstuhl im vierten Stock hielt, stieß Lieutenant Tragg Helen verschwörerisch an. »Miss Kendal wird das Zimmer allein finden. Vielleicht ist es besser, wenn Sie mit mir zum Operationssaal gehen.«
»Warum? Ja natürlich. Er liegt auf Nummer 481 – dahinten am Ende des Flurs.«
Helen warf Tragg einen dankbaren Blick zu und lief eilig den Gang hinunter.

Als sie den Operationssaal betraten, trocknete sich Dr. Rosllyn gerade die Hände ab.
»Lieutenant Tragg«, stellte die Schwester vor.
»Ach, ja, Lieutenant. Ich hab die Kugel für Sie aufgehoben. Wo hab ich sie gleich hingetan? Miss Devon, wo ist die Kugel?«
»Die haben Sie in eine Schale gelegt, Herr Doktor; Sie haben verboten, daß jemand sie berührt.«
»Verdammt«, sagte Rosllyn. »Ich glaube, ich hab aus Versehen einen Haufen Verbandszeug darübergeworfen. Moment mal ... kommen Sie bitte mit.«
Sie gingen in ein Nebenzimmer. Ein beißender Blutgeruch stieg Tragg in die Nase. Die Schwester nahm den blutgetränkten Verbandsstoff aus der Schale und reichte sie dem Doktor. Mit Hilfe einer Pinzette brachte er ein rotgefärbtes Stückchen Metall zum Vorschein und hielt es Tragg hin. »Da haben wir sie, Lieutenant.«
»Danke. Sie werden übrigens vor Gericht bezeugen müssen, daß dies die Kugel ist, die Sie aus Jerry Templars Körper geholt haben. Am besten ritzen Sie ein Zeichen hinein, damit Sie sie wiedererkennen.« Der Arzt nahm ein kleines Messer und ritzte drei parallel verlaufende Linien in das Metall. Tragg steckte die Kugel in seine Westentasche.
»Wie sind seine Chancen?« fragte er.
»Ziemlich gut – bis jetzt. Wenn keine Komplikationen eintreten, wird er es schaffen. Der junge Mann hat die Operation glänzend überstanden.«
»Haben Sie etwas dagegen, wenn ich einen Moment mit ihm spreche?«
»Eigentlich nicht. Aber er ist natürlich noch ziemlich benommen. Ermüden Sie ihn nicht. Stellen Sie ihm keine komplizierten Fragen. Er wird wohl noch etwas verworren reden. Sie sollten sich nicht so sehr auf das verlassen, was er sagt.«
»Ich danke Ihnen«, sagte Tragg. »Bitte halten Sie mich auf dem laufenden. Wenn sich sein Zustand verschlechtert, geben Sie mir bitte Bescheid.«
»Ich glaube nicht, daß das nötig sein wird«, sagte der Doktor lächelnd. »Wie schon gesagt, der Junge hat eine wahre Roßnatur.«
Tragg fuhr zum vierten Stock hinunter, näherte sich auf Zehenspitzen der Tür zu Nr. 481 und öffnete sie leise.

In einer Ecke des Zimmers machte sich eine Schwester zu schaffen. Helen Kendal saß mit gerötetem Gesicht auf einem Stuhl neben dem Bett. »Ich bin ja so froh«, sagte sie gerade, als Tragg eintrat.
Jerry Templar schaute ihm mit leicht verschwommenem Blick entgegen. Tragg lächelte ihn aufmunternd an. »Hallo, Mr. Templar! Sie werden sich im Augenblick wohl kaum danach fühlen, viel zu reden. Aber ich muß Ihnen unbedingt eine Frage stellen. Lieutenant Tragg von der Mordkommission.«
Templar schloß einen Moment die Augen. Dann öffnete er sie langsam wieder und versuchte ein Grinsen. »Schießen Sie los.«
»Sprechen Sie lieber nicht von Schießen«, protestierte Tragg. »Also, antworten Sie so kurz wie möglich. Wer hat auf Sie geschossen?«
»Ich weiß es nicht.«
»Konnten Sie gar nichts erkennen?«
»Nur einen Schatten – den Umriß einer Gestalt.«
»War sie groß oder klein?«
»Ich weiß es nicht. Etwas bewegte sich in der Ecke. Dann fielen die Schüsse.«
»Kann es sein, daß die Person nicht auf Sie, sondern auf Helen schießen wollte?«
Jerry Templar erstarrte. Seine Augen waren plötzlich völlig klar. »Was sagen Sie da? Auf Helen geschossen?«
»Wäre es möglich?«
»Ich weiß nicht. Ich ... das ist ja unfaßbar. Ja ... ja, es könnte natürlich ... aber ...«
»Sie dürfen den Patienten nicht so aufregen«, sagte die Schwester warnend.
Lieutenant Tragg sah in Helens glückliches Gesicht und dachte an ihren verlegenen Gesichtsausdruck, als er das Zimmer betreten hatte. Er grinste die Schwester an. »Wissen Sie was, Schwester«, sagte er. »Ich glaube, wir beide sind hier fehl am Platze. Warum gehen Sie nicht und machen sich eine schöne Tasse Kaffee? Wissen Sie, ich verstehe nicht viel von der Medizin, aber ein wenig von der menschlichen Natur. Und wenn Sie fünf Minuten verschwinden und diese beiden hier allein lassen würden, könnte das vielleicht mehr zur Heilung des Patienten beitragen als jede Medizin.«

Die Schwester warf einen Blick auf Jerry Templar und ging schweigend zur Tür.
»Bis später«, sagte Lieutenant Tragg. Er hielt der Schwester die Tür auf und zwinkerte Helen im Hinausgehen zu.
Leise vor sich hin pfeifend fuhr Tragg im Aufzug nach unten, ging den langen, stillen Flur entlang und trat in die frostige Nachtluft hinaus. Er stieg in seinen Wagen und fuhr zum Hauptquartier.
Der Schotte, der im Labor Dienst tat, sagte gereizt: »Vermute ich richtig, wenn ich annehme, daß das hier nicht bis neun Uhr warten kann?«
»Sie haben's erraten«, sagte Tragg. »Haben Sie die Kugel, die man bei der Autopsie aus Henry Leechs Körper geholt hat?«
»Ja.«
Tragg holte zwei Kugeln aus seiner Westentasche und gab sie ihm. »Die mit den drei Linien hat man aus Jerry Templar herausoperiert. Die andere steckte in dem Türrahmen, neben dem Templar und das Mädchen standen, als man auf Templar schoß. Also, wie lange werden Sie brauchen, um herauszufinden, ob alle drei Kugeln aus derselben Waffe stammen?«
»Ich weiß nicht«, sagte der Schotte düster. »Vielleicht geht's schnell. Kann aber auch länger dauern.«
»Machen Sie's schnell«, sagte Tragg. »Ich gehe in mein Büro. Rufen Sie mich dort an, wenn Sie soweit sind. Und passen Sie gut auf, daß Sie die Kugeln nicht verwechseln. Perry Mason vertritt die andere Seite. Sie kennen ja sein Kreuzverhör.«
»Ich hab keine Angst vor seinem Kreuzverhör«, sagte der Schotte und stellte das Okular an seinem Mikroskop richtig ein. »Ich werde die Kugeln fotografieren. Dann kann er sich die Fotos ansehen, statt mich in die Zange zu nehmen.«
Tragg lächelte. In der Tür drehte er sich noch einmal um und verkündete: »Ich hab die Jagd auf Mr. Perry Mason eröffnet. Ich werde ihn lehren, mir noch einmal in die Quere zu kommen.«
»Dann sollten Sie sich am besten einen Wecker kaufen«, brummte McIntosh. »Da werden Sie nämlich ganz schön früh aufstehen müssen.«
»Den hab ich schon, verlassen Sie sich drauf«, sagte Tragg im Hinausgehen und schloß behutsam die Tür hinter sich. Als er in sein Büro kam, schlug ihm der schale Geruch nach abgestan-

denem Rauch entgegen. Tragg zog eine Grimasse, ging schnell zum Fenster und riß es weit auf. Einen Moment lang starrte er fröstelnd in die graue Morgendämmerung hinaus. Prüfend fuhr er sich mit der Hand über sein unrasiertes Kinn. Er fühlte sich schmutzig und müde. Er öffnete einen Wandschrank, in den ein Waschbecken eingebaut war, und wusch sich Gesicht und Hände. Als er sich abtrocknete, klingelte das Telefon.

Tragg ging zu seinem Schreibtisch und hob den Hörer ab. »Ja bitte?«

Die Stimme von McIntosh sagte: »Ich bin noch nicht ganz soweit mit den Fotos. Aber eins kann ich Ihnen schon sagen. Die drei Kugeln stammen aus derselben Waffe. Wann brauchen Sie sie?«

»So schnell wie möglich«, sagte Tragg.

»Immer dasselbe mit Ihnen, Sie ungeduldiger Mensch«, brummte der Schotte und legte auf. Tragg grinste zufrieden. Das Telefon klingelte zum zweitenmal. Der Mann in der Vermittlung sagte hastig: »Anonymer Anruf für Sie, Lieutenant. Will mit niemand anders sprechen. Sagt, er hängt in einer Minute wieder auf. Hätte keinen Zweck, den Anruf zu verfolgen.«

»Hören Sie mit«, sagte Tragg. »Und stellen Sie durch.«

»Okay.«

Es klickte in der Leitung. Dann sagte eine seltsam dumpfe Stimme: »Hallo, spricht dort Lieutenant Tragg?«

»Tragg hier. Mit wem spreche ich?«

»Das ist unwichtig. Ich möchte Ihnen etwas über Perry Mason, den Anwalt, und das Mädchen sagen, das mit ihm herumfährt.«

»Sprechen Sie«, sagte Tragg aufmunternd. »Was wissen Sie von ihnen?«

»Sie haben einen Mann aufgelesen. Einen wichtigen Zeugen. Jemanden, den Sie bestimmt gern sprechen würden. Sie haben ihn weggeschafft.«

»Wer ist der Mann? Und wo ist er?«

»Ich weiß nicht, wer er ist. Aber ich kann Ihnen sagen, wo er sich aufhält.«

»Also wo?«

Die Stimme wurde hastiger. Offensichtlich wollte der Anrufer die Unterhaltung schnell beendigen. »*Maple Leaf Hotel.* Hat sich unter dem Namen Thomas Trimmer eingetragen, ungefähr gegen vier Uhr heute morgen. Er wohnt in Zimmer 370.«

Tragg sagte schnell: »Warten Sie einen Moment. Habe ich Sie auch richtig verstanden? Sind Sie ganz sicher, daß es Perry Mason war, der den Mann ins Hotel gebracht hat?«

»Zur Hölle, ja«, sagte die Stimme. Abrupt wurde der Hörer auf die Gabel geknallt. Lieutenant Tragg drückte auf einen Knopf. »Konnten Sie den Anruf verfolgen?«

»Er kam aus einer Telefonzelle, einen Block vom Hotel entfernt«, sagte der Mann in der Vermittlung. »Ich hab sofort zwei Streifenwagen losgeschickt. In fünfzehn Minuten wissen wir Bescheid, ob sie den Anrufer gefunden haben.« Traggs Augen funkelten vor Jagdeifer. »Ich warte solange. Vielleicht haben wir Glück.«

Zwanzig Minuten später kam die Meldung durch. Zwei Streifenwagen waren zu der Telefonzelle gefahren, aus der der Anruf kam. Sie befand sich in einem Lokal, das die ganze Nacht geöffnet war. Der Mann, der die Gäste bediente, erinnerte sich undeutlich, jemanden in die Telefonzelle gehen gesehen zu haben. Aber er konnte ihn nicht beschreiben. Die Kriminalbeamten fuhren dann zum *Maple Leaf Hotel.* Dort hatte sich gegen vier Uhr ein Mann unter dem Namen Thomas Trimmer ins Hotelregister eingetragen. Er war etwa Ende Fünfzig, ungefähr einen Meter fünfundsechzig groß und trug abgetragene, saubere Kleidung. Ein großer, gutgekleideter Herr hatte ihn ins Hotel begleitet.

Ein kleiner Muskel in Lieutenant Traggs Schläfe begann zu zucken. »Die Streifenwagen sollen vor dem Hotel bleiben, damit Trimmer uns nicht entwischt.«

## 16

Mason fuhr langsam durch die leeren Straßen. Die schlaflose Nacht begann sich bemerkbar zu machen. Er fröstelte vor Übermüdung in der eisigen Morgenluft. Die Katze lag dicht an ihn gekuschelt. Ab und zu ließ er seine Hand vom Steuer auf ihr weiches Fell sinken und streichelte es, bis Amber Eyes zufrieden schnurrte. Im Osten begannen die Sterne zu verblassen.

Vor dem Appartementhaus, in dem Della Street wohnte, hielt er an. Alle Fenster waren noch dunkel. Nur hinter dem, das zu Della Streets Wohnung gehörte, brannte ein einsames Licht.

Mason parkte den Wagen, nahm das Kätzchen unter seinen Regenmantel, ging zum Haus hinüber und drückte auf den Klingelknopf. Fast augenblicklich ertönte der Summer. Er trat in die stickige Wärme der Halle und fuhr mit dem Fahrstuhl nach oben. Er fühlte, wie die Katze sich schutzsuchend an ihn klammerte. Ihr wolliges Köpfchen lugte neugierig unter seinem Regenmantel hervor.

Della Street trug noch dasselbe Kostüm wie zu dem Zeitpunkt, als er sie am Taxistand abgesetzt hatte. »Bin ich froh, Sie zu sehen!« sagte sie flüsternd, als er in ihre Wohnung trat. Drinnen war es behaglich warm.

»Was haben Sie denn verstanden?«

»Daß ich zu Lunks Wohnung fahren sollte.«

»Richtig. Was haben Sie mit ihm gemacht?«

»Er war nicht da. Oh, Sie haben die Katze geholt.«

Mason nahm seinen Hut ab und reichte Della die Katze. Ohne seinen Mantel auszuziehen, setzte er sich und starrte gedankenvoll zu Boden. »Haben Sie was zu trinken?«

»Ich hab eine Kanne heißen Kaffee für Sie. Zusammen mit einem Brandy wird er Sie schnell wieder fit machen.« Sie setzte die Katze auf die Couch. »So, Amber Eyes. Bleib schön sitzen.«

Mason sagte: »Moment noch, Della. Ich muß mit Ihnen sprechen. Und zwar über . . .«

»Nicht, bevor Sie nicht Ihren Kaffee getrunken haben«, sagte sie. Sie verschwand in der Küche.

Mason blieb regungslos sitzen, die Ellbogen auf die Knie gestützt. Er studierte das Muster des Teppichs. Amber Eyes inspizierte die Couch. Dann sprang sie zu Boden und begab sich zur Küche. Vor der Tür blieb sie stehen und sagte vernehmlich: »Miau.« Della Street öffnete lachend die Tür: »Ich nehme an, du hättest gern einen Teller warme Milch, was?«

Als sie eine Weile später aus der Küche kam, trug sie ein Tablett mit zwei Tassen schwarzen dampfenden Kaffees vor sich her. Das Aroma von feinem Brandy vermischte sich mit dem Duft des heißen Getränks.

Mason nahm eine Tasse vom Tablett, hob sie hoch und grinste Della an. »Auf das Verbrechen«, sagte er.
Sie setzte sich auf die Couch. »Manchmal sind Ihre Trinksprüche reichlich makaber«, sagte sie.
Mason schlürfte seinen Kaffee. Er fühlte, wie der Brandy ihm wärmend durch die Glieder rann und seine Blutzirkulation anregte.
»Also was ist geschehen?« fragte er.
»Ich war nicht sicher, wie lange Sie Lunk aufhalten konnten. Darum sagte ich dem Taxifahrer, er sollte sich beeilen.«
»Haben Sie ihm die Adresse angegeben?«
»Nein. Ich ließ ihn an einer Kreuzung halten und sagte ihm, er solle dort auf mich warten. Ich habe Lunks Haus sofort gefunden. Es ist ein kleines quadratisches Haus über einer Garage und ...«
»Ich weiß«, unterbrach Mason sie. »Ich war dort. Weiter.«
»Sein Haus war dunkel. Ich ging die Treppe hinauf und klingelte Sturm. Niemand öffnete. Ich legte mich weiter auf den Klingelknopf. Aber ich konnte nicht hören, ob die Klingel funktionierte. Also begann ich zu klopfen. Dann bemerkte ich, daß die Tür nicht abgeschlossen war. Als immer noch niemand kam, ging ich hinein.«
»Machten Sie Licht?« fragte er.
»Ja.«
»Und?«
»Niemand war im Haus. Das Bett im vorderen Zimmer war nicht gemacht. Im Hinterzimmer ...«
»Moment. Wie kamen Sie in das hintere Schlafzimmer? Durch die Küche oder durchs Badezimmer?«
»Durchs Badezimmer.«
»Versuchen Sie jetzt, sich genau zu erinnern, Della. Waren die Türen zwischen den beiden Schlafzimmern offen?«
»Ja. Das heißt, die erste Tür war halb geöffnet. Die Tür vom Bad zum hinteren Schlafzimmer stand weit offen. Das Hinterzimmer hatte ein Fenster zur Straße. Das Fenster war hochgeschoben ...«
»Und die Tür vom Schlafzimmer zur Küche?«
»Sie stand einen Spalt weit offen, zwei oder drei Zentimeter.«
»Gingen Sie durch diese Tür?«
»Nein. Ich ging durch das vordere Schlafzimmer ins Wohn-

zimmer zurück und von dort in die Küche. Übrigens waren im vorderen Schlafzimmer sämtliche Schubladen herausgezogen und . . .«
»Beschäftigen wir uns erst mal mit der Küche! Haben Sie in die Speisekammer geschaut?«
»Ja.«
»War die Speisekammertür offen oder geschlossen?«
»Geschlossen.«
»Knipsten Sie in der Speisekammer das Licht an?«
»Nein. Von der Küche aus fiel genug Licht herein. Ich habe die Tür ja nur geöffnet, um nachzusehen, ob Franklin Shore sich nicht darin versteckt hatte. Ich dachte, vielleicht hat er die Türklopfer gehört und will nicht, daß jemand ihn sieht, der ihn auf keinen Fall sehen soll. Er war natürlich nicht da.«
»Haben Sie gesehen, ob auf dem Boden Mehl verstreut war?«
»Nein – aber dazu wäre es ja auch nicht hell genug gewesen. Ich wollte nur sichergehen, daß niemand dort versteckt war.«
»Zitterten Ihnen nicht ein wenig die Knie?«
»Kann man wohl sagen. Mir lief es kalt den Rücken herunter. Wenn Franklin Shore wirklich in der Speisekammer gestanden hätte, wäre ich wahrscheinlich in Ohnmacht gefallen.«
Mason trank seinen Kaffee aus. Er stand auf, stellte die leere Tasse auf den Tisch, zog seinen Mantel aus und streckte sich. Aus der Küche verlangte die Katze mit kategorischem Miauen, wieder eingelassen zu werden. Offenbar sehnte sie sich nach menschlicher Gesellschaft. Della Street öffnete die Tür. Die Katze kam zufrieden schnurrend hereinspaziert, sprang mit einem Satz auf das Sofa, rollte sich dort zusammen und schloß schläfrig die Lider.
Mason wies mit dem Kopf nach der Katze. »Wo war Amber Eyes, als Sie hineinkamen?«
»Sie lag auf dem Bett im vorderen Schlafzimmer. Das Bett hat in der Mitte eine Vertiefung. Darin lag die Katze und schlief fest.«
Mason nahm die Hände aus den Taschen, hakte die Daumen in die Armlöcher seiner Weste und begann mit langen Schritten im Zimmer auf und ab zu gehen.
»Möchten Sie noch Kaffee?« fragte Della. Er schien ihre Frage nicht gehört zu haben. Schweigend durchmaß er weiter das Zimmer. Plötzlich drehte er sich abrupt zu ihr um. »Haben Sie

auf dem Fußboden Spuren gesehen, so wie sie eine Katze, die in weißes Pulver getreten ist, hinterlassen würde?«

Della Street runzelte die Stirn. »Lassen Sie mich nachdenken. Ich war zwar starr vor Angst und Schrecken, aber ... ich glaube, es waren Pfotenabdrücke von einer Katze in der Küche. Der ganzen Wohnung sah man an, daß dort ein Mann allein wohnte, daß dringend einmal gründlich saubergemacht werden müßte. Das Bettzeug im vorderen Schlafzimmer war ziemlich schmutzig. Auch die Gardinen hätten eine Wäsche gebrauchen können. Ja – und ich glaube ganz bestimmt, daß in der Küche etwas auf dem Fußboden herumlag.«

»Die Speisekammertür war aber zu? Sie sind ganz sicher?«

»Ja.«

»Wie, zum Teufel, konnte die Katze in das Mehl in der Speisekammer treten, wenn die Tür zu war?« fragte Mason. »Sie ist nicht vielleicht mit hereingekommen, als Sie die Tür öffneten?«

Della Street dachte einen Augenblick lang angestrengt nach. Dann schüttelte sie den Kopf. »Ganz sicher nicht. Die Katze hat sich die ganze Zeit nicht von der Stelle gerührt.«

Mason betrachtete nachdenklich das schlafende Kätzchen. Dann zog er seinen Mantel an und nahm seinen Hut.

Della Street folgte ihm zur Tür. »Bitte, Chef. Gehen Sie jetzt nach Hause und ins Bett. Sie brauchen Schlaf.«

Er blickte auf sie hinunter; sein müdes Gesicht entspannte sich in einem Lächeln. »Sorgen Sie dafür, daß Sie Ihren Schlaf bekommen, Sie können ihn auch gebrauchen. Haben Sie übrigens in Lunks Wohnzimmer eine Karte neben dem Aschenbecher gesehen, auf der George Albers Name stand?«

»Ja. Da war eine Karte. Aber den Namen habe ich nicht gesehen. Warum?«

»Ach nichts. Vergessen Sie's.« Er umfaßte ihre Taille, zog sie nahe zu sich heran und hielt sie einen Moment so. Dann sagte er: »Halten Sie die Ohren steif, Mädchen. Ich glaube, wir haben einen Fehler gemacht.« Er öffnete die Tür und ging hinaus.

## 17

Della Street kämpfte gegen das Lärmen des Weckers. Die erste Runde gewann sie. Der Wecker hörte auf zu schrillen, und Della glitt erneut in wohltätigen Schlummer. Aber die zweite Attacke schreckte sie mit endgültiger Grausamkeit sofort wieder auf. Mühsam stützte sie den Kopf auf den Ellenbogen und tastete mit geschlossenen Augen nach dem Wecker. Als sie ihn nicht fand, öffnete sie die Augen. Der Wecker stand nicht an der gewohnten Stelle neben dem Bett. Um zu vermeiden, daß sie ihn im Halbschlaf abstellen und wieder einschlafen würde, hatte sie ihn vorsichtshalber auf eine Kommode ein Stück entfernt gestellt. Widerstrebend schlug sie die Bettdecke zurück, schwang ihre Beine über den Bettrand und tappte auf bloßen Füßen durch das Zimmer, um ihn abzustellen.
Ein schwaches protestierendes »Miau« kam aus ihrem Bett.
Es dauerte einen Moment, bis sie sich erinnerte, woher dieser seltsame Laut rührte. Dann befreite sie Amber Eyes von der Decke, unter der sie sie beim Aufstehen begraben hatte.
Das Kätzchen schnurrte dankbar, richtete sich auf, streckte sich, machte ein paar drollige kleine Sprünge auf Della zu und ließ sich hinter den Ohren kraulen. Dann suchte es sich einen Platz, der noch warm von Dellas Körper war, und rollte sich wieder behaglich zusammen.
Nachdem Della ausgiebig heiß und kalt geduscht hatte, fühlte sie sich besser. Sie rubbelte ihre Haut so lange mit dem Frottiertuch, bis sie rot war. Dann zog sie sich an. Als sie im Unterrock vor dem Spiegel stand und ihr Make-up auflegte, schrillte die Türklingel. Eine Weile ignorierte Della das Klingeln. Dann öffnete sie die Tür einen winzigen Spalt und sagte: »Gehen Sie. Ich bin ein arbeitendes Mädchen. Ich kaufe nichts. Ich abonniere nichts. Und ich komme sowieso schon zu spät ins Büro.«
»Ich werde Sie zum Büro fahren. Das erspart uns Zeit«, sagte Traggs Stimme.
Della Street näherte ihr Gesicht der Türspalte, so daß sie Lieutenant Traggs Gesicht sehen konnte. »Wie sind Sie denn durch die Haustür gekommen?«
»Mein Geheimnis. Sie sehen müde aus.«
»Und Sie noch schlimmer als müde.«

Tragg grinste. »Soweit ich das beurteilen kann, hat niemand westlich des Mississippi heute nacht ein Auge zugetan.«
»Ich ziehe mich nur schnell an.«
»Wie lange werden Sie brauchen?«
»Fünf bis zehn Minuten.«
»Kein Frühstück?«
»Nicht hier. Ich werd im Drugstore an der Ecke schnell eine Tasse Kaffee trinken.«
»Nicht gerade gut für die Gesundheit, wie?«
»Aber gut für die Figur.«
»Ich warte vor der Tür«, sagte er.
»Ist es so wichtig?«
»Es ist so wichtig«, sagte Tragg.
Della schloß die Tür. Sie ging zum Telefon, hob den Hörer ab und begann, Masons Nummer zu wählen. Aber dann überlegte sie es sich anders. Sie legte auf, schlüpfte in ihr Kleid, schleuderte die Pantoffeln von den Füßen und zog ihre Schuhe an. Plötzlich fiel ihr die Katze ein. Sie nahm das kleine wollige Knäuel in die Arme und sagte sanft: »Hör zu, mein Kleines. Der Schnüffler da draußen frißt Kätzchen und zwar bei lebendigem Leibe. Und was noch schlimmer ist, er wird eine Erklärung für deine Anwesenheit von mir fordern. Und die dürfte reichlich schwierig sein. Also ab in die Küche mit dir. Und ich bete zu Gott, daß eine Tasse warme Milch dich ruhig halten wird.«
Amber Eyes schnurrte zufrieden. Della Street ging in die kleine Küche, goß Milch in einen Topf, wärmte sie und gab sie der Katze. Die Katze begann genüßlich die Milch zu trinken. Della ging hinaus und schloß leise die Tür hinter sich. Eilig machte sie ihr Bett und schob die Sessel im Wohnzimmer zurecht. Dann zog sie ihren Mantel an, öffnete die Tür und bedachte Lieutenant Tragg mit ihrem strahlendsten Lächeln. »Fertig«, sagte sie. »Nett von Ihnen, daß Sie mich ins Büro bringen. Ich vermute jedoch, daß es nicht nur aus reiner Menschenfreundlichkeit geschieht.«
»Sie haben's erraten«, sagte Tragg. »Nette, kleine Wohnung haben Sie da. Schöne Südlage.«
»Nicht wahr?« sagte Della und streckte die Hand nach dem Türknopf aus.
Tragg machte einen Schritt nach vorn, so daß seine Schulter die

Tür am Zufallen hinderte. »Wissen Sie was, Miss Street, wir könnten uns eigentlich hier erst mal eine Minute unterhalten.«

»Ich hab keine Zeit. Ich muß ins Büro.«

»Ich glaube, das hier ist wichtiger als Ihre Anwesenheit im Büro«, sagte Tragg.

»Wir können doch in Ihrem Wagen sprechen, oder . . .«

»Wenn man fährt, ist das etwas schwierig«, sagte Tragg. Unbeirrt schob er sich weiter in die Wohnung und ging wie beiläufig auf die Couch zu. Della Street blieb in der Tür stehen. Sie seufzte erschöpft. Ihr war klar, daß Lieutenant Traggs scharfem Polizistenblick auch nicht das kleinste Detail im Zimmer entgehen würde.

»Tut mir leid, Lieutenant. Aber ich muß an die Arbeit. Ich hab weder Zeit für ein Interview, noch Zeit, mich mit Ihnen zu streiten. Und hierlassen kann ich Sie auch nicht.«

Tragg schien nicht zuzuhören. »Wirklich eine nette Wohnung. Also gut, wenn Sie darauf bestehen, gehen wir. Obwohl ich mich lieber hier mit Ihnen unterhalten hätte.«

Er blieb einen Moment vor dem Spiegel stehen und rückte sich seine Krawatte zurecht. Della bemerkte, daß er im Spiegel durch die offene Badezimmertür ins Innere sehen konnte.

»Würden Sie jetzt bitte kommen, Lieutenant.«

»Komme schon«, sagte er. »Du lieber Gott! Ich sehe wirklich so aus, als wäre ich die ganze Nacht aufgewesen. Stört es Sie auch bestimmt nicht, mit einem so unansehnlichen Kerl herumzufahren? — Was ist eigentlich dort?« fragte Tragg, nach der Küchentür zeigend.

»Das ist eine Tür«, sagte Della ärgerlich. »Sie haben doch sicher schon mal eine Tür gesehen. Sie werden aus Holz gemacht, hängen in Türangeln, und man kann sie auf- und zumachen.

»Wirklich?« sagte Tragg, unverwandt auf die Tür starrend.

Della Street kam wütend in die Wohnung zurück. »Jetzt hören Sie mir mal gut zu«, sagte sie scharf. »Ich weiß nicht, worauf Sie hinauswollen. Jedenfalls werden Sie nicht in meinem Apartment herumschnüffeln, wann es Ihnen paßt. Wenn Sie meine Wohnung durchsuchen wollen, gehen Sie und besorgen Sie sich einen Durchsuchungsbefehl. Wenn Sie mir etwas zu sagen haben, sagen Sie es mir auf dem Weg ins Büro. Ich gehe jetzt, und Sie werden ebenfalls gehen!«

Tragg blickte lächelnd in ihr angriffslustiges Gesicht und sagte in einschmeichelndem Ton: »Sie werden doch nichts dagegen haben, Miss Street, daß ich mir Ihre Wohnung ein bißchen ansehe?«
»Ich hab eine ganze Menge dagegen.«
»Warum? Haben Sie etwa jemanden hier versteckt?«
»Ich gebe Ihnen mein Ehrenwort, daß sich in dieser Wohnung keine Menschenseele befindet, außer mir natürlich. Zufrieden?« Sie blickte ihm fest in die Augen.
»Ja«, sagte Lieutenant Tragg.
Sie ließ ihn vorgehen und folgte ihm auf dem Fuße. Diesmal würde sie dafür sorgen, daß die Tür hinter ihnen ins Schloß schnappte. Das stand fest. Tragg trat gerade über die Türschwelle und Della Streets Hand war am Türgriff, als ein ohrenzerreißender Angstschrei ertönte.
»Ach du lieber Himmel!« rief Della Street. Ihr war plötzlich eingefallen, daß sie das Küchenfenster einen Spalt offengelassen hatte. Ein Irrtum war ausgeschlossen. Dies war nicht das Schreien eines ungeduldigen Tieres. Es war ein Schrei äußerster Todesangst.
Lieutenant Tragg blieb ihr dicht auf den Fersen, als sie durch das Wohnzimmer in die Küche raste. Was geschehen war, war nur allzu klar. Die Rolle, die die Wäscheleine hielt, war direkt neben dem Küchenfenster befestigt. Amber Eyes, die auf die Fensterbank geklettert war, begann mit der Leine zu spielen. Sie hatte eine Pfote um die Schnur gehakt, und als sie die Pfote zurückziehen wollte, hatten sich ihre Krallen verfangen. Als ihr Gewicht an der Wäscheleine hing, begann die Leine über die gutgeölte Rolle zu gleiten. Amber Eyes verlor den Halt und fand sich plötzlich über einem schwindelerregenden Abgrund hängen. Mit dem Kopf hing sie nach unten, mit den Pfoten klammerte sie sich an der Leine fest. Sie schrie mit vor Schrecken herausgequollenen Augen.
»Du armes Ding!« rief Della Street. Sie ergriff das Ende der Leine und begann, Amber Eyes hochzuziehen. Die Katze schwankte vor und zurück. Ihre Augen wanderten zwischen dem sicheren Fenster über ihr und dem gähnenden Abgrund hin und her. Tragg grinste. Dann, als Della die Katze in Reichweite zu sich herangezogen hatte, brach er in schallendes Gelächter aus.

»Ja, lachen Sie nur ruhig«, fuhr Della ihn empört an. Sie preßte das zitternde Kätzchen an ihre Brust und bemühte sich, die Krallen aus dem Seil zu lösen. »Sie scheinen das ja sehr lustig zu finden.«
»Das tu ich wirklich«, gab Tragg zu. »Die Katze spielt ein bißchen mit der Leine herum. Und ehe sie sich's versieht, fliegt sie mit Höchstgeschwindigkeit durch die Luft. Muß ein sensationelles Gefühl für eine Katze sein.«
»Ungeheuer sensationell«, sagte Della indigniert. »Es freut mich jedenfalls, daß Sie es spaßig finden.«
»Ich wußte gar nicht, daß Sie eine Katze haben«, sagte Tragg.
»Wirklich? Ich nehme an, die Polizei fühlt sich gekränkt, weil ich mir eine Katze zugelegt habe, ohne vorher ihre Erlaubnis einzuholen. Nächstens werden Sie mich noch dafür zur Verantwortung ziehen, daß meine Tante Rebecca sich beim Eislaufen den Knöchel gebrochen hat, weil ich sie allein habe ausgehen lassen, ohne Sie vorher um Erlaubnis zu fragen. Wenn Sie mich jetzt endlich ins Büro gehen ließen, könnte ich Ihnen einen Brief schreiben. Lieber Lieutenant Tragg! Ich besitze eine Katze. Hoffentlich haben Sie nichts dagegen!«
»Ein gekonnter Ausbruch von Unwillen und Sarkasmus, das muß ich Ihnen lassen. Aber er gibt mir nicht die kleinste Auskunft über die Katze. Und glauben Sie ja nicht, daß es Ihnen gelungen ist, meine Aufmerksamkeit dadurch abzulenken.«
»Ach wirklich?«
»Wie lange haben Sie die Katze schon?«
»Nicht sehr lange.«
»Was meinen Sie mit nicht lange?«
»Die Katze ist noch ziemlich jung.«
»Haben Sie sie schon seit ihrer Geburt?«
»Nein.«
»Wie lange dann?«
»Noch nicht lange. Aber lange genug, um an ihr zu hängen. Sie wissen ja, wie das ist, wenn man ein Tier ein paar Wochen lang hat – wenn man Tiere liebt, genügen manchmal schon ein paar Minuten, daß man sie ins Herz schließt . . .«
»Haben Sie die Katze schon ein paar Wochen?« fragte Tragg.
»Nein, eigentlich nicht.«
»Vielleicht ein paar Tage?«
»Ich wüßte nicht, wieso Sie das interessiert.«

Tragg sagte: »Normalerweise würde ich sagen, Sie haben vollkommen recht, Miss Street. Aber diesmal könnte der Fall anders liegen.«

»Wieso?« fragte Della impulsiv. Sofort danach wünschte sie, sie hätte den Mund gehalten. Sie merkte, daß sie ihn damit genau zu dem Punkt gebracht hatte, auf den er hinauswollte.

»Oh«, sagte Tragg beiläufig. »Es wäre doch möglich, daß das hier die Katze von Mrs. Shore ist; die, die man gestern abend vergiften wollte.«

»Na und?«

»Die Frage, wie diese Katze in Ihren Besitz kam, könnte die Polizei interessieren. Aber, wie Sie ja schon richtig bemerkten, können wir uns darüber unterhalten, während ich Sie zum Büro fahre.«

»Ja. Jetzt bin ich aber wirklich spät dran.«

Tragg lächelte sie entschuldigend an. »Vielleicht«, sagte er, »meinen Sie nicht dasselbe Büro wie ich.«

Della blickte ihn groß an. Sie fühlte ein leichtes Zittern in den Knien. »Sie wissen genau, welches Büro ich meine«, sagte sie, krampfhaft bemüht, ihrer Stimme Festigkeit zu verleihen.

Lieutenant Tragg schien nicht im mindesten beeindruckt. Er verkündete: »Ich meine das Büro des Distrikt Attorney. Das Kätzchen nehmen wir am besten mit. Es scheint mir nicht nur, daß es zu unvorsichtig ist, allein zu bleiben, sondern es könnte auch ein wichtiges Beweisstück sein.«

## 18

Perry Mason schlief tief und fest, bis das grelle Tageslicht ihn weckte. Er setzte sich auf und sah auf die Uhr. Dann schüttelte er seine Kissen zurecht und ließ sich behaglich zurücksinken. Fast augenblicklich war er wieder eingeschlafen ...

Das Schrillen der Türklingel schreckte ihn sofort wieder auf. Stirnrunzelnd drehte Mason sich auf die andere Seite, entschlossen, die Störung zu ignorieren. Wieder ein lang anhaltendes Klingeln. Wahrscheinlich jemand, der etwas verkaufen wollte. Er hätte die Klingel abstellen sollen – sollten sie ruhig weiterklingeln! Er dachte nicht daran, aufzuwachen.

Das Klingeln hörte nicht auf. Mason merkte, daß seine Entschlossenheit zu schlafen ihn inzwischen hellwach gemacht hatte. Er hörte, wie schnelle Schritte den Flur entlangkamen. Dann klopfte es ungeduldig an die Tür. Mit einem ärgerlichen Ausruf stieg Mason aus dem Bett, zog den Riegel zurück und riß die Tür auf.

Paul Drake stand auf der Schwelle und grinste ihn an. »Na, wie gefällt dir das?« fragte er.

»Verdammt noch mal. Es gefällt mir ganz und gar nicht. Komm rein.«

Drake folgte Mason in die Wohnung, wählte sorgfältig den bequemsten Sessel aus, ließ sich behaglich hineinfallen und zündete sich eine Zigarette an. »Nette Wohnung hast du.«

»Nicht wahr?« sagte Mason sarkastisch.

»Nur 'n bißchen kalt. Mach lieber das Fenster zu. Der Wind ist ziemlich schneidend, obwohl die Sonne schon hoch am Himmel steht. Übrigens, es ist Mittag, Perry.«

»Was, zum Teufel, geht mich die Uhrzeit an?«

Drake legte den Kopf in den Nacken; er versuchte, einen Rauchring zu blasen. Sein Blick verfolgte, wie sich der blaue Rauch ins Sonnenlicht kräuselte. »Ihr beide, du und Della, habt die Angewohnheit, mich mitten in der Nacht aus dem Bett zu jagen, wenn ihr von einer eurer Vergnügungsfahrten zurückkommt. Und es scheint euch Spaß zu machen. Daher dachte ich, ich sollte deinen Schlaf auch mal stören, damit du siehst, wie das ist.«

Mason zog sich die Bettdecke über die bloßen Füße und grinste Drake freundlich an. »Es ist wie die Hölle«, sagte er und nahm sich eine Zigarette.

»Ich dachte mir, du hättest sicher gern einen Bericht.«

Mason klopfte auf seine Zigarette, befeuchtete das Ende vorsichtig mit der Zunge, zündete ein Streichholz an und sagte: »Sobald ich diese Zigarette zu Ende geraucht habe, werde ich dich hinausschmeißen und weiterschlafen.«

»Es hat sich inzwischen allerhand getan«, sagte Drake. »Die Kugeln stammen alle drei aus derselben Waffe.«

»Das ist nichts Neues.«

»Tragg hat die gesamte Polizeimannschaft mobilisiert. Er faßt den Fall von allen Seiten gleichzeitig an. Quetscht das letzte bißchen an Informationen aus allen möglichen Leuten.«

»Das freut mich.«
»Der Arzt sagt, Jerry Templars Chancen stehen neun zu eins. Er hat die Operation prächtig überstanden.«
»Großartig.«
»Die Katze, die das Gift gefressen hat, wurde ins Haus des Gärtners gebracht, damit sie in Sicherheit ist. Der Mann heißt Tom Lunk.«
»Soso!« sagte Mason.
»Lunk ist verschwunden. Und die Katze auch.«
Mason sagte: »Hör mal, Paul. Ich glaube, ich bleibe sehr gut auf dem laufenden, wenn ich die Zeitungen lese. Ich wollte, daß du einige Fakten aufspürst, von denen niemand etwas weiß. Und nicht, daß du hinter der Polizei hertrottest.«
Drake schien die Bemerkung zu überhören. Er fuhr fort: »Ein Kerl mit dem Namen George Alber scheint hoch bei Ihrer Majestät Matilda Shore in Gunst zu stehen. Sie will Alber mit Helen Kendal verkuppeln. Alber scheint einverstanden. Er ist sehr attraktiv. Aber Helen wirft sich an einen Mann weg, der ihrer nicht wert ist. Tante Matilda könnte ihren Zaster Alber vermachen, wenn Helen nicht ein braves Mädchen ist.«
Mason gähnte ausgiebig. »Du kannst manchmal sehr langweilig sein, mein lieber Paul.«
Drake blickte ihn ohne zu lächeln an. »So, findest du?«
Mason schnippte die Asche vom Ende seiner Zigarette und kuschelte sich behaglich in seine Bettdecke.
»Matilda ist aus dem Krankenhaus zurück. Sie scheint eine gewisse Klausel in ihr Testament eingesetzt zu haben, um ihre Nichte dadurch zu zwingen, den jungen Alber zu ehelichen. Alber bekommt offenbar so oder so einen hübschen Anteil am Shore-Vermögen. Entweder dadurch, daß er Helen heiratet, oder, falls sie nicht will, auf andere Weise ... oh, übrigens, ihr Freund, Lieutenant Tragg, läßt die letzten Schecks, die von Franklin Shores Konto abgebucht wurden, von einem Experten überprüfen. Er interessiert sich besonders für einen Scheck über zehntausend Dollar, der auf den Namen Rodney French ausgestellt wurde. Die Polizei hat Rodney French einen Besuch abgestattet. Scheint, daß er einen kleinen Urlaub macht. Seit gestern abend. Er versäumte es, jemandem zu sagen wohin.«
Mason sagte: »Franklin Shore teilte seinem Buchhalter telefonisch mit, daß er diesen Scheck ausstellen würde.«

»Genau«, sagte Drake grinsend. »Das tat er.«
»Und?« fragte Mason.
»Tragg hat eine Theorie aufgestellt, nach der Franklin Shore vielleicht beabsichtigte, den Scheck auszustellen, dann aber verschwand, ohne es zu tun. Ein interessanter Gesichtspunkt, nicht wahr, Perry? Versetz dich mal in die Lage eines Mannes, der dringend einen Scheck braucht. Jemand, dessen Unterschrift Gold wert ist, will ihm den Scheck geben. Kurz vorher verschwindet er — und niemand weiß wohin. Der Mann ist aber schon weitreichende Verpflichtungen eingegangen, die nicht mehr rückgängig gemacht werden können.«
»Sonst noch was?« fragte Mason.
»O ja. Tragg befaßt sich im Augenblick mit dem Verschwinden von Franklin Shore. Zu dumm für ihn, daß er noch nicht da war, als es damals passierte. Aber das war noch zu Zeiten der Herrschaft unseres alten Freundes, Sergeant Holcomb. Tragg geht alle Akten nach Toten durch, die damals aufgefunden wurden und nicht identifiziert werden konnten. Außerdem überprüft er alle Selbstmorde, die im Jahre 1932 in Florida verübt wurden. Ein sehr arbeitsamer Mensch, dieser Tragg.«
Mason sagte: »Puh, Tragg ist nichts anderes als ein verdammter Misanthrop.«
»Übrigens«, fuhr Drake fort, »scheint er zu glauben, daß die Katze ein ziemlich wichtiger Faktor in der ganzen Angelegenheit ist.«
»Soso, die Katze!« bemerkte Mason.
»Ganz recht. Wirklich ein interessanter Mensch, Freund Tragg. Wenn der was haben will, dann verschafft er es sich auch.«
»Die Katze zum Beispiel?« fragte Mason beiläufig.
»Oh, natürlich, die Katze. Er hat sie ins Büro vom District Attorney gebracht.«
Mason saß plötzlich kerzengerade im Bett. »Was sagst du da?«
»Die Katze ist im Büro vom District Attorney. Ich weiß nicht, wann er sie da hingebracht hat, aber ...«
»Wo hat er sie her?«
»Keine Ahnung. Ich habe nur ein paar Tips von den Zeitungsleuten bekommen, das, was so bei der Polizei durchsickert. Er scheint sich sehr für einen Mann zu interessieren, der bei den Shores als Gärtner beschäftigt ist. Der Mann heißt Lunk.«
Mason geriet plötzlich in Bewegung. Hastig drückte er seine

Zigarette aus, schleuderte die Bettdecke weg, griff nach dem Telefon und wählte mit fliegenden Fingern eine Nummer. »Hallo ... hallo. Sind Sie's, Gertie? ... Wo ist Della? Sie haben nichts von ihr gehört? ... Geben Sie mir Jackson. Hallo, Jackson. Hören Sie, bereiten Sie sofort eine Haftbeschwerde für Della Street vor. Sie wird gegen ihren Willen festgehalten, ohne daß Anklage gegen sie erhoben wurde. Kaution in jeder annehmbaren Höhe kann gestellt werden. Ich komme sofort zum Unterschreiben. Machen Sie sich gleich an die Arbeit.«

Mason knallte den Hörer auf die Gabel, riß sich den Pyjama vom Leibe, sauste unter die Dusche, kam zurück und zerrte frische Unterwäsche aus einem Büroschrank. Drake räkelte sich in seinem Sessel und sah interessiert zu, wie Mason wie ein Wilder in seine Kleider fuhr. »Ich habe einen elektrischen Rasierapparat im Handschuhfach meines Wagens«, sagte er. »Wenn du mit mir nach Uptown fahren willst, kannst du dich unterwegs rasieren.«

Mason riß eine Schranktür auf und zog seinen Mantel heraus. »Auf geht's, Paul. Was hält uns noch hier?«

»Nichts«, sagte Drake und hievte seinen schlaksigen Körper aus dem Sessel. »Gehen wir. Dein Büro oder das vom D. A.?«

»Zuerst in mein Büro«, sagte Mason. »Wenn ich mit einem D. A. spreche, sorge ich immer dafür, daß ich ihm sofort eine Haftbeschwerde unter die Nase halten kann – für den Fall, daß er mir auf die harte Tour kommen will.«

»Glaubst du, diesmal will er?« fragte Drake.

»Jawohl. Also her mit dem Rasierapparat.«

## 19

Hamilton Burger, der District Attorney, blickte Mason prüfend an. Burger war ein großer, stiernackiger Mann mit breiter Brust und schweren Schultern. Seine Gestalt hatte etwas von der Massigkeit und Stärke eines Bären.

»Setzen Sie sich, Mason«, sagte er.

Mason zog sich einen Stuhl heran und ließ sich gegenüber von Burgers Schreibtisch nieder. »Wollen Sie mit mir sprechen, oder soll ich zuerst mit Ihnen reden?« fragte Mason.

»Ich spreche mit Ihnen«, sagte Burger.
»Schießen Sie los. Sagen Sie mir, was Sie auf dem Herzen haben. Wenn Sie fertig sind, bin ich dann an der Reihe.«
»Ihre Methoden sind ziemlich unorthodox, Mason«, sagte Burger. »Ungewöhnlich, dramatisch und bizarr.«
»Sie sollten noch eine Vokabel hinzufügen«, sagte Mason ruhig.
In Burgers Augen blitzte es seltsam auf. »Meinen Sie, erfolgreich?«
Mason nickte.
»Das stört mich ja gerade so«, sagte Burger.
»Freut mich, daß Sie das zugeben.«
»Es stört mich allerdings nicht in der Weise, wie Sie glauben«, fuhr Burger fort. »Ich will damit nur sagen, daß, falls Ihre ungewöhnlichen dramatischen, prahlerischen Methoden weiterhin erfolgreich sein werden, bald alle Anwälte anfangen werden, vor Gericht mit Tricks und Spitzfindigkeiten nur so um sich zu werfen und versuchen, der Polizei ins Handwerk zu pfuschen. Und ich finde wirklich, daß einer von Ihrer Sorte in diesem Staat mehr als genug ist.«
»Wenn ich die Polizei dazu zwinge, einen Fall korrekt zu lösen, bedeutet das noch lange nicht, daß ich ihr ins Handwerk pfusche.«
»Das meine ich nicht«, widersprach Burger. »Wir verurteilen keine Unschuldigen. Sie wissen genau, was ich damit sagen wollte, Mason. Ich meine nicht das, was Sie tun, sondern wie Sie dabei vorgehen.«
»Was ist daran falsch?«
»Sie beschränken sich nicht auf den Gerichtssaal. Sie sitzen nicht in Ihrem Büro und beraten Ihre Klienten. Sie treiben sich in der Gegend herum und ziehen mit Catch-as-catsch-can-Methoden Beweismittel und Zeugen an Land, ohne die Polizei davon in Kenntnis zu setzen ... wie ...«
»Moment mal«, sagte Mason. »Setzt etwa die Polizei mich vom Stand ihrer Ermittlungen in Kenntnis?«
Burger ignorierte die Frage. »Es hat Zeiten gegeben, da habe ich versucht, mit Ihnen zusammenzuarbeiten. Aber Sie wollten ja immer den großen Zauberkünstler spielen, der beim Tusch weiße Kaninchen aus seinem Zylinder zieht.«
Mason sagte: »Wenn das Kaninchen, nach dem ich suche,

zufällig in einem Zylinder steckt, warum sollte ich es dann nicht herausholen?«

»Weil Sie es selbst vorher hineingesteckt haben. Sie können Ihren juristischen Hokuspokus nicht damit rechtfertigen, daß Sie es schließlich immer schaffen, sich aus der Klemme zu winden. Aber lassen wir das. Hören wir auf, von allgemeinen Vorkommnissen zu reden. Kommen wir zu einem bestimmten Fall.«

»Wunderbar.«

»Also«, sagte Burger. »Heute nacht entdeckten Sie einen wichtigen Zeugen in einem Mordfall. Wenn die Polizei den Zeugen hätte verhören können, hätten wir um diese Zeit den Fall vielleicht schon gelöst. Aber dazu hatte sie keine Möglichkeit. Sie und Ihre Sekretärin schnappten der Polizei den Zeugen vor der Nase weg.«

»Meinen Sie Lunk?« fragte Mason.

»Genau.«

»Fahren Sie fort.«

»Sie brachten ihn in ein Hotel und versteckten ihn dort. Sie taten alles, was Sie konnten, um die Polizei daran zu hindern, ihn zu finden. Aber die Polizei hat ihn gefunden.«

»Was werden Sie mit ihm machen?« fragte Mason. »Wenn er so wertvoll ist, vernehmen Sie ihn und der Fall ist gelöst.«

»Ich fürchte, so einfach ist die Sache nicht.«

»Warum nicht?«

»Wir haben Beweismaterial entdeckt, das bisher noch nicht in einen Zusammenhang mit Franklin Shores Verschwinden gebracht wurde.«

»Was?« fragte Mason.

»Einen Scheck über zehntausend Dollar. Es wäre möglich, daß es sich bei dem Scheck, den Rodney French bekam, um eine Fälschung handelt.«

Mason lehnte sich auf seinem Stuhl zurück und schlug seine langen Beine übereinander. »Gut. Bereden wir die Sache.«

»Es würde mich freuen, Ihre Ansicht darüber zu hören«, sagte Burger steif.

»Erstens«, begann Mason in leichtem Plauderton, »hat Franklin Shore telefonisch jemanden davon benachrichtigt, daß er einen solchen Scheck ausgestellt habe.«

»Da muß ich Sie leider korrigieren«, unterbrach ihn Burger. Er sah auf seine Notizen. »Die Aussage des Buchhalters vor zehn Jahren war dahingehend, daß Franklin Shore ihm sagte, er sei im Begriff, einen solchen Scheck auszustellen.«

Mason winkte ab. »Na gut. Er sagte also, er sei dabei, den Scheck auszustellen. Das beweist doch seine Echtheit. Sollte der Scheck aber trotzdem gefälscht sein, ist die Verjährungsfrist längst abgelaufen. Die Sache mit dem Scheck hat keinerlei rechtliche Bedeutung mehr.«

Burger sagte: »Der Scheck könnte ein Motiv sein.«

»Wofür?«

»Für Mord.«

»Fahren Sie fort. Ich höre.«

»Wenn wir gestern abend mit Tom Lunk hätten sprechen können, hätten wir möglicherweise weiteres wertvolles Beweismaterial finden können.«

»Möchten Sie sich nicht etwas klarer ausdrücken?«

»Das werde ich. Ich glaube, wir hätten Franklin Shore gefunden.«

»Und ich hab Sie also daran gehindert, mit Lunk zusammenzukommen?«

»Genau.«

Mason sagte: »Ich werde Ihre Theorie sofort zum Platzen bringen. Das erste, was ich tat, nachdem ich Lunk traf, war, daß ich ihn in die Klinik brachte, in der Matilda Shore lag. Da wollte er nämlich hin. Aber – und passen Sie jetzt gut auf, Burger, denn es ist juristisch wichtig – statt ihn vor der Polizei zu verstecken, nahm ich ihn mit in die Klinik, obwohl ich sehr wohl wußte, daß die Polizei Matilda Shore bewachte. Ich sagte dem Wachtposten, wer Lunk war. Ich sagte ihm, daß er mit Matilda Shore sprechen wollte und daß er möglicherweise etwas Wichtiges wüßte, über das Lieutenant Tragg sich gern mit ihm unterhalten würde. Was verlangt man noch von mir?«

Burger nickte. »Das ist wieder einmal ein typisches Beispiel für Ihre Cleverness, Mason. Was Lunk anbetrifft, haben Sie sich da ja ganz schön aus der Affäre gezogen. Sicher kommen Sie vor der Jury damit durch. Aber Sie und ich wissen sehr gut, daß Ihr Auftritt im Krankenhaus haargenau darauf abzielte, von der Polizei samt Ihrem Begleiter hinausgeworfen zu werden. Sie taten es nur, um sich eine juristische Versicherungspolice zu verschaffen.«

Mason grinste. »Ich kann schließlich nichts dafür, daß sie solche Trottel bei der Polizei beschäftigen. Ich habe ihnen gesagt, wer Lunk war. Aber sie schubsten ihn in den Aufzug, sagten ihm, er sollte sich wegscheren und sich nicht mehr blicken lassen.«

»Ich verstehe«, sagte Burger geduldig. »Aber lassen Sie mich Ihre Aufmerksamkeit auf einen anderen Punkt lenken. Nach unserem Gesetz macht sich jede Person, die willentlich einen Zeugen oder einen möglichen Zeugen davon abhält oder daran hindert, eine Aussage zu machen, eines Verbrechens schuldig.«

Mason nickte.

»Und ein anderes Gesetz besagt, daß sich eine Person, die einem Zeugen Geld gibt oder verspricht, ihm Geld zu geben, um ihn von einer Aussage abzuhalten, eines Verbrechens schuldig macht.«

»Sprechen Sie nur weiter«, sagte Mason. »Ihre Theorie interessiert mich.«

»Für das Urteil«, sagte Burger, »ist es ohne Bedeutung, ob der Versuch erfolgreich war oder ob der Zeuge gekidnappt wurde oder nicht. In einem unserer Nachbarstaaten wird dieses Gesetz genauso gehandhabt wie ein ähnliches, die Betäubung eines Zeugen betreffend, damit er nicht aussagen kann.«

Mason sagte: »Ich habe weder jemanden bestochen, noch habe ich jemanden betäubt. Was soll das Ganze also?«

»Lunk zeigt der Polizei gegenüber ein störrisches und ablehnendes Verhalten. Er will nicht sagen, was er weiß. Zum Glück ist er nicht allzu intelligent. Wenn man sich ein wenig in seine eigenartige Psyche hineingedacht hat und sich Zeit für ihn nimmt, bekommt man schließlich doch etwas aus ihm heraus.«

»Und?«

»Lunk hat uns so viel gesagt, daß wir wissen, daß Franklin Shore in seinem Haus war und daß Ihre Sekretärin ihn dort abgeholt hat. Lieutenant Tragg hatte Ihnen ausdrücklich gesagt, er wolle Franklin Shore als Zeugen vernehmen.«

Mason sagte: »Reden Sie nur weiter. Und wenn Sie fertig sind, werde ich Ihnen mal etwas sagen.«

»Sie wollen unbedingt das letzte Wort behalten, wie?«

Mason nickte.

»Mason, diesmal kriegen Sie von mir eins aufs Dach. Und ich fürchte, Sie werden es fühlen.«

»Indem Sie meine Sekretärin schikanieren, meinen Sie wohl?«
»Sie haben sie hineingezogen. Sie hielten Lunk solange auf. Und sie sauste in einem Taxi zu seinem Haus. Dort sagte sie zu Franklin Shore, er solle aufstehen und machen, daß er wegkäme. Und dann half sie ihm, sich zu verstecken.«
»Sie können das alles beweisen, nehme ich an?«
»Jawohl. Auf Grund von Indizien. Sie wissen sehr gut, Mason, daß die Polizei unbedingt mit Shore sprechen wollte. Trotzdem haben Sie Ihre Sekretärin zu Shore geschickt und ihn dazu gebracht, sich zu verstecken.«
»Hat sie es zugegeben?«
»Nein. Das nicht. Aber sie braucht es nicht zuzugeben. Wir können es beweisen.«
»Was für Beweise haben Sie?«
»Solche, die der Jury genügen werden.«
»Das glaube ich Ihnen nicht.«
»Es sind zwar nur Indizienbeweise. Aber sie werden genügen.«
Hamilton Burger blickte Mason fest an. »Diesmal werde ich Ihr Kartenhaus zerstören. Ich werde Ihre Sekretärin unter Anklage stellen, weil sie einen wichtigen Zeugen hat verschwinden lassen. Wahrscheinlich haben Sie vor, Haftbeschwerde einzulegen, sozusagen als Ihr letztes Wort. Also gut. Ich habe kein Verlangen danach, besonders hart mit Miss Street umzugehen. Ich will sie nur unter Anklage stellen, weil das die einzige Möglichkeit ist, an Sie heranzukommen. Meinetwegen kann eine Kaution gestellt werden. Es geht mir nur darum, daß Sie mit hineingezogen und wegen Beihilfe bestraft werden. Und dann werde ich dafür sorgen, daß man Sie aus der Anwaltskammer ausschließt.«
Burger schob seinen Drehstuhl zurück und stand auf. »Nun, Mr. Mason. Ihr letztes Wort, die Haftbeschwerde, die Sie mir auf den Tisch knallen wollen, verliert wohl jetzt etwas von ihrem Effekt?«
Mason erhob sich ebenfalls. Er sah dem District Attorney gerade in die Augen. »Also gut. Ich sagte Ihnen ja, ich würde das letzte Wort haben. Und ich werde es haben. Das dumme mit Ihnen, Burger, ist, daß Sie darauf fixiert sind, das Gesetz völlig vom Standpunkt eines District Attorney aus zu sehen. Die District Attorneys haben sich organisiert, und ebenso haben sie die öffentliche Meinung organisiert. Nach und nach

haben sie es verstanden, die Öffentlichkeit davon zu überzeugen, daß sie niemals willentlich einen Unschuldigen verfolgen würden.«

Hamilton Burger sagte: »Ich freue mich, daß Sie das zugeben.«

»Das sollten Sie aber nicht. Es sollte Ihnen leid tun.«

»Warum?«

»Weil die Öffentlichkeit deswegen untätig zusieht, wie die organisierten Anklagevertreter das Recht verdrehen, bis die Rechte der Öffentlichkeit einfach nicht mehr existieren. Es ist sehr gut möglich, daß die Definition des Verbrechens schlechthin ausgeweitet wird auf Taten, die wir heute noch unter der Kategorie ›politische Vergehen‹ einstufen würden. Wenn der Durchschnittsbürger dem Richter vorgeführt wird, so stellt er fest, daß er bei dem ›Juristen-Poker‹ keine Chance hat, denn die Karten wurden vorher entsprechend zu seinem Nachteil präpariert. Angeblich wurden sie von den Dienern der Gerechtigkeit für das Spiel gegen die professionellen Gesetzesbrecher präpariert, doch in Wirklichkeit richtet sich das Spiel gegen ›Herr und Frau Normalverbraucher‹, weil das gesamte Verfahrenswesen nach völlig unbestimmten Gesichtspunkten gehandhabt wird. Es ist höchste Zeit, daß der Bürger erkennt, daß es keine Frage ist, ob ein Mensch schuldig oder unschuldig ist, sondern ob seine Schuld oder seine Unschuld erwiesen werden kann in einem Verfahren, das dem Bürger alle Rechte beläßt, die er unter einer rechtsstaatlichen Regierung in Anspruch nehmen kann. Sie wenden sich gegen spektakuläre, dramatisch effektvolle Methoden der Verteidigung. Sie übersehen dabei aber die Tatsache, daß in den vergangenen fünfundzwanzig Jahren, in denen Sie die Öffentlichkeit dazu verleiten wollten, dem Angeklagten seine Rechte als Staatsbürger zu entziehen, die einzigen wirksamen Methoden, die übrigblieben, die spektakulären und dramatischen sind. Verhaften Sie Della Street, Mr. District Attorney, dann werden wir das Problem im Gerichtssaal klären.«

»In Ordnung, Mason, wir werden es im Gerichtssaal klären. Und, wenn Sie mich fragen, von Ihnen wird am Ende nicht mehr viel übrig sein.«

Mason blieb im Eingang stehen; sein Gesicht verhärtete sich vor Ärger. »Das muß sich erst noch herausstellen.« Krachend schlug er die Tür hinter sich zu.

20

Während in dem vollbesetzten Gerichtssaal sich noch die Gemüter erregten, nahm Richter Lankersham seinen Platz ein. Das Zischen und Flüstern erstarb, als ein Gerichtsdiener mit dem Klopfen des Hammers zur Ordnung rief.

»Das Volk des Staates Kalifornien gegen Della Street«, verkündete Richter Lankersham.

Mason sprang auf. »Die Angeklagte ist im Gericht anwesend. Sie befindet sich jedoch gegen Kaution auf freiem Fuß. Aus den Gerichtsakten ist ersichtlich, daß sie sich dem Gericht wegen dieses Verfahrens zur Verfügung gestellt hat.«

Richter Lankersham sagte: »Sie wird auf Grund der Kaution während des Verfahrens auf freiem Fuß bleiben. Wenn ich es richtig verstehe, wurde auf Antrag der Verteidigung für diese Aktion ein Schnellverfahren angesetzt.«

»Das ist richtig«, sagte Hamilton Burger.

»Ich möchte gern von der Anklagevertretung den Fall geschildert haben.«

Burger sagte: »Euer Ehren, ich werde eine kurze einführende Erklärung abgeben. Es ist die Ansicht der Anklagevertretung, daß, während die Polizei ein Kapitalverbrechen ermittelte, ein Angriff mit einer tödlichen Waffe in der Absicht zu morden, von unbekannten Personen gegen einen gewissen Jerry Templar geführt wurde und daß die Angeklagte wissentlich einen zuverlässigen Zeugen, einen gewissen Franklin Shore, verschwieg, der über Informationen verfügte, die der Polizei eine wertvolle Hilfe bei der Aufklärung des Verbrechens gewesen wären, hätte man die Informationen ihr mitgeteilt. Präzisiert: Der Angeklagten wird zur Last gelegt, sie habe den Zeugen, obwohl sie sich der Bedeutung der Fakten, die er kannte, bewußt war, vor der Polizei verborgen und daß sie ihn noch verborgen hält.«

»Und die Angeklagte plädiert auf nichtschuldig?« fragte Richter Lankersham.

»Die Angeklagte plädiert auf nichtschuldig und beantragt eine gerichtliche Untersuchung«, sagte Mason. »Und um unser tiefes Vertrauen in diesem Fall zu bekunden, werden wir die ersten zwölf Namen, die zur Auswahl der Geschworenen aufgerufen werden, ohne jegliche Prüfung akzeptieren.«

Richter Lankersham blickte Perry Mason über seine Brillengläser an. »Aber Sie bestehen doch darauf, daß der Fall vor einer Jury verhandelt wird?«

»Gewiß. Weil sie dem Staatsbürger durch die Verfassung garantiert wird. Wir haben zu viele unserer verfassungsmäßigen Garantien verloren, dadurch, daß wir nicht auf ihnen bestanden. Um der Angeklagten willen bestehe ich auf einer Jury mehr als Geste als aus anderen Gründen. Andernfalls wäre ich gern bereit, die Entscheidung darüber dem Ermessen Euer Ehren anheimzustellen.«

»Akzeptieren Sie Mr. Masons Antrag, daß die ersten zwölf Personen, deren Namen aufgerufen werden, die Jury bilden mögen?«

Hamilton Burger, der persönlich das Verfahren eingeleitet hatte, erhob sich und sagte: »Nein, Euer Ehren, wir werden die in Aussicht gestellten Geschworenen in der üblichen Weise befragen.«

Mason lehnte sich bequem auf seinem Stuhl zurück. »Ich habe an keinen der Geschworenen eine Frage«, sagte er mit einem Lächeln. »Ich verzichte auf mein Recht, sie zu überprüfen. Ich bin damit zufrieden, daß irgendwelche zwölf amerikanischen Bürger, die auf der Geschworenenbank sitzen, der Angeklagten ein faires Urteil geben werden, wenn die Tatsachen dafür sprechen – und das ist alles, was die Angeklagte erwartet.«

»Das Gericht wird zur Kenntnis nehmen«, sagte Burger eisig, »daß der Verzicht des Verteidigers auf seine Rechte eine dramatische Geste ist, die den Zweck verfolgt, die Geschworenen im voraus zu seinen Gunsten zu beeinflussen und ...«

»Das genügt«, unterbrach ihn Richter Lankersham. »Die Geschworenen werden alle nicht zur Sache gehörigen Bemerkungen sowohl des Verteidigers als auch des Anklagevertreters überhören. Kommen wir zur Sache. Unter den gegebenen Umständen, Mr. Burger, fällt es Ihnen zu, die Geschworenen zu befragen.«

Und Burger befragte sie mit mathematischer Gründlichkeit, als sollten sie über einen Mordfall entscheiden, während Mason, ein amüsiertes Lächeln auf dem Gesicht, bequem auf seinem Stuhl zurückgelehnt saß und sich deutlich anmerken ließ, daß er weder den Fragen noch den Antworten die geringste Beachtung schenkte. Je länger Burger die Geschworenen verhörte, desto mehr erweckte er bei ihnen den Eindruck, daß er an ihrer Redlichkeit und Unparteilichkeit zweifelte, was natürlich ungünstig zu der Haltung des Verteidigers kontrastierte. Zweimal versuchten seine Assistenten ihn zu warnen, aber Burger fragte hartnäckig weiter.

Als er fertig war, stellte Richter Lankersham den Geschworenen noch einige Routinefragen und wandte sich dann an Burger: »Die Verteidigung hat auf alle Einwände gegen die Geschworenen verzichtet. Haben Sie irgendwelche Einwände?«

Burger schüttelte den Kopf. Mason drehte sich um und sah lächelnd zu den Geschworenen hinüber. Allmählich dämmerte es allen Anwesenden, daß die ganze Prozedur darauf hinauslief, daß wirklich die ersten zwölf befragten Personen die Jury bildeten.

Hamilton Burger legte der Jury kurz dar, was er beweisen wollte. Dann sagte er: »Als meinen ersten Zeugen rufe ich Helen Kendal.«

Helen Kendal war sich der vielen Blicke bewußt, die auf ihr ruhten, als sie durch den dichtgefüllten Gerichtssaal nach vorn kam. Nachdem sie vereidigt worden war und dem Protokollführer Namen und Adresse angegeben hatte, blickte sie Hamilton Burger erwartungsvoll an.

»Erinnern Sie sich noch an den dreizehnten dieses Monats?«

»Ja.«

»Ich möchte Sie bitten, mir zu sagen, ob sich an diesem Abend irgend etwas Ungewöhnliches ereignete.«

»Ja.«

»Was?«

»Zuerst bekam meine Katze Krämpfe, und ich brachte sie schnell zum Tierarzt. Er sagte mir, es sei ...« Burger hob die Hand.

»Die Meinung einer anderen Person ist hier unwesentlich. Sie sollen nur das aussagen, was Sie selbst wissen. Also, zu dem Zeitpunkt, als Ihre Katze krank wurde, passierte da noch etwas Außergewöhnliches?«

»Ja, Sir. Ich erhielt einen Telefonanruf von meinem Onkel.«

»Haben Sie nicht zwei Onkel?«

»Ja. Dieser Anruf kam von Onkel Franklin.«

»Meinen Sie mit Onkel Franklin Mr. Franklin B. Shore?«

»Ja.«

»Wann haben Sie Franklin B. Shore das letztemal gesehen?«
»Ungefähr vor zehn Jahren, kurz vor seinem Verschwinden.«
»Ihr Onkel Franklin B. Shore ist vor zehn Jahren auf mysteriöse Weise verschwunden?«
»Ja, Sir.«
Hamilton Burger wandte sich an das Gericht. »Ich werde der Zeugin Suggestivfragen über einige Punkte stellen, die nicht zum Beweisthema gehören, die ich den Geschworenen aber aus bestimmten Gründen zur Kenntnis bringen möchte.«
»Ich habe keine Einwände«, sagte Mason.
»Was sagte Ihr Onkel Ihnen am Telefon?«
»Einspruch«, sagte Mason. »Die Zeugin soll hier nicht über Dinge aussagen, die sie nur vom Hörensagen weiß.«
»Euer Ehren«, sagte Burger. »Ich will hiermit keine Beweise für Fakten erbringen, die die Angeklagte belasten könnten. Ich will nur die Situation deutlich machen, die an jenem Abend bestand und die einzelnen Handlungen der beteiligten Personen erklärt.«
»Einspruch abgelehnt«, sagte Richter Lankersham. »Ich werde aber nachher festlegen, inwieweit die Antworten von den Geschworenen in Erwägung gezogen werden sollen.«
»Was hat Ihr Onkel Ihnen gesagt?«
»Er fragte mich, ob ich wüßte, mit wem ich spräche. Ich sagte ihm, ich wüßte es nicht. Er nannte mir dann seinen Namen und sagte mir Dinge, die seine Identität bewiesen.«
»Das ist eine Schlußfolgerung«, sagte Hamilton Burger hastig. »Was sagte er?«
»Er erinnerte mich an Ereignisse, von denen nur mein Onkel wußte.«
»Was ich von Ihnen wissen will, ist«, sagte Hamilton Burger, »was Sie für ihn tun sollten?«
»Er bat mich, noch am selben Tag zu Mr. Perry Mason zu gehen und dann mit ihm zusammen ins *Castle Gate Hotel* zu kommen. Erst sollte ich nach Mr. Henry Leech fragen, der mich zu ihm bringen würde. Ich sollte niemand anders ins Vertrauen ziehen. Insbesondere durfte meine Tante nichts davon wissen.«
»Ihre Tante Matilda ist Franklin Shores Frau?«
»Ja.«
»Und unternahmen Sie dann später am Abend einen Versuch, mit Mr. Leech zusammenzutreffen?«

»Ja.«
»Was taten Sie?«
»Wir gingen ins *Castle Gate Hotel.* Man teilte uns mit, daß Mr. Leech nicht da sei. Ein Brief wurde abgegeben, in dem stand, wo wir ...«
»Einen Moment bitte«, sagte Hamilton Burger. »Ich werde Ihnen einen Brief zeigen und Sie fragen, ob es derjenige ist.« Dann wandte er sich an das Gericht. »Ich möchte, daß dieser Brief als Beweisstück A gekennzeichnet wird, und ihn dann den Geschworenen vorlegen.«
Das Dokument wurde sorgfältig gestempelt, und Burger las es den Geschworenen vor.
»Also«, fragte er Helen Kendal. »Was unternahmen Sie in bezug auf diesen Brief? Mit anderen Worten, was taten Sie, nachdem Sie den Brief erhalten hatten?«
»Wir gingen zu dem bezeichneten Treffpunkt.«
»Eine Straßenkarte lag bei?«
»Ja.«
»Ich werde Ihnen die Karte zeigen und Sie fragen, ob es die betreffende ist. Ich bitte darum, sie als Beweisstück B zu kennzeichnen.«
»Keine Einwände«, sagte Mason.
»Sie gingen also zu der bezeichneten Stelle?« fragte Burger die Zeugin.
»Ja.«
»Was fanden Sie dort?«
»Der Treffpunkt war ein Wasserreservoir in den Bergen oberhalb von Hollywood. Neben dem Reservoir parkte ein Auto. In dem Auto saß ein Mann. Das heißt, er war über das Lenkrad gesunken. Er war tot. Er ... war ermordet worden.«
»War dieser Mann ein Fremder für Sie?«
»Ja.«
»Wer war zu dem Zeitpunkt bei Ihnen?«
»Mein Onkel Gerald Shore, Mr. Mason und Miss Street.«
»Meinen Sie mit Miss Street Miss Della Street, die Angeklagte in diesem Prozeß?«
»Ja, Sir.«
»Und was passierte dann? Was taten Sie?«
»Mr. Mason fuhr weg, um die Polizei zu rufen. Wir drei blieben beim Wagen.«

»Was dann?«
»Die Polizei kam und stellte uns Fragen. Dann brachte Onkel Gerald uns nach Hause. Später fuhren wir in eine Klinik, um nach Tante Matilda zu sehen. Und anschließend brachte Onkel Gerald mich wieder nach Hause.«
»Mit ›zu Hause‹ meinen Sie das Haus von Mrs. Shore?«
»Ja, Sir.«
»Was geschah?«
»Sie setzten mich vor dem Haus ab. Die anderen fuhren nach . . .«
»Wohin die anderen fuhren, wissen Sie nur vom Hörensagen. Es ist also ohne Bedeutung. Sie fuhren jedenfalls weg?«
»Ja.«
»Was geschah dann?«
»Ich erhielt den Besuch eines Freundes.«
»Wie ist sein Name?«
»Jerry Templar.«
»Ein junger Mann, mit dem Sie eng befreundet sind?«
»Ich würde sagen, ja.«
»Und wer war zu dem Zeitpunkt im Hause?«
»Komo, der Diener, schlief im Souterrain. Mrs. Parker, die Köchin, war in ihrem Zimmer über der Garage. Mr. Templar und ich saßen im Wohnzimmer.«
»Was passierte?«
»Wir hörten ein merkwürdiges Geräusch im Schlafzimmer meiner Tante. So, als hätte jemand einen Gegenstand umgeworfen. Dann begannen die Wellensittiche in ihrem Zimmer zu kreischen. Einen Moment später hörten wir die Schritte meiner Tante.«
»Gibt es etwas Besonderes am Gang Ihrer Tante?«
»Ja. Sie zieht beim Gehen ihren rechten Fuß nach und benutzt einen Stock.«
»Was geschah dann?«
»Ich wußte, daß meine Tante nicht im Hause war. Ich sagte es Jerry. Er ging sofort in den Flur und öffnete die Schlafzimmertür. Ich hab mir gar nicht überlegt, in welche Gefahr ich ihn da brachte . . . ich . . .«
»Was geschah dann?«
»Jemand, der im Zimmer war, gab zwei Schüsse ab. Die erste Kugel verfehlte meinen Kopf. Die zweite . . . traf Jerry.«

»Was taten Sie daraufhin?«
»Ich weiß nicht genau. Ich zerrte ihn von der Tür weg. Und dann kam er wieder zu sich. Eine Zeitlang war er bewußtlos gewesen. Als er die Augen öffnete, sagte ich ihm, daß ich einen Arzt und einen Krankenwagen rufen würde. Er meinte, wir sollten lieber ein Taxi nehmen. Also telefonierte ich nach einem Taxi. Wir brachten ihn schnellstens ins Krankenhaus. Dort wurde er nach ein oder zwei Stunden von Dr. Rosllyn operiert.«
»Sie blieben solange im Krankenhaus?«
»Ja. Bis nach der Operation und bis ich gesehen hatte, daß es ihm besserging.«
»Kreuzverhör«, schnaubte Burger.
Mason sagte: »Sie wissen nicht, wie lange Jerry Templar bewußtlos war?«
»Nein. Für mich war alles wie ein Alptraum.«
»Wissen Sie, wie lange, nachdem der Schuß abgefeuert worden war, Sie im Krankenhaus ankamen?«
»Nein. Ich kann es Ihnen wirklich nicht sagen.«
»Und Sie wissen auch nicht, wie lange, nachdem wir Sie zu Hause abgesetzt hatten, die Schüsse fielen?«
»Also ... es könnte ... es kann eine Stunde gewesen sein. Vielleicht auch nur eine halbe Stunde. Ich glaube, zwischen einer halben und einer Stunde.«
»Genauer können Sie es nicht sagen?«
»Nein.«
»Sie waren etwa vierzehn Jahre alt, als der Onkel verschwand?«
»Ja.«
»Können Sie mir den genauen Zeitpunkt sagen, zu dem die Katze krank wurde? Wie lange nach dem Anruf war es?«
»Sofort nachdem ich den Hörer aufgelegt hatte, bemerkte ich, daß die Katze krank war.«
»Sie bemerkten es?«
»Meine Tante machte mich darauf aufmerksam.«
»Mit Ihrer Tante meinen Sie Matilda Shore?«
»Ja.«
»Was taten Sie mit der Katze?«
»Ich brachte sie zum Tierarzt.«
Burger sagte: »Moment bitte, Euer Ehren. Ich habe eine wich-

tige Frage vergessen. Ich möchte gern hier unterbrechen, damit sie ins Protokoll kommt.«

»Keine Einwände«, sagte Mason leutselig.

»Gingen Sie an jenem Abend nach dem Dinner noch einmal zum Tierarzt?«

»Ja.«

»Und wie war der Zustand der Katze zu dieser Zeit?«

»Der Katze ging es gut. Sie war nur noch ein wenig schwach.«

»Was taten Sie mit ihr?«

»Ich nahm sie mit. Der Tierarzt schlug vor, daß wir . . .«

»Was der Tierarzt vorschlug, ist unwesentlich.«

Mason sagte leutselig: »Lassen Sie es sie doch ruhig sagen. Wenn ich Sie recht verstanden habe, Miss Kendal, schlug der Tierarzt Ihnen vor, daß seiner Meinung nach jemand versucht hatte, die Katze zu vergiften, und es deswegen besser sei, sie vorläufig wegzugeben. Sie brachten Sie zu Tom Lunk, dem Gärtner. War es nicht so?«

»Ja, das stimmt.«

Mason sagte: »Das ist alles.« Burger nickte zustimmend.

Hamilton Burger rief dann Lieutenant Tragg in den Zeugenstand. Tragg sagte mit der Knappheit und Klarheit des Polizeibeamten aus, der schon zum hundertstenmal im Zeugenstand steht. Er berichtete, daß er einen Telefonanruf erhalten habe, in die Berge oberhalb von Hollywood gefahren sei und dort den Toten gefunden habe. Er sagte weiter aus, er habe Mr. Mason in der betreffenden Nacht bei seiner Anwesenheit in Mrs. Shores Haus davon in Kenntnis gesetzt, daß er Mr. Franklin Shore als Zeugen vor dem Geschworenengericht aussagen lassen wollte, und ihn ausdrücklich darauf hingewiesen, wie wichtig es für die Polizei sei, Franklin Shore ausfindig zu machen und ihn zu verhören. Dann berichtete Tragg über die Ergebnisse seiner Ermittlungen im Haus von Matilda Shore nach den Schüssen auf Jerry Templar, wobei er die Aufmerksamkeit der Geschworenen besonders auf die Tatsache lenkte, daß der Schreibtisch aufgebrochen worden war. Er identifizierte Fotos, die den Zustand des Schlafzimmers zum Zeitpunkt seines Eintreffens zeigten. Burger fügte sie dem Beweismaterial bei.

Beim Kreuzverhör nahm Mason eine besonders leutselige Haltung ein. »Lieutenant, auf dem Taschentuch, das Sie bei dem

Toten fanden, befand sich ein Wäschezeichen. Haben Sie sich der Mühe unterzogen, herauszufinden, woher es stammt?«
»Nun, ja.«
»Und Sie fanden heraus, daß es aus einer Wäscherei in Miami, Florida, stammt, die seit etwa sechs Jahren nicht mehr existiert, nicht wahr?«
»Das stimmt.«
»Erinnern Sie sich noch an das, was ich Ihnen sagte, als Sie mir die Uhr des Toten zeigten? Ich machte Sie darauf aufmerksam, daß der Indikator anzeigte, daß die Uhr ungefähr um vier Uhr dreißig oder um fünf Uhr am Mordtag aufgezogen worden war.«
»Das stimmt.«
»Haben Sie den Füllhalter untersucht?«
»Ja.«
»Und was haben Sie festgestellt?«
Tragg sagte: »Er war ausgetrocknet.«
»Ihre Beobachtungen nach den Schüssen auf Jerry Templar lassen darauf schließen, daß der Angreifer durch ein Fenster im Erdgeschoß an der Nordseite ins Haus eingedrungen ist. Stimmt das?«
»Ja.«
»Und als er das Zimmer betrat, stieß er an ein Möbelstück, das neben dem Bett stand?«
»Ja.«
»Dann nahm er einen Stock, der sich anscheinend im Zimmer befand, und ahmte die Schritte von Mrs. Shore nach?«
»Ich glaube, das vorhandene Beweismaterial läßt mit Sicherheit darauf schließen. Natürlich weiß ich es nicht aus persönlicher Erfahrung.«
»Aber Sie fanden in der Ecke, aus der die Schüsse abgefeuert wurden, einen Stock?«
»Ja.«
»Übrigens, Lieutenant, soviel ich weiß, berichteten Sie, daß Sie Thomas Lunk in einem Hotel in Downtown festnahmen, wo er unter dem Namen Thomas Trimmer im Hotelregister eingetragen war?«
»Ja.«
»Woher wußten Sie, daß er sich in dem Hotel aufhielt?«
Tragg lächelte. »Das werde ich Ihnen nicht verraten.«

»Da es sich hier nicht um ein wirkliches Kreuzverhör handelt, ist der Zeuge durchaus berechtigt, seine Informationsquellen nicht preiszugeben«, warf Hamilton Burger ein.
Mason sagte: »Ich ziehe die Frage zurück und möchte Sie etwas anderes fragen. War es nicht so, daß Sie in das Hotel gingen, weil Sie durch einen anonymen Anrufer Lunks Aufenthaltsort, den Namen, unter dem er sich eingetragen hatte, und seine Zimmernummer erfuhren.«
»Einspruch. Für diese Frage gilt dasselbe wie für die vorhergehende«, sagte Burger. Richter Lankersham überlegte einen Moment. Dann fragte er Mason: »Welchen Zweck verfolgen Sie mit Ihrer Frage, Mr. Mason?«
»Ich will hier nur den genauen Tatbestand darstellen«, sagte er. »Meiner Meinung nach, Euer Ehren, könnte die Antwort wesentlich sein. Stellen Sie sich zum Beispiel vor, ich wäre derjenige gewesen, der Lieutenant Tragg am Telefon den Tip gegeben hat.«
»Sie wollen damit nicht sagen, daß Sie es wirklich waren?« fragte Richter Lankersham.
»Im Augenblick nicht, Euer Ehren. Aber es ist nur fair gegenüber der Angeklagten, wenn der Zeuge diese eine Frage beantwortet.«
»Einspruch abgelehnt«, sagte Richter Lankersham. »Ich bezweifle zwar, daß es für den Tatbestand wirklich so wichtig ist, aber ich will der Verteidigung beim Kreuzverhör soviel Spielraum wie möglich geben. Die Frage zwingt den Lieutenant nicht dazu, seine Informationsquellen preiszugeben. Beantworten Sie die Frage.«
Tragg wählte seine Worte sorgfältig. »Ich erhielt einen anonymen Anruf, bei dem ich in etwa die von Mr. Mason erwähnten Informationen bekam.«
Mason lächelte. »Keine weiteren Fragen.«
»Als meinen nächsten Zeugen rufe ich Mrs. Matilda Shore«, sagte Burger. Matilda Shore erhob sich mühsam von ihrem Platz und humpelte in den Zeugenstand. Dabei hatten die Geschworenen und die Zuschauer Gelegenheit, das typische Geräusch ihrer Schritte zu hören. Nachdem sie vereidigt worden war und Namen und Adresse genannt hatte, kam Burger sofort zur Sache.
»Sie sind die Frau von Franklin B. Shore?«

»Jawohl.«
»Und wo hält Mr. Shore sich im Augenblick auf?«
»Ich weiß es nicht.«
»Wann haben Sie ihn das letztemal gesehen?«
»Ungefähr vor zehn Jahren.«
»Könnten Sie uns das genaue Datum nennen?«
»Am dritten Januar 1932.«
»Was geschah an jenem Tag?«
»Er verschwand. Jemand war bei ihm in seinem Arbeitszimmer und verlangte Geld. Eine Zeitlang sprachen sie sehr laut. Sie schienen zu streiten, dann wurden die Stimmen leiser. Ich ging zu Bett. Danach habe ich meinen Mann nie wieder gesehen. Er war verschwunden. Ich wußte aber, daß er nicht tot war. Ich wußte, daß er eines Tages wiederauftauchen würde ...«
»Wir wollen nicht von Ihnen wissen, was Sie fühlten oder vermuteten«, unterbrach Burger sie hastig. »Ich möchte nur einige Dinge feststellen, die eventuell eine Erklärung für das Eindringen einer Person in Ihr Haus erbringen, einer Person, die gestört wurde, bevor sie das, was sie vorhatte, ausführen konnte. Zu diesem Zweck möchte ich Sie bitten, mir folgende Fragen zu beantworten: Wissen Sie, ob kurz vor und kurz nach dem Verschwinden Ihres Mannes einige Schecks eingelöst wurden?«
»Ja.«
»Belief sich einer dieser Schecks auf zehntausend Dollar?«
»Ja.«
»Auf welchen Namen war er ausgestellt?«
»Auf den Namen Rodney French.«
»Es waren noch mehr Schecks da?«
»Ja.«
»Wo waren die Schecks, als Sie sie zuletzt sahen?«
»Sie lagen im Geheimfach eines Schreibtisches, den jemand gegen die Wand gestoßen hatte.«
»Handelt es sich um einen alten Schreibtisch?«
»Ja. Er stand früher im Arbeitszimmer meines Mannes. Es war sein Schreibtisch.«
»Und Sie benutzten ihn am dreizehnten dieses Monats?«
»Das ist richtig.«
»Und die erwähnten Schecks waren darin?«
»Ja.«

»Wie viele waren es?«
»Ungefähr ein Dutzend. Sie befanden sich in einem Briefumschlag. Es waren Schecks, die entweder während der letzten paar Tage vor seinem Verschwinden eingelöst wurden, und Schecks, die er kurz vor seinem Verschwinden ausgestellt hat und die danach eingelöst wurden.«
»Wann verließen Sie am Abend des Dreizehnten das Haus?«
»Ich kann mich nicht genau erinnern, wie spät es war. Ich wollte gerade zu Bett gehen. Es wird also etwa gegen zehn Uhr gewesen sein. Ich trank wie gewöhnlich meine Flasche Stout. Kurze Zeit später wurde es mir schrecklich übel. Da mir einfiel, daß die Katze an diesem Nachmittag beinahe vergiftet worden wäre, nahm ich ein Brechmittel und ließ mich sofort ins Krankenhaus fahren.«
»Wo befanden sich die erwähnten Schecks, als Sie ins Krankenhaus fuhren?«
»Im Schreibtisch im Geheimfach.«
»Woher wissen Sie das?«
»Ich hatte sie mir kurz vorher noch angesehen. Und ich habe das Schlafzimmer nur einmal verlassen, um mir die Flasche Stout und ein Glas aus der Küche zu holen.«
»Wann betraten Sie Ihr Schlafzimmer nach dem Vorfall das erstemal wieder?«
»Am anderen Morgen um neun Uhr, nachdem ich aus dem Krankenhaus entlassen worden war.«
»Hat jemand Sie begleitet?«
»Ja. Lieutenant Tragg.«
»Untersuchten Sie auf seinen Vorschlag hin Ihr Zimmer, um festzustellen, ob etwas fehlte?«
»Ja.«
»Und fehlte etwas?«
»Nein.«
Burger zeigte ihr die Uhr und den Füllhalter, die neben Leechs Leiche gefunden wurden. Mrs. Shore identifizierte sie mit Bestimmtheit als Eigentum ihres Mannes. Er habe beide Gegenstände in der Nacht seines Verschwindens bei sich gehabt. Sie habe sie nie wiedergesehen, bis die Polizei sie ihr zeigte.
»Kreuzverhör«, sagte Burger.
»Sie stellten fest, daß gar nichts aus Ihrem Zimmer fehlte, als Sie beim Heimkommen nachsahen?«

»Ja.«

Mason sagte: »Keine weiteren Fragen.«

In kurzer Zeit hatte Burger alle Fakten, die dem Fall zugrunde lagen, aufgezeigt. Er rief den Gerichtsarzt, danach Dr. Rosllyn in den Zeugenstand und ließ die Kugeln identifizieren, die auf Henry Leech und auf Jerry Templar abgefeuert worden waren. Dann ließ er sich von Lieutenant Tragg die Kugel geben, die im Holz des Türrahmens im Haus von Mrs. Shore gesteckt hatte. Im Anschluß daran vernahm er den Sachverständigen aus dem Kriminallabor, der Fotos vorlegte, auf denen deutlich zu erkennen war, daß alle drei Kugeln aus derselben Waffe stammten.

Richter Lankersham warf einen Blick auf die Uhr. »Denken Sie bitte daran«, sagte er zu Burger, »daß wir im Augenblick nicht den Mordfall verhandeln.«

»Ich weiß, Euer Ehren. Aber ich will nur die Vorfälle erhellen, die mit dem hier verhandelten Fall in enger Verbindung stehen. Dadurch versuche ich den Geschworenen vor Augen zu führen, wie ganz besonders wichtig es war, daß die Polizei nicht bei ihrer Arbeit behindert wurde.«

Richter Lankersham nickte und blickte neugierig zu Mason hinüber, der ein Gesicht machte, als interessiere ihn die ganze Prozedur herzlich wenig.

»Ich rufe jetzt Thomas Lunk in den Zeugenstand«, verkündete Hamilton Burger in triumphierendem Ton.

Lunk schlurfte nach vorne. Er schien nur widerwillig auszusagen, und Burger mußte seine Geschichte mühsam Stückchen für Stückchen aus ihm herauslocken. Manchmal mußte er seinen eigenen Zeugen förmlich ins Kreuzverhör nehmen, damit er überhaupt etwas aus ihm herausbekam. Richter Lankersham ließ es wegen der offensichtlichen Feindseligkeit des Zeugen durchgehen. Im ganzen gesehen bildete Lunks Geschichte einen dramatischen Höhepunkt zu dem Fall, den der District Attorney so geschickt aufgebaut hatte. Lunk berichtete, wie er an dem betreffenden Abend von der Arbeit nach Hause gekommen sei und Helen Kendal ihm dann die Katze gebracht hätte. Wie er sich später hingesetzt habe, um Radio zu hören und die Zeitung zu lesen, und wie plötzlich Schritte die Treppe heraufgekommen seien und jemand an die Tür klopfte. Er hatte die Tür geöffnet und wäre fast vom Schlag getroffen worden, als sein früherer Arbeitgeber vor ihm stand. Er erwähnte nur kurz, daß sie sich eine Weile unterhalten hätten und Shore dann zu Bett gegangen sei. Er hatte so lange gewartet, bis er sicher sein konnte, sein Besucher sei eingeschlafen, und hatte sich dann hinausgeschlichen. Er war mit der Straßenbahn bis zu der Haltestelle kurz vor Mrs. Shores Haus gefahren. Dort habe ihn die Angeklagte angesprochen und ihn gefragt, ob er zu Mrs. Shore wollte. Dann hatte sie ihn in ihren Wagen einsteigen lassen und ihm gesagt, sie werde ihn zu ihr bringen. Sie habe ihn, gab er widerstrebend zu, eine Weile hingehalten, bis Perry Mason auf der Bildfläche erschienen sei, worauf sie zum Krankenhaus fuhren und Mason ihm gesagt hatte, Mrs. Shore stehe unter Polizeibewachung. Dann habe Mason ihn ins *Maple Leaf Hotel* gebracht und ein Zimmer unter dem Namen Thomas Trimmer für ihn gemietet. Als er gerade im Begriff gewesen sei, sich auszuziehen, habe es an die Tür geklopft, und die Polizisten hätten ihn festgenommen. Natürlich hatte er keine Ahnung, woher die Polizei seinen Aufenthaltsort kannte.

»Mr. Shore war also im Bett, als Sie ihn verließen?«

»Ja.«

»Und Sie glaubten, daß er schlief?«

»Was der Zeuge glaubte, ist unwesentlich«, sagte Mason. »Nur was er gesehen und gehört hat, zählt.«

»Also gut«, räumte Burger widerwillig ein. »Ich werde die Frage anders formulieren. Haben Sie etwas gehört oder gesehen, das anzeigte, ob er schlief oder wach war?«

»Nun, er schnarchte«, sagte Lunk mürrisch.

»Und Sie waren zu dem Zeitpunkt völlig angezogen? Sie waren noch nicht im Bett gewesen?«

»Nein.«

»Sie verließen also das Haus?«

»Ja.«

»Sie gingen zur Straßenbahnhaltestelle?«

»Ja.«

»Wie weit war das?«

»Einen Block weiter.«

»Wie lange mußten Sie auf die Straßenbahn warten?«

»Als ich an der Ecke war, kam gerade eine. Ich sprang auf.«

»Wie lange fuhren Sie mit der Straßenbahn?«

»Höchstens zehn Minuten.«

»Nachdem Sie ausgestiegen waren, sprach die Angeklagte Sie an. Wie lange danach?«

»Keine Ahnung.«

»War es eine Minute, zwei, fünf oder zwanzig Minuten?«

»Eine Minute vielleicht«, sagte Lunk.

Hamilton Burger wandte sich an den Richter. »Ich möchte an diesem Punkt zu bedenken geben, Euer Ehren, wie absurd es wäre zu glauben, daß der Mann, der friedlich schlief, als Mr. Lunk ihn verließ, in dieser kurzen Zeitspanne aufwachte, sich anzog und das Haus verließ. Die Geschworenen werden vernünftigerweise zu dem Schluß kommen, daß er sich zu dem Zeitpunkt, als die Angeklagte den Zeugen Lunk ansprach, noch in besagtem Hause befand.«

»Das ist eine Schlußfolgerung, die der Anklagevertreter den Geschworenen in seinem Plädoyer vortragen kann«, sagte Mason. »Im Augenblick hat er kein Recht dazu. Ich würde sagen . . .«

Richter Lankersham unterbrach ihn. »Bitte beachten Sie die Argumentation des Anklagevertreters zu diesem Zeitpunkt nicht«, ermahnte er die Geschworenen. »Sie war ausschließlich für das Gericht bestimmt. Fahren Sie mit der Befragung Ihres Zeugen fort, Mr. Burger.«

»Nachdem die Angeklagte Sie also mitgenommen hatte, trafen Sie Mr. Mason, nicht wahr?«

»Ja.«

»Und später brachte Mr. Mason Sie ins Hotel?«

»Ja.«

»War die Angeklagte, Miss Street, die ganze Zeit mit Ihnen zusammen?«

»Nein.«

»Wann hat sie Sie verlassen?«

»Ich kann mich nicht erinnern.«

»Können Sie mir wenigstens sagen, wo sie Sie verließ? War es nicht vor einem Hotel?«

»Das würde ich nicht sagen.«

»Aber sie nahm von dort, wo sie ausstieg, ein Taxi, nicht wahr?«

»Ich glaube, es war ein Taxi da.«

»Und danach kaufte Mr. Mason mit Ihnen zusammen ein paar

Blumen, die Sie Mrs. Shore in die Klinik schicken ließen, ging mit in Ihr Haus, inspizierte es und fuhr Sie dann in das besagte Hotel?«
Der Zeuge zögerte sekundenlang. Dann sagte er unwirsch: »Ja.«
»Kreuzverhör, Mr. Mason«, sagte Burger triumphierend.
Mason blickte den Zeugen an. »Mr. Lunk, ich möchte, daß Sie meine Fragen ganz offen beantworten. Verstehen Sie?«
»Ja, Sir.«
»Nachdem Miss Street uns verlassen hatte, gingen wir in Ihr Haus, war es nicht so?«
»Ja.«
»Wir trafen dort etwa gegen vier bis vier Uhr dreißig morgens ein?«
»Ich glaube, ja.«
»War es kalt?«
»Ja.«
»Das Haus war nicht geheizt?«
»Nein.«
»Sie zündeten einen Gasofen an, als wir ankamen?«
»Das stimmt.«
»Als Sie das Haus verließen, war die Tür zwischen dem vorderen Schlafzimmer und dem Badezimmer geschlossen?«
»Ja.«
»Und als wir dort ankamen, war diese Tür offen?«
»Ja.«
»Und die Schranktüren und Schubfächer standen weit offen, und der Inhalt war herausgerissen worden?«
»Ganz recht.«
»Fehlte irgend etwas?«
»Ja. Jemand hatte mein ganzes Bargeld, das ich in meinem guten Anzug aufbewahrte, herausgenommen.«
»Wieviel Geld war es?«
»Einspruch«, rief Burger. »Das ist völlig belanglos. Es hat doch überhaupt nichts mit dem Fall zu tun.«
»Einspruch abgelehnt«, sagte der Richter. »Der Verteidiger hat das Recht, alles zu beleuchten, was möglicherweise darauf hindeutet, daß Franklin Shore das Haus zu einem früheren Zeitpunkt verließ, als der Vertreter der Anklage annimmt.«
»Es fehlten etwa dreihundert Dollar«, sagte Lunk.

»Die Tür zur Speisekammer war geschlossen?«
»Ja, Sir.«
»Nahmen Sie, als Sie Ihr Essen kochten, Mehl aus der Büchse, die sich in der Speisekammer befand?«
»Ja, Sir.«
»Und dabei verschütteten Sie etwas Mehl auf dem Fußboden um die Büchse herum?«
»Ja.«
»Als wir ankamen, war ein Kätzchen im Haus, das Miss Kendal Ihnen kurz vorher gebracht hatte.«
»Das stimmt.«
»Und ich machte Sie darauf aufmerksam, daß die Katze offensichtlich in das verschüttete Mehl in der Speisekammer getreten war, dann die Küche durchquerte und in das hintere Schlafzimmer lief?«
»Das stimmt.«
»Es waren Pfotenspuren vorhanden, die darauf schließen ließen?«
»Ja. Es ist nicht weit von der Speisekammer bis zur Tür vom hinteren Schlafzimmer, nur drei oder vier Meter, glaube ich.«
»Und nicht weiter als vier bis fünf Meter von der Schlafzimmertür zum Bett?«
»Ja.«
»Und ich zeigte Ihnen eine Stelle vor dem Bett, an der die Spuren erkennen ließen, daß die Katze stehengeblieben war, um auf das Bett zu springen?«
»Ja.«
»Und die Katze lag zusammengerollt in dem Bett, das im vorderen Schlafzimmer steht, als wir kamen. Ist das richtig?«
»Das stimmt.«
»Sie erinnern sich genau daran, daß die Speisekammertür geschlossen war?«
»Ja.«
»Auf einem Tisch im Wohnzimmer stand ein Aschenbecher. Daneben lag eine Visitenkarte mit dem Namen George Alber und einem kurzen, handgeschriebenen Text. Im Aschenbecher lag ein kalter Zigarrenstummel?«
»Ja. Die Zigarre hatte Franklin Shore geraucht. Die Karte steckte in der Türritze, als ich wegging.«
»Als Sie weggingen?«

»Ja.«
»Und Sie hatten weder Klopfen noch Klingeln an der Tür gehört, während Sie sich im Hause aufhielten?«
»Nein. Deshalb war ich erstaunt, als ich die Karte bemerkte. Alber muß versucht haben zu klingeln. Die Türklingel funktionierte nicht.«
Der District Attorney sagte zu Mason: »Wäre es möglich, daß wir die weitere Einvernahme dieses Zeugen für den Augenblick zurückstellen und statt dessen zwei Zeugen vernehmen, die es eilig haben? Anschließend kann dieser Zeuge weiter aussagen.«
Mason verbeugte sich zustimmend. »Keine Einwände.«
Burger rief den Taxifahrer in den Zeugenstand, der aussagte, wohin er Della Street gefahren und wie lange er dort auf sie gewartet habe. Dann kam noch einmal Tragg an die Reihe, der angab, daß er die Katze in Della Streets Apartment vorgefunden habe, die von Helen Kendal als diejenige identifiziert wurde, die jemand hatte vergiften wollen und die sie am Abend des Dreizehnten zu Thomas Lunk gebracht hatte. Mason schenkte den Aussagen dieser Zeugen anscheinend nicht die geringste Beachtung. Er legte weder Einspruch gegen eine von Burgers Fragen ein, noch machte er von seinem Recht, die Zeugen ins Kreuzverhör zu nehmen, Gebrauch.
Dann wurde Lunk in den Zeugenstand zurückgerufen. Mason blickte ihn so lange schweigend an, ohne mit seinem Kreuzverhör zu beginnen, bis es jedem Anwesenden im Gerichtssaal klar war, daß das, was jetzt kam, von besonderer Bedeutung sein würde. »Erinnern Sie sich daran, wann Sie zum letztenmal Mehl aus der Dose in der Speisekammer nahmen?«
»Am Dreizehnten morgens. Ich machte mir zum Frühstück ein paar Pfannkuchen.«
»Und seit ich Sie auf das Mehl aufmerksam machte, das rund um die Dose verstreut lag, haben Sie den Deckel nicht mehr abgenommen?«
»Nein, Sir. Ich hätte gar keine Gelegenheit dazu gehabt. Die Polizei holte mich aus dem Hotel und behielt mich von da an unter Arrest.«
»Als den Hauptzeugen«, beeilte sich Hamilton Burger zu erklären. Lunk drehte sich heftig zu ihm und sagte wütend: »Ich weiß nicht, warum Sie es taten. Jedenfalls taten Sie es.«

Richter Lankersham sagte: »Bitte, Herr Zeuge, beschränken Sie sich darauf, die Fragen zu beantworten, die man Ihnen stellt.«
Mason blickte zu Richter Lankersham auf. »Ich bitte Euer Ehren, die Verhandlung für eine halbe Stunde zu unterbrechen. Ich habe keine weiteren Fragen mehr an den Zeugen.«
»Und wie begründen Sie Ihren Antrag?«
Mason lächelte jetzt. »Ich machte die Beobachtung, Euer Ehren, daß in dem Moment, in dem ich die letzte Frage stellte, Lieutenant Tragg mit sichtlicher Eile den Gerichtssaal verließ. Ich vermute, daß eine Unterbrechung von dreißig Minuten ihm die Möglichkeit geben wird, zum Haus von Mr. Lunk zu fahren, die Mehldose zu holen und hierher zurückzukehren.«
»Sie sind also der Meinung, daß die Mehldose am Abend des Dreizehnten oder am Morgen des Vierzehnten dieses Monats von einer anderen Person als dem Zeugen Thomas Lunk geöffnet wurde?«
Mason lächelte ihn strahlend an. »Euer Ehren, ich glaube, Lieutenant Tragg wird eine äußerst interessante Entdeckung machen. Euer Ehren werden meine Position jedoch verstehen. Ich bin nur daran interessiert, die Unschuld dieser Angeklagten zu beweisen. Daher habe ich keine Veranlassung, irgendeine Vermutung dahingehend zu äußern, welche Entdeckung Lieutenant Tragg voraussichtlich machen wird und welcher Beweiswert dieser Entdeckung beizumessen ist.«
Richter Lankersham sagte: »Gut. Die Verhandlung wird für dreißig Minuten unterbrochen.«
Als die Zuschauer den Gerichtssaal räumten, bahnte sich George Alber einen Weg nach vorn. Auf seinem Gesicht lag ein verlegenes Grinsen. »Täte mir leid, wenn die Karte Verwirrung stiften sollte«, sagte er. »Ich fuhr nach dem Theater zufällig an Lunks Haus vorbei und kam auf die Idee anzuhalten und nachzusehen, ob Licht brannte. Als ich sah, daß ein Fenster erleuchtet war, ging ich die Treppe hinauf und drückte auf den Klingelknopf. Aber niemand öffnete. Also ließ ich die Karte da – ich hoffte, Helen würde mir dankbar sein, daß ich an die Katze gedacht hatte. Ich bin gar nicht auf die Idee gekommen, die Klingel könnte nicht funktioniert haben.«
»Sie sagten, es brannte Licht?« fragte Mason.
»Ja. Durch die Ritzen in den Jalousien konnte ich einen Lichtschein erkennen.«

»Wann war das?«
»Oh, ungefähr um Mitternacht.«
Mason schürzte die Lippen. »Das könnten Sie bei Gelegenheit dem District Attorney mitteilen.«
»Das habe ich schon getan. Er sagte, er wüßte, daß die Klingel nicht funktionierte. Es wäre unwichtig.«
Mason sagte: »Dann wird es wohl auch so sein.«

## 21

Als die Verhandlung wiederaufgenommen wurde, ließ Hamilton Burger deutlich erkennen, daß er äußerst erregt war. »Hohes Gericht«, sagte er, »ein wichtiger Umstand ist eingetreten. Ich bitte daher darum, den Zeugen Lunk aus dem Zeugenstand zu entlassen und dafür Lieutenant Tragg noch einmal zurückzurufen.«
»Ich habe keine Einwände«, sagte Mason.
»Sehr gut«, entschied Richter Lankersham. »Lieutenant Tragg, kommen Sie bitte in den Zeugenstand. Sie sind ja schon vereidigt, Lieutenant.« Tragg nickte. Burger fragte: »Waren Sie kürzlich in der Wohnung des Zeugen Lunk?«
»Ja, Sir.«
»Während der letzten dreißig Minuten?«
»Ja, Sir.«
»Was taten Sie dort?«
»Ich ging in die Speisekammer, nahm den Deckel von der Mehldose und griff in das Mehl.«
»Und was fanden Sie dort?«
Tragg gelang es nicht, die Nervosität in seiner Stimme zu verbergen. »Ich fand einen Selbstladerevolver, Kaliber 38, Smith & Wesson.«
»Bitte teilen Sie uns mit, was Sie in bezug auf die betreffende Waffe unternahmen.«
»Ich brachte sie schleunigst ins Labor der Kriminalpolizei, um sie auf Fingerabdrücke untersuchen zu lassen. Ich notierte mir die Nummer der Waffe, und es gelang mir, ihre Herkunft zu verfolgen. Leider stehen die notwendigen Zeugen jedoch erst morgen früh zur Verfügung.«

»Kreuzverhör«, sagte Hamilton Burger.
Mason sagte höflich: »Aber Sie haben sich schon über die Herkunft der Waffe informiert?«
»So ist es. Wir haben vor einiger Zeit eine Liste zusammengestellt, in der jede Waffe, die innerhalb der letzten fünfzehn Jahre verkauft wurde, registriert ist. Natürlich können wir diese Liste dem Gericht nicht als Beweismaterial vorlegen. Wir brauchen die Aussage des Händlers, der den Verkauf tätigte.«
»Ich verstehe, Lieutenant. Aber Sie persönlich konnten Ihrer Liste Informationen entnehmen, die auch den Unterlagen des Waffenhändlers zu entnehmen sein werden.«
»Ja, Sir.«
»Ich verzichte auf alle Einwände, die die Gültigkeit dieser Information als Beweismittel in Frage stellen könnten, und frage Sie, ob Sie nicht der betreffenden Liste entnommen haben, daß dieser Revolver von Franklin B. Shore im Jahre 1932 zu irgendeinem Zeitpunkt vor seinem Verschwinden gekauft wurde?«
Traggs Gesichtsausdruck verriet, daß Masons Frage ihn überraschte. »Ja, Sir. Die Waffe wurde im Oktober 1931 von Franklin Shore gekauft.«
»Und was schließen Sie daraus, Lieutenant?«, fragte Mason.
Richter Lankersham runzelte mißbilligend die Stirn. »Sie wissen, Herr Verteidiger, daß die Antwort auf diese Frage weder als Beweismittel für noch gegen die Angeklagte bewertet werden darf.«
»Ich verstehe«, sagte Mason, »aber gehe ich richtig in der Annahme, daß der Anklagevertreter nichts gegen die Beantwortung dieser Frage einzuwenden hat?«
»So ist es«, sagte Burger, triumphierend zur Geschworenenbank blickend. »Es wäre mir sogar sehr lieb, wenn Lieutenant Tragg die Frage beantwortete.«
Richter Lankersham zögerte immer noch. Dann sagte er: »Es gibt nur einen Grund, warum das Gericht die Beantwortung der Frage im Kreuzverhör zulassen kann: weil dadurch die mögliche Parteilichkeit des Zeugen festgestellt werden könnte. Da der Vertreter der Anklage keine Einwände erhebt, wird das Gericht die Beantwortung der Frage also gestatten. Natürlich kann das Gericht nicht vorher sagen, was der Verteidiger mit der Frage bezweckt. Darum weist das Gericht die Geschwore-

nen ausdrücklich darauf hin, daß die Beantwortung der Frage nur unter dem Gesichtspunkt der möglichen Parteilichkeit des Zeugen bewertet werden darf.«

Tragg sagte: »Meiner Ansicht nach besteht kein Zweifel, daß Franklin Shore aufstand, nachdem Thomas Lunk das Haus verlassen hatte. Daß er in die Speisekammer ging und die Waffe in dem Mehl versteckte. Daß die Katze ihm in die Speisekammer folgte und in das Mehl sprang, das auf dem Boden umherlag. Daß Franklin Shore die Katze dann verjagte. Daß die Katze ins Schlafzimmer lief und in das Bett sprang, das Mr. Shore gerade verlassen hatte. Ich möchte hinzufügen, daß diese Tatsachen eindeutig klarstellen, wie wichtig Franklin Shore als Zeuge ist – und als wie schwerwiegend jeder Versuch demnach angesehen werden muß, ihn an einer Aussage zu hindern.«

Mason lächelte. »Die Tatsachen lassen außerdem eindeutig darauf schließen, daß Franklin Shore, kurz nachdem auf Jerry Templar geschossen wurde, im Besitz der Tatwaffe war, die mit größter Wahrscheinlichkeit mit der identisch ist, aus der die tödlichen Schüsse auf Henry Leech abgefeuert wurden. Ist es nicht so, Herr Zeuge?«

»Einspruch«, rief Burger. »Diese Frage gehört nicht ins Kreuzverhör.«

»Die Frage verstößt wirklich in höchstem Maße gegen die Regel eines Kreuzverhörs«, sagte Lankersham. »Das beweist, wie fragwürdig es ist, einem Polizeibeamten im Zeugenstand zu gestatten, seine Schlußfolgerungen aus bestimmten Tatsachen zu äußern. Der Anklagevertreter hat jedoch den augenblicklichen Verlauf des Kreuzverhörs mit zu verantworten, da er keinen Einspruch gegen die vorausgehende Frage erhob. Diese Frage sollte jedoch nur den Zweck haben, eine mögliche Parteilichkeit des Zeugen festzustellen. Da dem Zeugen aber einmal gestattet wurde, seine Überlegungen zu den Tatsachen zu äußern, muß auch der Verteidigung Gelegenheit gegeben werden, auf mögliche Irrtümer in diesen Überlegungen hinzuweisen. Ich glaube zu wissen, auf was der Verteidiger mit dieser Frage hinaus will, und daß die daran anschließende Frage für den hier verhandelten Fall von größter Bedeutung sein wird. Ich werde also den Zeugen sowohl diese als auch die nächste Frage beantworten lassen.«

Tragg sagte vorsichtig: »Ich weiß nicht, ob dies dieselbe Waffe ist, mit der die Verbrechen verübt wurden. Sie hat das gleiche Kaliber. In der Trommel steckten drei leere Patronenhülsen. Die übrigen Kugeln waren von der gleichen Art wie die, die wir in Leechs Körper fanden, bzw. die im Holz des Türpfostens steckte und die, die bei der Operation aus Jerry Templars Körper entfernt wurde.«
Mason zwinkerte Hamilton Burger zu. Dann wandte er sich zu den Geschworenen um und lächelte triumphierend. »Und jetzt, Lieutenant«, sagte er zu dem Zeugen, »frage ich Sie, ob man nicht annehmen kann, daß, wenn sich diese Waffe wirklich als die Mordwaffe erweisen sollte, die Tatsache, daß Franklin Shore diese Waffe in der Wohnung von Thomas Lunk verbarg, darauf hindeutet, daß er einen triftigen Grund hatte, die Wohnung so schnell wie möglich zu verlassen?«
»Einspruch«, rief Hamilton Burger. »Diese Frage verlangt von dem Zeugen zu weitgehende Mutmaßungen.«
Richter Lankersham sagte: »Es ist genau die Frage, die ich erwartet habe. Der Einspruch wird abgelehnt.«
Tragg sagte: »Ich weiß nicht. Natürlich besteht die Möglichkeit, daß es sich so verhält.«
Richter Lankersham wandte sich an die Jury. »Die Geschworenen mögen bedenken, daß die letzten Fragen und Antworten nur zu dem Zweck gestattet wurden, eine mögliche Voreingenommenheit des Zeugen gegenüber der Angeklagten festzustellen. Ich mache Sie also nochmals darauf aufmerksam, daß sie nur unter diesem Aspekt gewertet werden dürfen und ansonsten keine Beweiskraft haben.«
Mason ging an seinen Platz zurück und sagte zu Lieutenant Tragg: »Als Sie die Waffe in dem Mehl fanden, waren Sie sicher sehr aufgeregt, nicht wahr?«
»Eigentlich nicht.«
»Aber Sie hatten es eilig, zum Gericht zurückzukommen und vorher die Waffe im Polizeilabor abzugeben?«
»Das ist richtig.«
»Sie waren so in Eile, daß Sie sich vermutlich nicht vergewisserten, ob noch etwas anderes in der Mehldose versteckt war.«
»Ich untersuchte das Mehl nicht weiter. Ich nahm die Dose mit und gab sie im Labor ab, um sie dort auf Fingerabdrücke untersuchen zu lassen.«

Mason sah Richter Lankersham an. »Ich schlage vor, daß der Zeuge zu diesem Punkt ...« Am Ende des Gerichtssaals entstand eine Bewegung. Der finstere Schotte aus dem Polizeilabor bahnte sich einen Weg durch die Zuschauer, die sich an der Tür versammelt hatten. Mason sagte: »Ich glaube, Euer Ehren, daß Angus McIntosh eine wichtige Nachricht für uns hat. Wir sind völlig damit einverstanden, Lieutenant Tragg aus dem Zeugenstand zu entlassen und Mr. McIntosh, der ja bereits vereidigt wurde, seinen Platz einnehmen zu lassen.«
Hamilton Burger sagte vorsichtig: »Ich weiß nicht, was der Verteidiger vorhat. Wenn Euer Ehren mich einen Moment entschuldigen wollen, möchte ich mit Mr. McIntosh sprechen.« Burger stand hastig auf und ging zu der Barriere, die die Zuschauer vom Gericht trennte. Er unterhielt sich einige Minuten lang flüsternd mit Angus McIntosh. Dann blickte er sich mit einem verwirrten Stirnrunzeln zu Mason um und sagte zu Richter Lankersham: »Wenn Euer Ehren es erlaubt, möchte ich beantragen, die Verhandlung auf morgen früh zu vertagen.«
»Haben Sie etwas dagegen einzuwenden?« fragte der Richter Perry Mason.
»Euer Ehren. Wenn der District Attorney Angus McIntosh nicht in den Zeugenstand rufen will, möchte ich ihn als Zeugen der Verteidigung vernehmen.«
Hamilton Burger sagte gereizt: »Die Anklagevertretung hat die Beweisaufnahme noch nicht abgeschlossen. Die Verteidigung wird noch genügend Gelegenheit haben, ihre eigenen Zeugen zu vernehmen, wenn die Anklagevertretung soweit ist.«
Richter Lankersham sagte eisig: »Der Antrag, die Verhandlung zu vertagen, wird abgelehnt. Fahren Sie mit der Vernehmung von Lieutenant Tragg fort, Mr. Mason.«
»Ich habe keine weiteren Fragen, Euer Ehren. Ich habe auch keine weiteren Fragen an den Zeugen Lunk, dessen Kreuzverhör unterbrochen wurde.«
Hamilton Burger sagte schnell: »Unter diesen Umständen möchte ich einige Fragen an den Zeugen Lunk richten.«
Richter Lankershams Stimme verriet Ungeduld. »Also gut. Sie können den Zeugenstand verlassen, Lieutenant. Ich rufe den Zeugen Lunk zurück. Aber seien Sie doch so nett, Mr. District Attorney, und verschwenden Sie nicht unnötig Zeit.«

Nachdem Lunk seinen Platz im Zeugenstand wieder eingenommen hatte, sagte Hamilton Burger: »Mr. Lunk, haben Sie irgendwann nach dem Morgen des Dreizehnten dieses Monats die Mehlbüchse in Ihrer Speisekammer geöffnet?«

»Einspruch, die Frage wurde bereits gestellt und beantwortet«, sagte Mason.

»Das ist richtig – aber unter anderen Voraussetzungen«, sagte der Richter. »Der Zeuge soll die Frage beantworten.«

»Nein«, sagte Lunk. »Nachdem ich mir die Pfannkuchen machte, habe ich den Deckel der Mehlbüchse nicht mehr abgenommen.«

»Haben Sie die Mehlbüchse noch für andere Zwecke benutzt, als Mehl darin aufzubewahren? Mit anderen Worten, haben Sie jemals etwas anderes in die Mehlbüchse hineingetan?«

»Nein, Sir.«

Burger zögerte, dann sagte er: »Das ist alles.«

»Keine Fragen«, sagte Mason.

Burger sagte mürrisch: »Angus McIntosh wird in den Zeugenstand treten. Mr. McIntosh wurde bereits vereidigt.«

McIntosh trat in den Zeugenstand.

»Hat Ihnen Lieutenant Tragg vor einigen Minuten eine Mehlbüchse gegeben?« fragte Hamilton Burger.

»Ja, Sir.«

»Was haben Sie mit der Mehlbüchse gemacht?«

»Ich wollte die Büchse fotografieren, um durch die Vergrößerungen eventuelle Fingerabdrücke festzustellen. Deshalb habe ich das Mehl ausgeschüttet.«

»Was fanden Sie?« fragte Burger.

»Ich fand Geld in Fünfzig- und Hundert-Dollarscheinen. Die Summe betrug insgesamt 23 550 Dollar.«

Auf der Geschworenenbank wurde erregt getuschelt.

»Wo befinden sich die Geldscheine jetzt?«

»Im Polizeilabor.«

»Kreuzverhör«, bellte Hamilton Burger.

»Keine Fragen«, entgegnete Mason prompt. Dann sagte er lächelnd zu Richter Lankersham: »Und jetzt, Euer Ehren, erhebt die Verteidigung keine Einwände mehr gegen den Antrag des Anklagevertreters, die Verhandlung zu vertagen.«

»Die Anklagevertretung verzichtet darauf«, sagte Burger kurz. »Sie hat ihre Beweisaufnahme abgeschlossen.«

»Die Beweisaufnahme der Verteidigung ist ebenfalls abgeschlossen«, sagte Mason prompt. »Es ist jetzt vier Uhr dreißig. Ich schlage daher vor, daß beide Seiten ihr Plädoyer auf zehn Minuten begrenzen.«

»Ich bin nicht darauf vorbereitet, zum jetzigen Zeitpunkt und in so kurzer Zeit zu plädieren«, sagte Hamilton Burger. »Ich brauche genügend Zeit, um die in den letzten Minuten hinzugekommenen Fakten in das Gesamtbild einzufügen.«

»Warum«, fragte Richter Lankersham, »haben Sie dann Ihren Antrag, die Verhandlung zu vertagen, zurückgezogen?«

Hamilton Burger schwieg.

»Offenbar wollten Sie abwarten, was die Verteidigung als Beweismaterial vorbringen würde. Die Verteidigung hat Ihrem Antrag auf Vertagung zugestimmt. Aber Sie lehnten ab.«

»Aber Euer Ehren«, protestierte Burger. »Ich fühlte mich in der Lage, den Zeugen der Verteidigung ins Kreuzverhör zu nehmen, aber ich bin nicht darauf vorbereitet, jetzt zu plädieren.«

Richter Lankersham schüttelte den Kopf. »Die Sitzung wird um fünf Uhr geschlossen. Beginnen Sie mit Ihrem Plädoyer. Beide Seiten mögen sich auf zwanzig Minuten beschränken.«

Hamilton Burger akzeptierte den Beschluß des Gerichts und stellte sich vor den Geschworenen in Positur. »Im Hinblick auf die begrenzte Zeit, die mir zur Verfügung steht, und die überraschende Entwicklung, die dieser Fall genommen hat, wird der erste Teil meines Plädoyers nur kurz sein. Ich werde mir die restliche Zeit für mein Schlußplädoyer aufsparen. Ich möchte jedoch feststellen, daß die Indizienbeweise eindeutig darauf schließen lassen, daß die Angeklagte und ihr Arbeitgeber Perry Mason Handlungen begingen, die darauf abzielten, wichtige Zeugen verschwinden zu lassen. Daß sie im Hinblick auf den Zeugen Lunk diese Absicht verfolgten, bleibt im wesentlichen unwiderlegt. Die Angeklagte steht zwar nicht wegen dieser Tat vor Gericht. Ihre grundsätzliche Bereitschaft zu einem solchen Verbrechen wird aber durch die Art, in der sie und ihr Arbeitgeber sich bemühten, den Zeugen Lunk vor der Polizei zu verbergen, offenkundig.

Ich fordere Sie auf, die Angeklagte auf Grund der Beweisaufnahme zu verurteilen. Was Franklin Shore getan hat, mag dahingestellt sein. Jedoch gibt es keine Zweifel, daß die Angeklagte sich am Morgen des Vierzehnten dieses Monats in die

Wohnung des Thomas Lunk begab mit dem Vorsatz, besagten Franklin Shore zu veranlassen, sich dem Verhör durch die Polizei und der Aussage vor Gericht zu entziehen.
Nach § 136 und 136½ unseres Strafgesetzes ist es unerheblich, ob ein solcher Versuch erfolgreich ist. ›Der Versuch, einen Zeugen zu veranlassen, sich einer Aussage in einem ordentlichen Verfahren oder bei polizeilichen Ermittlungen zu entziehen, konstituiert ein Verbrechen.‹
Der Beweisführung der Anklagevertretung zufolge liegt ein solches Verbrechen hier vor. Falls die Verteidigung vorzubringen gedenkt, Franklin Shore habe bereits vor Della Streets Eintreffen die Wohnung verlassen, obliegt der Verteidigung die Last, diese Tatsache zu beweisen.
Ich möchte hier schließen und hebe mir die noch zur Verfügung stehende Zeit für mein Schlußplädoyer auf.«
Burger blickte triumphierend auf die Uhr. Er war sich bewußt, daß er Perry Mason in die Position gedrängt hatte, sein Eröffnungsplädoyer noch vor Gerichtsschluß zu halten. Die Anklagevertretung befand sich dadurch in der günstigen Lage, über Nacht die letzten Fakten zu überdenken, bevor sie ihr Schlußplädoyer zu halten hatte. Burger stolzierte zu seinem Stuhl und setzte sich.
Mason erhob sich langsam, ging ungezwungen zur Geschworenenbank hinüber und lächelte die verwirrten Geschworenen an. Ruhig begann er: »Die Anklagevertretung kann der Verteidigung nur dann die Beweislast auferlegen, wenn sie die Schuld der Angeklagten einwandfrei bewiesen hat.
Ich behaupte, meine Damen und Herren, daß sich Franklin Shore, als Della Street die Wohnung betrat, nicht mehr darin aufhielt. Der Grund, warum ich hierfür keine Beweisaufnahme einleitete, ist der, daß die Beweisaufnahme der Anklage meine Behauptung bestätigt.
Ich möchte mich darauf beschränken, Sie auf das Verhalten der Katze hinzuweisen. Jemand öffnete die Mehldose und legte ein Objekt hinein, vielleicht den Revolver, vielleicht das Geld, vielleicht auch beides. Das Kätzchen, ein verspieltes, unvorsichtiges Tier, wurde durch die Bewegung der Hände dazu verlockt, in die Mehldose hineinzuspringen. Natürlich wurde es prompt wieder hinausgeworfen. Daraufhin lief es durch die leicht geöffnete Tür in das hintere Schlafzimmer und sprang

auf das Bett. Es ist offensichtlich, daß das Bett zu diesem Zeitpunkt leer gewesen sein muß und ebenso offensichtlich, daß das Kätzchen auf der anderen Seite wieder heruntersprang, durch das Badezimmer in das vordere Schlafzimmer lief, um dort auf das Bett zu springen.

Meine Damen und Herren, da dieser Fall ausschließlich auf Indizienbeweisen basiert, werde ich die Anklagevertretung bitten, Ihnen etwas Bestimmtes zu erklären. – Zuerst möchte ich Sie jedoch ausdrücklich darauf hinweisen, daß das Gesetz den Freispruch der Angeklagten vorschreibt, wenn die Indizienbeweise ihre Schuld nicht über alle Zweifel zu erkennen geben und jede andere Hypothese als die ihrer Schuld ausschließen. Deshalb, meine Damen und Herren, frage ich: Warum verließ das Kätzchen das Bett von Franklin Shore, lief in das vordere Schlafzimmer und rollte sich dort auf dem Bett zusammen? Da der Staatsanwalt den Fall auf Indizienbeweisen aufgebaut hat, ist es an ihm, jede Tatsache bis ins Detail zu erklären. Deshalb lassen Sie sich morgen von ihm diese interessante Frage nach dem Verhalten des Kätzchens beantworten. Einige von Ihnen, die sich mit Katzen auskennen, mit ihrer Psychologie und ihren Gewohnheiten, werden zweifellos eine eigene Antwort haben.

Und damit, meine Damen und Herren, ist mein Plädoyer beendet.«

Einige Geschworene blickten ratlos. Doch zwei weibliche Mitglieder der Jury nickten lächelnd, als hätten sie bereits begriffen, warum Hamilton Burger ein so finsteres Gesicht machte. Auch Richter Lankersham schien sich ein wenig mit Katzen auszukennen, denn seine Augen funkelten belustigt, als er die Geschworenen ermahnte, sich ihre Überzeugung nur nach den Ergebnissen der Verhandlung zu bilden, den Fall nicht miteinander zu diskutieren noch zu dulden, daß er in ihrer Gegenwart von anderen diskutiert werde, und vertagte das Gericht auf den nächsten Tag um zehn Uhr. Er fügte hinzu, daß sich die Angeklagte gegen Kaution bis zur nächsten Sitzung auf freiem Fuß befinde.

Nachdem der Richter die Bank verlassen hatte, bahnte sich Hamilton Burger einen Weg durch die Menge zu Mason. »Mason, was hat das alles zu bedeuten, zum Teufel?«

Mason lächelte ihn freundschaftlich an. »Tut mir leid, das kann ich Ihnen nicht sagen. Ich beschränke mich darauf, Miss Street wegen eines ihr zur Last gelegten Verbrechens zu verteidigen. Ich glaube nicht, daß die Geschworenen sie verurteilen werden. Sie etwa?«

»Zum Teufel damit«, sagte Burger. »Wir sind alle verpflichtet, dafür zu sorgen, daß ein Mörder für seine Taten zur Rechenschaft gezogen wird. Hat Franklin Shore es getan?«

»Ich kann es Ihnen wirklich nicht sagen.«

Lunk kam auf sie zu. »Ich möchte mit dem District Attorney sprechen.«

»Was ist?« fragte Burger, sich zu ihm wendend.

»Franklin Shore mag die Waffe in das Mehl gesteckt haben, was ich nicht glaube«, sagte Lunk. »Aber ich weiß genau, daß er das Geld nicht hineingetan hat.«

»Woher wissen Sie das?« fragte Mason.

»Weil Shore versuchte, Geld von mir zu leihen, damit er so schnell wie möglich von hier weg konnte.«

»Und Sie gaben ihm nichts?«

»Nein.«

»Warum nicht?« fragte Mason.

»Weil ich wollte, daß er blieb, bis ich mit Mrs. Shore gesprochen hatte.«

»Und warum wollte er unbedingt so schnell wie möglich verschwinden? Kommen Sie, Lunk, Sie wollten mir doch sagen, um was Shore Sie gebeten hat? Machen Sie reinen Tisch.«

»Ja, ich glaube, Sie haben recht«, sagte Lunk. »Als Shore zu mir kam, war er sehr nervös. Er sagte mir, er hätte eine Auseinandersetzung mit einem Mann gehabt und ihn dabei in Notwehr erschossen. Aber er hätte Angst, man könnte ihn wegen Mordes verurteilen. Er sagte, Matilda würde ihn wahrscheinlich nirgendwo lieber sehen als im Gefängnis. Ich erklärte ihm, daß es in jedem Fall besser sei, zuerst mit Matilda zu sprechen. Aber er wollte nicht. Also sagte ich ihm, daß er sich bei mir verstecken könnte, und daß ich am nächsten Morgen versuchen wollte, einen Vorschuß von Mrs. Shore zu bekommen, damit er weg könnte. Er ging dann schlafen, und ich machte mich auf den Weg zu Mrs. Shore. Ich wollte herausfinden, ob sie ihm helfen würde oder nicht.«

»Und wenn sie nicht gewollt hätte, was dann? Hätten Sie ihn der Polizei übergeben?«

»Ich weiß nicht, Mr. Mason. Shore hatte mich damals anständig behandelt. Ich hatte nicht die Absicht, Mrs. Shore zu sagen, daß er sich in meinem Haus aufhielt, sondern nur, daß ich ihn getroffen hätte. Ich wollte gegen beide fair sein.«

Mason sagte: »Fahren Sie fort, Lunk, sagen Sie dem District Attorney alles, was Sie wissen. Hat er Ihnen nicht gesagt, woher er kam?«

»Er hat ... wir haben nicht viel zusammen gesprochen.«

»Aber immerhin so lange, wie er gebraucht hatte, um seine Zigarre zu rauchen«, lachte Mason. »Sagen Sie es Mr. Burger.«

Lunk zögerte. Dann platzte er heraus: »Na, er ist mit der Frau durchgebrannt. Es war, wie ich es Ihnen schon gesagt hab. Als Franklin das letztemal in Florida gewesen war, hatte er diesen Mann, der wie ein Zwillingsbruder aussah, getroffen. Sie hatten viel Spaß damals, weil alle Leute sie ständig verwechselten. Sie ließen sich zusammen fotografieren, und er zog, als er zurückkam, seine Frau damit auf, daß er den Burschen für bestimmte gesellschaftliche Veranstaltungen als Double engagieren wollte.

Dann verliebte Shore sich in diese junge Frau. Also kam er auf die Idee, sich mit ihr nach Florida abzusetzen und seinen Doppelgänger zu überreden, seinen Platz einzunehmen. Shore wollte ihn genau über seine Geschäfte und seine Familienangelegenheiten instruieren. Nach einiger Zeit sollte der Bursche hierher zurückkommen, sich als Franklin Shore ausgeben und so tun, als habe er vorübergehend sein Gedächtnis verloren.

Alles klappte so, wie Shore es geplant hatte. Nach sechs Monaten war der andere Bursche soweit. Also schickte Shore eine Karte aus Miami an seine Nichte. Er nahm an, die Polizei würde kommen und den falschen Shore finden, der so tun sollte, als sei er noch ziemlich benommen. Natürlich würde er noch zu krank sein, um sich viel mit geschäftlichen Dingen zu befassen. Aber er hätte Wertpapiere verkaufen und Franklin einen Anteil am Erlös schicken können.

Franklin Shore hätte den Namen des anderen Mannes annehmen und das Weibsbild heiraten können, und alles wäre in bester Ordnung gewesen. Aber am Abend des Tages, an dem er die Postkarte abgeschickt hatte, verunglückte der Mann tödlich bei einem Autounfall.

Und Shore, der alle Brücken hinter sich abgebrochen hatte, war aufgeschmissen.«

»Und was war mit Leech?« fragte Mason.

»Leech hatte dem Boss doch von der Mine erzählt. Der Boss gab ihm Geld – angeblich gehörte es einem Bekannten in Florida –, das er in die Mine stecken sollte. Und Leech, der dachte, der Mann in Florida müsse ein Dummkopf sein, bootete ihn aus, als die Sache sich auszahlte ... Natürlich war in Wirklichkeit der Boss der Mann aus Florida. Er wollte nur nicht, daß Leech es wußte.

Vor einiger Zeit brauchte der Boss dringend Geld. Er ging zu Leech. Leech hätte ihm Geld gegeben, aber er war inzwischen längst selbst abgebrannt. Shores Freundin hatte ihn schon vor Jahren verlassen. Also kam er zurück. Das ist die ganze Geschichte, so wie Shore sie mir erzählt hat.«

»Die ganze Sache hört sich völlig unglaubhaft an«, sagte Hamilton Burger. »Das ist die verrückteste Geschichte, die ich je gehört habe.«

»Nehmen wir mal an, die Geschichte verlief wirklich so«, sagte Mason. »Bis dann der Autounfall passierte. Nehmen wir weiter an, daß in Wirklichkeit Shore dabei getötet wurde. Sein Doppelgänger wußte inzwischen über alle persönlichen Dinge Shores bestens Bescheid. Ein Vermögen erwartete ihn, wenn er hierherkam und sich als Franklin Shore ausgab.«

»Warum kam er dann nicht früher?« fragte Burger.

»Möglicherweise wagte er es nicht, weil Mrs. Shore wußte, daß ihr Mann einen Doppelgänger hatte. Denken Sie daran, Shore hatte doch damals seine Witze damit gemacht. Aber wenn Mrs. Shore sterben würde, konnte er hier aufkreuzen, sich als der vermißte Ehemann ausgeben – und das ganze Vermögen kassieren.«

Burger stieß einen leisen Pfiff aus. »Verdammt – das würde auch die Vergiftung erklären.«

Mason zündete sich eine Zigarette an.

»Der Mann, der in meine Wohnung kam, war kein Double, es

war der Boss. Er hat mir Dinge erzählt, die nur der Boss wußte.«

Mason blickte lächelnd Hamilton Burger an. Lunk runzelte die Stirn. Dann sagte er: »Aber ganz egal, wer es war. Er war jedenfalls abgebrannt. Warum sollte er mir mein Geld stehlen und dafür ein Vermögen in meiner Mehldose verstecken?«

Burger sah fragend Mason an.

»Kein Kommentar«, sagte Mason schmunzelnd.

»Glauben Sie, daß der Mann, der zu Lunk kam, der Doppelgänger war oder Shore selbst?«

»Ich weiß es wirklich nicht, Burger«, sagte Mason gähnend. Er schien völlig desinteressiert. »Ich glaube, meine beiden Klienten sind aus der Sache heraus. Das ist das einzige, was mich dabei etwas angeht.«

»Das ist wirklich die verrückteste Sache, die ich je erlebt habe«, sagte Burger erschöpft. »Es könnte jeder von beiden gewesen sein. – Übrigens, Mason, was, zum Teufel, sollte ihr Gerede über Katzenpsychologie? Und was hat es mit dem Fall zu tun?«

Mason sagte: »Ich fürchte, Burger, wenn ich es Ihnen sage, versuchen Sie wieder, mich zu beschuldigen, der Polizei ins Handwerk zu pfuschen. Sie haben mir mehr als einmal zu verstehen gegeben, daß ein Anwalt sich nicht damit befassen sollte, Verbrechen aufzuklären, sondern sich auf seine Praxis zu beschränken hat. Und ich stimme nachträglich darin mit Ihnen überein. Ich vertrete Gerald Shore und Della Street. Ich habe kein Interesse daran, Morde aufzuklären.«

»Aber Sie wollen doch, daß Gerald Shore vollkommen entlastet wird, nicht wahr? Und das erreichen Sie am besten damit, indem Sie beweisen, wer der Mörder ist.«

»Nein«, sagte Mason. »Nach dem Gesetz ist es Ihre Pflicht zu beweisen, daß meine Klienten irgendein Verbrechen begingen. Ich beschränke mich darauf, sie zu verteidigen. Kommen Sie, Della. Lieutenant Tragg und der District Attorney sollen ihr kleines Rätsel selber lösen. Das ist schließlich nicht unsere Sache.«

»Das können Sie doch nicht machen«, protestierte Burger. »Sie wissen viel mehr über den Fall als wir.«

»Das stimmt nicht«, sagte Mason. »Sie verfügen über die gleichen wesentlichen Tatsachen wie ich. Bis auf eine, und die will ich Ihnen sagen. Lunk ist überzeugt davon, daß Komo, der

Hausboy, mit Gift experimentiert. Vor zehn Jahren, kurz vor Franklin Shores Verschwinden, starb Lunks Bruder. Und Lunk glaubt, daß der Hausboy ihn vergiftet hat.«
»Stimmt das?« fragte Burger Lunk.
»Das stimmt. Ich glaube nicht, daß er wirklich etwas gegen meinen Bruder hatte. Aber er experimentierte bei ihm mit dem Gift – genau wie später bei der Katze.«
Lieutenant Tragg, der sich der Gruppe in diesem Augenblick zugesellte, sagte: »Im Eisschrank befanden sich vier Flaschen Stout. In allen war Strychnin. Glauben Sie, der Hausboy hat es hineingetan?«
»Das hat er bestimmt«, sagte Lunk heftig. Mason lächelte. »Lunk will damit sagen, daß er mit Bestimmtheit fühlt, daß Komo es war. Sie werden sich daran erinnern, Lieutenant, daß Sie mir bestätigten, die Kugeln stammten alle drei aus derselben Waffe. Und wir wissen, daß das bedeutet, daß beide Verbrechen von ein und derselben Person begangen wurden. Wenn das der Fall ist, hat Matilda Shore ein perfektes Alibi. Sie war im Krankenhaus, als das zweite Verbrechen verübt wurde. Gerald Shore hat ebenfalls ein Alibi. Sie wissen, was für eins. Ich werde es nicht wiederholen, weil ich nicht als Zeuge aussagen möchte. Helen Kendal und Jerry Templar können Sie ausschließen. Es bleiben also nicht mehr allzu viele Verdächtige übrig. Treffen Sie Ihre Wahl, Lieutenant. Aber wenn ich Sie wäre, würde ich auf jeden Fall untersuchen, ob Lunks Bruder wirklich eines natürlichen Todes gestorben ist, oder ob vielleicht Gift im Spiel war. Und jetzt, meine Herren, wollen Sie mich bitte entschuldigen. Ich habe eine Verabredung zum Dinner mit der Angeklagten.«

## 23

Della Street und Perry Mason tanzten schweigend zu den Klängen eines Blues. Das Licht war gedämpft, und nur wenige Paare bewegten sich auf der Tanzfläche. Plötzlich blieb Della Street stehen. Als Perry Mason sie forschend ansah, bemerkte er ihren niedergeschlagenen Gesichtsausdruck. »Was ist los?« sagte er. »Sie sehen ja aus, als müßten Sie morgen sterben.

Machen Sie sich etwa Sorgen wegen dieser dummen Verhandlung? Sie wissen doch, daß das nicht nötig ist. Schließlich haben Sie doch gar nichts verbrochen.«
»Ich wünschte, Sie würden Hamilton Burger daran erinnern, wenn Sie ihn sehen. Das kleine Mißverständnis ließe sich doch so leicht aufklären. Sie brauchten nur zu sagen: ›Hören Sie, Ham, alter Junge, dies Mädchen hier‹ ... ach, zum Teufel. Setzen wir uns!« Perry folgte ihr an ihren Tisch.
»Ich hatte den Eindruck, daß Sie beunruhigt waren, als Sie die Katze zu mir brachten und sahen, daß Franklin Shore nicht da war?«
»Das war ich auch«, gab Mason zu. »Ich wäre es aber nicht gewesen, wenn ich damals meinen Verstand gebraucht hätte.«
»Da komme ich nicht mit«, sagte sie und zündete sich eine Zigarette an.
»Das sollten Sie aber – wenn Sie etwas von Katzen verstehen. – Was ist los?« Er hatte bemerkt, daß sie über seine Schulter blickte.
»Paul Drake.«
»Woher weiß er, daß wir hier sind?« fragte Mason stirnrunzelnd.
»Wie du weißt, finde ich jeden zu jeder Zeit und an jedem Platz«, sagte Drake. Er zog sich einen Stuhl heran und setzte sich an ihren Tisch. »Wie wär's mit einem Whisky?«
Mason rief einen Kellner. »Dreimal Scotch mit Soda.«
»Fünf«, verbesserte Drake, »aber nur drei davon in mein Glas. Ich mochte noch nie starke Highballs.« Der Kellner zögerte, dann entfernte er sich.
»Wie du dir sicher denken kannst, Perry, komme ich nicht hierher reingeschneit, um dir und Della Drinks zu spendieren. Ich mache mir Sorgen.«
»Sind Sie etwa auch verhaftet worden?« rief Della.
Paul Drake ignorierte den Einwurf. Er hielt den Blick auf den Anwalt gerichtet. »Perry«, sagte er. »Du hast dir doch nicht zufällig für morgen einen Bühneneffekt aufgespart, zu dem du deinen Freund Tom Lunk brauchst?«
»Vielleicht. Warum?«
»Weil es nicht geht.«
»Warum nicht?«
»Lunk ist tot. Er wurde an einer Straßenkreuzung, ein paar

Blocks von seinem Haus entfernt, von einem Auto überfahren. Ein Zeuge sah, wie es geschah, verfolgte das Auto ein Stück, aber er kam nicht einmal nahe genug heran, um die Autonummer erkennen zu können. Das Auto schoß genau in dem Moment um die Ecke, als Lunk aus der Straßenbahn stieg.«

Mason trommelte leicht mit den Fingern auf die Tischdecke. »Burger ist ein verdammter Narr, daß er ihn entlassen hat«, sagte er.

»Wahrscheinlich dachte er, Lunk hätte ihm alles gesagt, was er wußte.«

Mason runzelte die Stirn.

»Was hatten Sie mit Lunk vor?« fragte Della ihn.

»Verschiedenes. Ist es Ihnen nie komisch vorgekommen, Della, daß, trotz aller Vorsichtsmaßnahmen und obwohl Lunk sich unter dem Namen Thomas Trimmer ins Hotelregister eintrug, die Polizei ihn so leicht gefunden hat?«

»Jemand muß euch gefolgt sein«, sagte Drake.

Mason schüttelte den Kopf. »Unmöglich. Wenn ich nicht will, daß mir jemand folgt, dann folgt mir auch niemand.«

»Aber wer hat ihnen dann den Tip gegeben? Vielleicht jemand aus dem Hotel?«

»Nein«, sagte Mason. »Es gibt nur eine Person, die es gewesen sein kann.«

»Wer?«

»Lunk.«

Drake sah ihn ungläubig an. »Du meinst, er hat selbst die Polizei angerufen?«

»Ja.«

»Aber warum sollte er so etwas Blödsinniges tun?«

»Die Antwort ist der Schlüssel zu dem ganzen Fall.«

»Und warum hat er's getan?« fragte Della.

Mason sagte: »Er kann nur einen einzigen Grund gehabt haben.«

»Und welcher ist das?«

»Er wollte, daß man ihn festnimmt«, sagte Mason trocken.

»Du meinst, er fühlte, daß er in Gefahr war?«

Mason zuckte die Achseln. Der Kellner brachte die Drinks. Drake hob sein Glas und sagte feixend zu Della: »Auf das Gefängnis. Also Perry, was willst du unternehmen?«

»Gar nichts«, sagte Mason. »Hamilton Burger soll die Nuß

alleine knacken. Die Geschworenen werden Della niemals verurteilen, nicht, solange zwei Frauen dabei sind, die etwas von Katzen verstehen.«

Della stellte so heftig ihr Glas auf den Tisch, daß es beinahe zerbrach. »Wenn Sie mir das nicht endlich näher erklären, werde ich doch verurteilt, und zwar wegen Mordes.«

»Kein District Attorney in diesem Staat würde Sie wegen Mordes an Perry Mason vor Gericht stellen. Sie würden eine Belohnung bekommen«, bemerkte Drake. »Also was ist mit der Katze?«

Mason grinste. »Es war eine kalte Nacht«, sagte er. »Die Katze sprang in das Mehl, als jemand die Waffe in der Büchse versteckte. Natürlich wurde sie verjagt. Wahrscheinlich ziemlich unsanft. Der Katze gefiel das nicht. Sie rannte aus der Küche in das hintere Schlafzimmer und sprang auf das Bett. Dort blieb sie aber nicht. Sie sprang wieder herunter und begab sich zu dem anderen Bett.«

»Warum?« fragte Drake. Della Street schnappte plötzlich hörbar nach Luft. »Oh«, rief sie. »Ich weiß warum.«

Drake schüttelte den Kopf und stand auf.

»Wo gehen Sie hin, Paul?« fragte Della.

»Ich gehe und kaufe mir eine Katze, um sie zu beobachten und dadurch wichtige Erkenntnisse über das menschliche Leben zu sammeln. Gute Nacht.«

Als Paul gegangen war, sagte Mason: »Ich wette fünf Dollar, daß die Jury nicht länger als drei Stunden brauchen wird, um Sie freizusprechen. Und dann fahren wir in die Wüste – nach Palm Springs oder Indio. Wir werden reiten – und in der Sonne liegen ...«

»Sind Sie sicher, daß man mich nicht doch verurteilt?«

»Ganz sicher«, sagte Mason. »Kommen Sie, vergessen wir die ganze Sache. Tanzen wir lieber!«

## 24

Der große Wagen schnurrte sanft durch die samtene Dunkelheit. Die Sterne, die am weiten Gewölbe des Himmels standen, funkelten am Horizont nicht weniger hell als unmittelbar über ihnen, so wie man es nur in der Wüste erleben kann.
Mason sagte plötzlich in die Stille: »Halten wir einen Moment und genießen den herrlichen Anblick. Er macht einen die seltsame Spezies Mensch vergessen, die es fertigbringt zu morden.«
Sie kamen zu einer Stelle, an der die Straße sich verbreiterte. Mason fuhr an die Seite, stellte die Zündung ab, schaltete die Scheinwerfer aus und lehnte sich in die Polster zurück. »Ich liebe die Wüste«, sagte er nach einer Weile. Della Street kuschelte sich an ihn. »Müssen wir auf unserem Ausflug arbeiten?«
»Mhm. Ich muß noch meinen abschließenden Bericht schreiben. Wir werden nicht eher ins Büro zurückgehen, bis wir ihn fertig haben.«
»Chef«, sagte sie nach einer Weile. »Ich schulde Ihnen fünf Dollar. Die Jury hat genau drei Stunden und zehn Minuten gebraucht. Ich weiß jetzt, was mit der Katze war. Aber was sonst geschehen ist, haben Sie mir noch immer nicht gesagt.«
»Die Katze sprang auf das Bett, in dem Franklin Shore geschlafen haben soll. Dann sprang sie herunter, begab sich in das andere Schlafzimmer und rollte sich in dem Bett zusammen, in dem Tom Lunk angeblich noch nicht geschlafen haben will. Die Katze beweist damit, daß Lunk gelogen hat. In dem Bett im Hinterzimmer hatte niemand geschlafen. Deshalb war es kalt. In dem Bett im Vorderzimmer hatte jemand geschlafen. Es war warm.
Zweitens: Wenn ein Mann ein Versteck hat, das er für sicher hält, versteckt er normalerweise alles dort. Lunk hatte das Geld, das er für die Rolle, die er in der ganzen Angelegenheit spielte, bekommen hatte, in der Mehlbüchse versteckt – ein typisches Versteck für einen verknöcherten alten Junggesellen. Als er dann schnell die Waffe loswerden mußte, war es nur natürlich, daß er auch sie dort versteckte.«
»Warum mußte er die Waffe verstecken?«
»Weil, kurz nachdem er zu Bett gegangen war, Mrs. Shore ihn

aus dem Krankenhaus anrief und ihm sagte, er sollte schnellstens zu ihrem Haus gehen, durchs Fenster klettern und die Waffe aus dem Schreibtisch holen. Ihr war plötzlich eingefallen, die Polizei könnte möglicherweise die Wohnung durchsuchen. Es ist ein Wunder, daß Tragg die Waffe nicht schon bei seiner ersten Durchsuchung gefunden hatte. Aber zu dem Zeitpunkt konzentrierte Tragg sich völlig auf das Medizinschränkchen und suchte das Gift.«

»Wollen Sie mir nicht die ganze Geschichte erzählen?«

»Jemand gab der Katze Gift. Es muß im Haus geschehen sein, denn die Katze war nicht draußen. Komo konnte es gewesen sein. Aber er hatte kein Motiv. Der Grund, den Lunk uns nannte, war wenig überzeugend. Dafür war die Dosis zu groß. Man kann sich leicht vorstellen, wie es gewesen sein muß. Mrs. Shore erhielt an dem betreffenden Nachmittag einen Anruf. Danach entschied sie, daß es an der Zeit sei, den Mord zu begehen, den sie schon seit langem sorgfältig geplant hatte. Sie mußte also dafür sorgen, daß Helen einige Zeit nicht im Hause war. Sie wußte, daß, wenn sie der Katze Gift gab, Helen sofort zum Tierarzt rennen würde. Gerald erschien unerwartet, aber er begleitete Helen natürlich. Komo schickte sie weg, um Stout zu kaufen. Als die Luft rein war, nahm sie Franklin Shores alten Revolver, stieg in ihren Wagen und fuhr zu dem Wasserreservoir, wo Leech auf sie wartete, um eine neue Rate der Erpressungssumme zu kassieren. Die letzte Rate, die er kassierte, war eine Kugel aus einem 38er-Revolver. Dann fuhr sie zurück und legte die Waffe wieder in den Schreibtisch. Da sie befürchten mußte, jemand könnte sie verdächtigen, tat sie Gift in die Flaschen mit dem Stout, die sie im Eisschrank aufbewahrte, simulierte Vergiftungserscheinungen und wurde eiligst ins Krankenhaus gebracht. Dadurch verdichtete sich der Verdacht gegen Franklin Shore noch mehr. Erst als Tragg aufkreuzte, fiel ihr siedend heiß ein, daß die Polizei das Haus möglicherweise gründlich durchsuchen und dabei die Waffe finden würde. Da die Polizei sie unter Bewachung hielt, rief sie eiligst Lunk an und sagte ihm, daß er die Waffe aus dem Hause schaffen sollte. Lunk war ihr Komplice. Sie hatte ihn vorher genau in jedes kleinste Detail des Planes eingeweiht. Alles, was sie an dem Nachmittag, als Leech sich meldete, zu tun hatte, war, ihn anzurufen und ihm zu sagen, es sei soweit.«

»Aber«, warf Della ein, »ich dachte, Franklin Shore hätte damals weder Matilda noch jemandem sonst etwas von der Sache mit dem Punsch oder von der Rettung der Katze erzählt?«

Mason schmunzelte. »Lunk, der am Telefon vorgab, Franklin Shore zu sein, tat so, als habe Matilda nichts davon gewußt.«

Della sagte: »Wirklich, das ist doch – also Lunk kam ins Haus, um die Waffe zu holen und schoß, damit man ihn nicht dabei erwischte.«

»Ganz recht. Er kletterte durchs Fenster, und da er ganz und gar nicht so dumm ist, wie er sich den Anschein zu geben sucht, ahmte er Matildas Schritte nach. Er wollte gerade wieder aus dem Fenster springen, als Jerry Templar die Tür öffnete und das Licht anknipsen wollte. Er feuerte zwei Schüsse ab und machte, daß er wegkam.

Lunk hat gelogen, als er sagte, er sei noch nicht im Bett gewesen. Er hatte im Bett gelegen, als Matilda ihn anrief. Als er zurückkam, versteckte er die Waffe in dem Mehl. Dann deckte er im Hinterzimmer das Bett auf, legte sich einen Moment hinein, um die Laken zu zerknüllen, legte den Zigarrenstummel in den Aschenbecher und riß die Sachen aus den Schubladen und dem Wandschrank heraus. Dann fuhr er mit der Straßenbahn zum Hause von Mrs. Shore, in der Hoffnung, dort von der Polizei in Empfang genommen zu werden. Dabei wollte er – scheinbar widerwillig – die Geschichte, die Matilda sich ausgedacht hatte, zum besten geben. Die Polizei würde daraufhin in sein Haus gehen und dort die von Lunk vorbereiteten Beweise finden, daß Shore wirklich bei ihm gewesen war, dann aber Lunk beraubt und sich aus dem Staub gemacht habe.«

»Natürlich wäre er nie auf die Idee gekommen, sie könnten die Mehlbüchse durchsuchen.«

»Und woher wissen Sie das alles?« fragte Della.

»Das Verhalten der Katze beweist eindeutig, daß das Bett im vorderen Schlafzimmer warm war, das Bett im Hinterzimmer war kalt. Das ist der Schlüssel zu dem ganzen Fall. Lunk hatte vorher im Bett gelegen. Das Bett war also warm. Die Katze legte sich in das warme Bett. Lunk kam zurück, um die Waffe zu verstecken. Die Katze sprang in das Mehl, wurde verscheucht, lief zum Bett im Hinterzimmer, sprang auf das Bett, merkte, daß es kalt war, erinnerte sich an das warme Bett im Vorderzimmer, lief dorthin und legte sich wieder hinein. Lunk machte sich auf den Weg zum Haus von Mrs. Shore, um der Polizei seine Geschichte zu erzählen. Statt dessen lasen Sie ihn auf. Natürlich war er nicht sonderlich daran interessiert, uns die Geschichte zu erzählen, weil sie für die Polizei bestimmt war. Aber er mußte so tun, als wollte er nichts mit der Polizei zu tun haben. Er befürchtete, daß ich die Polizei nicht rasch genug informieren könnte. Also gab er, sobald ich ihn allein ließ, Lieutenant Tragg einen Tip am Telefon, der dann zu seiner Verhaftung führte.

Indem sie den Anschein erweckte, als habe ihr Mann den Mord begangen, wollte Matilda mehrere Fliegen mit einer Klappe schlagen. Wenn es so aussah, als lebte er – und natürlich würde die Polizei ihn nie finden –, konnte sie Gerald Shore und Helen davon abhalten, ihr Erbe zu beanspruchen. Dadurch würde Helen weiterhin von ihr abhängig sein, und sie sparte vierzigtausend Dollar.«

»Aber warum ließ sie Lunk *Helen* anrufen?«

»Sehen Sie das denn nicht? Helen war die einzige, die Franklin Shores Stimme nicht erkennen würde. Sie war vierzehn, als er verschwand. Gerald hätte Lunk unmöglich täuschen können.«

»Was war mit den Gegenständen, die neben Leech im Wagen lagen?«

»Matilda suchte einige Dinge zusammen, die Franklin gehört hatten, wickelte sie in eins seiner Taschentücher und nahm sie mit. Das Wäschezeichen war ein Fehler. Franklin Shore hätte doch niemals zehn Jahre lang ein Taschentuch benutzt. Die Tatsache, daß die Uhr gegen vier Uhr dreißig aufgezogen wurde, deutet darauf hin, daß Matilda sich um diese Zeit auf den Weg zu ihrem kleinen Jagdausflug machte. Wer zieht schon seine Uhr um vier Uhr nachmittags auf?

Wissen Sie, Della, sie hätte es vielleicht geschafft, wenn Amber Eyes nicht gewesen wäre. Die ganze Sache war wirklich ausgeklügelt, nur eines war ziemlich dumm von ihr.«

»Was?«

»Der Brief, der angeblich von Leech stammte, mit dem er uns zum Reservoir bestellte. Sie schrieb ihn so, wie ein Japaner ihn schreiben würde. Dadurch wollte sie Komo mit hineinziehen, um die Spur zu verwischen. Das war nicht sehr schlau.«

»Aber weswegen hat Leech sie erpreßt?«
»Er hat die Wahrheit herausgefunden!«
»Welche Wahrheit?«
»Ungefähr um die Zeit, als Franklin Shore verschwand, wurde eine Leiche gefunden, die nicht identifiziert werden konnte. Erinnern Sie sich daran?«
»Sie meinen, das war Franklin Shore? Aber das ist doch unmöglich, Chef, das hätte . . .«
»Nein, nicht Franklin Shore. Es war Phil Lunk.«
»Phil Lunk?« sagte Della atemlos.
»Matilda Shore liebte ihren Mann nicht. Und was noch schlimmer war, er war im Begriff, den Mann, den sie wirklich liebte, zu ruinieren. Wenn es ihr gelang, Franklin aus dem Weg zu schaffen, würde sie sein ganzes Vermögen besitzen und Stephen Alber retten oder ihn später heiraten können.
Unser Freund Lunk war von Anfang an ihr Komplice. Sein Bruder lag im Sterben. Sie wußte, daß er nur noch wenige Tage – oder Stunden – zu leben hatte. Darauf gründete Matilda ihren Plan. Als er starb, rief Tom Lunk den Arzt, der schon seit langem damit gerechnet hatte, und der stellte prompt den Totenschein aus. Aber der Körper, den das Bestattungsunternehmen abholte, war der von Franklin Shore, dem sie kurz zuvor eine Dosis eines schnellwirkenden Giftes gegeben hatte. Nachdem er sich der Leiche seines Bruders entledigt hatte, ließ Lunk Shore zur Ostküste überführen und ihn dort begraben. Später log er dann, er sei vor und nicht nach Shores Verschwinden dorthin gefahren.«
»Aber er hatte doch eine Mutter an der Ostküste. Die hätte merken müssen, daß es nicht Phil war.«
Mason grinste. »Sie glauben wirklich alles, was man Ihnen erzählt. Ich wette die fünf Dollar, die ich heute gewonnen habe, daß Tragg bei seiner Untersuchung herausfinden wird, daß Lunk nie in dem Ort gewohnt hat, in dem der Tote beerdigt wurde. Übrigens gibt es noch einen anderen Punkt. George Alber kam gegen Mitternacht zu Lunks Haus. Das Licht brannte, aber im Haus war es ruhig. Lunk sagte, er hätte Radio gehört, als Shore kam. Demnach hätte Alber entweder Stimmen oder das Radio hören müssen.«
»Aber was ist mit der Postkarte aus Florida?«
»Die Postkarte war der größte Fehler.«

»Warum?«
»Weil sie im Winter des Jahres 1931 und nicht im Frühling 1932 geschrieben wurde.«
»Wie kommen Sie darauf?«
»Er schrieb, er genieße das milde Klima. Florida hat ein gutes Sommerklima, aber nur im Winter würde man von einem milden Klima sprechen. Außerdem bemerkte er: ›Ob du es glaubst oder nicht, wir schwimmen viel.‹ Das hätte er doch niemals im Sommer geschrieben. Denn dann hätte es kein ›ob du es glaubst oder nicht‹ gegeben.«
»Aber die Postkarte wurde im Juni 1932 abgestempelt.«
»Gewiß, das ist richtig«, sagte Mason. »Aber die Karte selbst hatte kein Datum, nur die Briefmarke. Man datiert nur selten eine Ansichtskarte wie einen Brief. Verstehen Sie? Es gibt nur eine Erklärung: Es handelte sich um eine Karte, die er Helen geschrieben hatte, als er und Matilda Shore im Winter zuvor dort zu Besuch waren. Wahrscheinlich hatte er sie in eine Anzugtasche gesteckt und vergessen, sie in einen Briefkasten zu werfen. Matilda fand sie, als sie bald nach seinem Verschwinden seinen Kleiderschrank säuberte. Das gab ihr die Chance, ihrem Verbrechen eine künstlerische Note zu verleihen. Etwa sechs Monate nachdem er ›durchgebrannt‹ war, erhielt Helen eine Ansichtskarte aus Florida. Ich weiß nicht, wie Matilda sie dorthin zur Post schaffte – es gibt viele Möglichkeiten. Die Karte gab ihr auch außerdem die Chance, sich die Geschichte von dem mysteriösen Doppelgänger auszudenken. Die Polizei wurde dann noch mehr verwirrt, als sie sein ›Wiederauftauchen‹ arrangierte, das dann noch so aussehen sollte, als habe er Leech tatsächlich getötet.« Mason gähnte gewaltig. »Ich werde langsam müde.«
Della Street sagte: »Ich glaube, Sie sind das erstaunlichste und zugleich anstrengendste Individuum, das mir jemals vorgekommen ist.«
»Nanu, was ist denn mit Ihnen los?«
»Alle diese Schlußfolgerungen sind so klar, wenn Sie sie einmal erklärt haben. Das ist's ja, was die Dinge so anstrengend macht. Sie sind so sehr, sehr klar. Die Antwort liegt auf der Hand, wenn man die Dinge mal in der richtigen Reihenfolge betrachtet. Aber irgendwie kann ich sie nie richtig in die Reihe bringen, geschweige denn erklären.«

»Aber es paßt doch alles lückenlos zusammen«, sagte Mason. »Die Katze ... das Taschentuch ... die Uhr ... die Postkarte ...«

»Und Sie denken nicht daran, Hamilton Burger in dieser Angelegenheit etwas auf die Sprünge zu helfen?«

»Nicht die Bohne. Den lassen wir schwitzen.«

»Und Matilda kommt nun einfach so davon?«

»Nein, ganz bestimmt nicht. Tragg wird sich schließlich doch den Fall zusammenreimen. Wahrscheinlich kapiert er die Sache mit der Katze bereits. Er wird die Leiche von Phil Lunk exhumieren lassen und feststellen, daß es sich um die von Franklin Shore handelt. Er wird sich allmählich wundern, wer wohl den Wagen gesteuert haben kann, der Tom Lunk überfahren hat. Er wird daraus schließen, daß die Person, die Leech getötet hat, auch versuchte, den Mann für immer zum Schweigen zu bringen, der zuviel hätte ausplaudern können. Das kann nur Lunk sein. Er spielte die gefährlichste Rolle in diesem Stück ... einen ganz gewitzten Zeugen, der so tut, als sei er blöd. Sein Lügenmärchen über Franklin Shore war ein Meisterstück. Doch daran muß sich ein Untersuchungsbeamter selbstverständlich erinnern können. Ein Mörder wird natürlich lügen; und jemand, der clever genug ist, einen genialen Mordplan zu entwerfen, der ist auch clever genug, eine ingeniöse Lügengeschichte zu erfinden. Matilda hat ihm natürlich geholfen. Sie hat alles bis ins Detail geplant. Aber wenn uns nicht die Katze geholfen hätte, hätte uns Matilda ziemlich an der Nase herumgeführt — zumindest eine Weile. Und glauben Sie mir, Darling, das nächstemal werden mir Lieutenant Tragg und Hamilton Burger nicht sagen, ich soll in meinem Büro auf Anhaltspunkte warten, die eventuell auftauchen könnten. Sie werden nun einen heißen Stand haben, aber schließlich und endlich werden sie feststellen, daß ich die Lösung lange schon kannte.«

Della Street bekannte: »Nun gut, aber eines muß ich Ihnen sagen. Sie haben mich das Fürchten gelehrt.«

»Hatten Sie Angst, Sie könnten verurteilt werden?«

»Ich weiß es nicht. Es sah so vollkommen hoffnungslos aus, als sich die Indizien gegen mich auftürmten.«

Mason nahm eine Hand vom Steuerrad und tätschelte ihre Schulter. »Mein Schatz, Sie sollten zu Ihrem Verteidiger immer Vertrauen haben«, sagte er voller Würde.